初恋缓缓

No Hurry for First Love

简蔓

著

湖南文艺出版社
HUNAN LITERATURE AND ART PUBLISHING HOUSE

博集天卷
CS-BOOKY

初恋缓缓

No Hurry for First Love

◯ 楔 子 ◯

陆颐薇的三十岁是从瞥见一只老鼠开始的。

彼时，她正抱着手机跟前男友许致一抱怨他们真不应该现在悔婚，跟父母闹得那么僵，估计明天连碗长寿面也吃不到了。

许致一白眼都快翻到天上去了：大小姐，你不会是为了一碗长寿面想要复合吧？告诉你，没门。睡了睡了，明天还得上班呢。

陆颐薇忍不住弯起嘴角，借着手机屏幕的亮光，她好似看到什么东西从窗边溜走了。出于好奇，她打开手机手电筒往前面照去。时钟嘀嗒嘀嗒，指针指向十二点，一只老鼠从柜底钻出，从手机投射的光圈中迅速蹿过。

陆颐薇惊愣了半晌，而后疯狂尖叫起来。她不是矫情，她是真的怕老鼠怕得要死。

空旷的夜里，凄惨的叫声散落在老旧单元楼的每一间小房子里。

陈冬野正捧着Kindle（电子书阅读器）看一本书，他把视线从屏幕上转移到黑暗的房间里，声音好像来自左上方。

他眨了眨眼睛，等了一会儿，黑夜重新归于宁静。已经十二点多了，他放下Kindle，沉入睡眠。

生命中隐藏着许多未知的机关，而这个夜晚，有个按钮被触动了。

第一章 ◇

1

因为那起突发的老鼠事件，陆颐薇起晚了。窗外正下着今年春天的第一场雨，她揉了揉酸胀的眼睛，尽力避开昨夜老鼠出没的位置，刷了个牙，就架上眼镜跑出门去。

就职于一所二类本科大学，担任选修课老师的陆颐薇，因为学校宽松的工作环境，变得越发不修边幅。

她并没有优秀的素颜，但是随着年龄的增长，装扮自己成了一件矛盾的事。陆颐薇不想让自己看起来在外表上费了太多心思，因为过于用力的话，就好像她在对外宣告——衰老很羞耻。

可是谁不会变老呢？

尤其是每日混迹于年轻有活力的大学生中间，迎面走过来的每一张胶原蛋白充盈的脸庞都在提醒着你的不同。

因此，身为成年人的陆颐薇认为，自嘲是保全尊严的最好方式，她会在别人指向自己的脸时抢先发声："我真不敢化妆，眼角纹太卡粉了。"

不过，妆可以不化，早餐还是要吃的。只可惜，她转了一圈，发现新搬进来的这个小区实在是缺少烟火气息，居然连个早餐店都没有。

摸了摸空瘪的肚子，陆颐薇自怜地叹了口气。在这个从二字头迈向三字头的重要节点，总不能连顿像样的早餐都吃不上吧？

她较劲一般地返回小区岗亭去找门卫大叔询问这附近的早餐铺，对方操着一口方言为她指路。陆颐薇正懵懵懂懂辨认着方向，突然看到有人拿着一袋水煎包迎面走来。

她甚至都没有看清那人的性别、穿着、样貌，直冲着那袋包子就跑过去了："你好，请问这早餐从哪里买的？"

陈冬野愣了一下，或许是职业的关系，他对声音很敏感，这女人是他的客户吗？他耐心地跟她解释，这是托一个哥儿们从另一个小区帮他带的。

见他要走，陆颐薇忽然伸手拽住他的衣袖，脱口问了一句让自己惊呆的话："卖给我行吗？"

陈冬野看了看她，又看了看手里的包子。

雨下得大了一点，滴滴答答敲响了两个人头顶的伞面。

"我……"陆颐薇心一横，继续道，"今天是我生日。"

样貌年轻的男生静静地审视着她，似乎不为所动。该不会把我当成变态老阿姨了吧？陆颐薇干笑着挽尊："算了，开玩笑的。"

"送你吧。"陈冬野温和地笑了，"韭菜馅的，正好我不爱吃。"

陆颐薇因为这个笑容思维停滞了一下，男生走远了。

那袋包子落到手上，还是热的。

2

陆颐薇拎着蛋糕走进办公室，同事们一下子围了上来。

"哇！好多草莓！我喜欢！"

"薇姐，生日快乐。"

陆颐薇挑挑眉，欣然接受了大家的祝福，转头去分切蛋糕了。

学校有为教职员工准备生日蛋糕的福利，甜腻的奶油融化在舌尖，陆颐薇吃了两口就放下了，还是早上的水煎包好吃。

明明以前很爱吃甜食的……

"对了，你们知道哪里有卖灭鼠药的吗？"回想起昨夜的惊魂一幕，陆颐薇又忍不住起了一身鸡皮疙瘩。

"现在还有住房有老鼠吗？"有人惊诧地问。

"我租的房子，不知道是不是因为小区太老旧了……"

路过的男同事笑着打趣："薇姐都三十了居然还怕老鼠？"

陆颐薇扭头瞪他："八十了我也怕。"

"后悔了吧？"年长些的主任瞥她一眼，"早就猜到你会后悔。"

陆颐薇点头，她的确有些后悔，早知道就不省那点房租，找个精品公寓了。

"你说你年龄也不小了，竟然还能做出悔婚这种冲动事。"主任见她认可，打开了长者的话匣子，"你和许致一都在一起那么多年了，去说个软话……"

"主任，你不是爱吃草莓吗？我再去拿一块给你！"陆颐薇借机逃了。

她知道，任谁都会觉得她疯了。

在拍婚纱照的前一晚突然向交往七年的男友提出分手，做这种决定的如果是个二十岁的小姑娘，还能设想一下更美好的未来。可是陆颐薇个子不高，相貌平凡，工作能力也没有很突出，唯一的优点或许是她做事认真踏实，是那种能够令老板放心的员工。

但是认真踏实这样的品质对感情来说并不是什么加分项。

毕竟，爱情最忌讳的就是较真。

父母亲友都不理解。到底是为什么？许致一到底做了什么不可饶恕的事，让她如此坚定地改变了主意？

陆颐薇思考半晌，只能笑着敷衍："不合适。"

这个答案让大家的白眼翻得更厉害了，不过陆颐薇想，如果她道破真实的导火索，她和许致一的父母恐怕要当场气绝。

为了不再引起非议，接到许致一打来的电话时，陆颐薇特意悄悄移动到了外面的走廊上，做贼一般地小声问："有何贵干？"

"给你订了个杧果千层。"许致一语速很快地说，"我刚看定位，十分钟之后就能送到了。"

陆颐薇"啧"了一声："干吗忽然这么大方？"

"你为我省下一笔婚礼费，我现在很富裕。"许致一嘲讽完了，正色道，"我得去见客户了，生日快乐。"

然后电话就被挂断了。

坦白讲，许致一是个很值得托付终身的对象，陆颐薇设想过她和许致一的婚姻生活，应该会很安全。

或者说，很无趣。

她只想到这两个形容词，而这让她感到恐惧。

为了追求安全又无趣的生活，将自己的余生嫁接到另一个人身上，这令她更加恐惧。

陆颐薇怀疑自己得了婚前恐惧症，但很长一段时间里，她进行了平和的自我分析，仔细考量了她和许致一之间的恋情，惊奇地发现，他们好像根本就没有"恋"过。

那时候，因为身边的人都在恋爱，而他们读大学时就认识，彼此熟悉和欣赏，便水到渠成地在一起了。

有一个恋人可以省掉很多麻烦。所以渐渐地，他们便成了帮助对方推挡世俗流言的工具。

最好的工具。

他们都很独立，有各自的工作和业余爱好，有属于自己的精神休息方式，又同样崇尚自由。因此，他们没有时间应付无休止的相亲和催婚，保持情侣关系是他们为了获得不被扰乱的平静生活而产生的默契。

要不是那场持续三小时的争吵，他们差一点默契地结婚了。

当然，幸好没有。

即便住着有老鼠的出租房，即便被愤怒的父母赶出了家门，即便惹得亲戚朋友竞相指责，即便拎着前未婚夫送的蛋糕无人分享……陆颐薇依然毫无悔意。

她虽然早就过了渴望爱情的年龄，但是，至少她有追求快乐的权利吧？

这么一想，陆颐薇释然了不少。她在下班路上给自己叫了丰盛的烧烤外卖，心情大好。

雨虽然停了，路面却还是湿的。陆颐薇哼着歌走回小区，远远看到了一个熟悉的身影，是那个送自己水煎包的年轻男生。

他穿一件冲锋衣，身材颀长，头发理得短短的，很精神的模样，正弯腰收拾着快递车里的货物。

原来是位人帅心善的快递小哥，看起来跟她教的那些学生差不多大的年龄。

陆颐薇不想无缘无故欠人人情，她低头看了看手里的蛋糕，灵机一动，跑到男生身边打招呼："嘿！"

男生手里拿着一沓快递单，半个身子还探在快递车里，缓慢扭头，定睛瞅着她，表情很迷茫。

陆颐薇尴尬地笑了笑。"呃……早上，你不是送了我包子嘛……"接着她不由分说地将手里的蛋糕递过去，"这是回礼，谢啦！"

陈冬野抱着沉甸甸的蛋糕，眨了眨眼睛，有点蒙。

3

大概是太困了，陆颐薇饱餐过后，抱着手机歪在沙发上就睡着了。

她的手机屏幕还停留在刚刚下单的毒鼠屋界面，半梦半醒间，似乎听到了救护车的鸣笛声，感觉有点冷，她顺手扯下沙发垫裹在身上，蜷缩着睡到了天亮。

连续五个喷嚏之后，陆颐薇迎来了新的一天。她吸吸鼻子，从沙发上爬起来，肩颈痛得仿佛与身体分离了。

她以一种扭曲的姿态走进浴室，确认自己的外表看起来依然完好，不过……陆颐薇还是被自己浮肿的脸吓了一跳。

所以，如果她和许致一结婚，那就意味着自己所有的丑态都将暴露在对方面前。

她不是很确定许致一会不会嫌弃蓬头垢面的自己，但是，想象了一下许致一顶着一头油腻的头发、胡子拉碴、睡眼惺忪的模样，她的内心是拒绝的……

她太无情了。

洗漱完，时间尚早，她去厨房煎了个鸡蛋，就着热牛奶吃掉。从高中就开始住校生活的陆颐薇很擅长照顾自己，这大概也是父母放心把她赶出家门的重要原因之一。

不过，这二老可真绝情啊！陆颐薇翻到与宋女士的微信对话框，屏幕上只有她昨天发的那句：感谢老妈三十年前赐予我生命，爱你。

没有得到回复，陆颐薇的确有点失落，但难过倒也谈不上。她知道，就算父母永远都不会理解她的决定，最终也还是会接受事实。

因为，没有人能够插手别人的人生，即便看起来可以，到头来也不过是一场幻觉。

小区对面有家药店，陆颐薇去买感冒药。

自行从架子上拿了常用的药，她走过去结账。

那里已经站了一个人，陆颐薇自觉地排到了他身后。百无聊赖之际，她观察起了这个背影，怎么莫名觉得这个后脑勺有点眼熟？她好奇地侧了侧身子，对方刚好结完账转身。

两个人视线交会的一刹那，陆颐薇倒抽了一口气。

男生倒是很淡定，什么也没说，点点头走了。

陆颐薇付完钱，抓着药盒追出门去。"喂！"她叫住已经坐上快递车，准备出发的男生。

离得近了看他，陆颐薇更觉不适了。男生整张脸红肿不堪，五官挤在一起，已经变形了。"你这是中毒了吗？"陆颐薇惊问。

"过敏。"男生的语气淡淡的，"多亏你的蛋糕，我才知道自己居然对杧果过敏。"

他的语气里没有丝毫责备，以至于陆颐薇愣怔了一下才明白他话里的意思……她瞠目结舌了一瞬，而后真挚地道歉："太不好意思了，把你害成这样，我……"

"没事。"

他试图堆起一个笑容，但这份努力令陆颐薇觉得更惭愧了。她急着去掏钱包："这样吧，你花了多少钱？我赔你医药费。"

"不用了。"

"那等你好了，我请你吃饭吧。"

这句话出口，两个人同时愣住了。气氛有点尴尬，陆颐薇使劲摇了摇手："我可没有跟你搭讪的意思，你别误会。"

"嗯。"他点点头，发动车子，离开前特意郑重声明，"是我一个人的事，你不用放在心上。"

4

虽然的确觉得很抱歉，但陆颐薇也没有太把这件事放在心上，至多就是在按部就班地工作之余，脑海中无意识地闪过那张红肿的脸庞。

每当此时，她就会忍不住懊恼地叹口气。

"反正以后也不会有什么交集了。"她这么自我劝解，"谁人生中没有遇到过一桩倒霉事啊？再说，我也不是成心的。"

"什么成心的？"从旁走过的女学生停下来，八卦地问，"陆老师，你跟谁说话呢？"

回头见是班里的小可爱周梨落，她入学时刚好碰上陆颐薇做入学向导，一来一去，两个人就熟了起来。

她不自然地笑笑。"哦，没有。"随后陆颐薇转移了话题，"这么晚了还出去啊？聚会？"

"不是，我和室友打算一起去烫头发呢，陆老师你去不去？"

"我？"陆颐薇至少一年没有进过理发店了，刘海长了就自己拿剪子修修，"算了吧，我烫头发不好看。"

　　"你都没烫怎么知道不好看？"周梨落往她身边靠了靠，小声道，"老师，听说你恢复'贵族'身份了？跟相处七八年的男朋友分手，做出了如此重大的改变，还不得换个发型纪念一下？这叫仪式感。走吧走吧，我有打折卡，很便宜的。"

　　陆颐薇真去了，她觉得周梨落说得挺有道理，她都有勇气悔婚了，还能连挑战新发型的勇气都没有？

　　所以，坐到座位上，被发型师问及她想做什么样的发型时，陆颐薇边擦手中被溅上水的眼镜镜片，边漫不经心地答道："你看着弄吧。"

　　"行。"发型师是个话不多的男生，斟酌片刻，便拿着剪刀开始工作。

　　陆颐薇自镜中观赏了片刻男生起落的手指，突然觉得困了。

　　窗外，天色暗了下来，霓虹灯渐次亮起，又一天将要过去。每到年末，她都会惊觉回忆如此匮乏，似乎这一年根本没什么能拎出来感慨的记忆。

　　或许时间就是这样，像每一个此刻这般，在她的恍恍惚惚中，静悄悄流逝了。

　　人生真的很无聊，而伴侣的存在，大概也只是徒增一份无聊罢了。

　　烫发持续了将近三小时，理发师诚不我欺，陆颐薇觉得自己好像是比之前好看了一点。

　　不过之前许致一说过，女人常常为了美丽而花钱，所以，花钱是一场美丽的洗脑。

　　这个浑蛋，最擅长扫兴。

　　陆颐薇暗骂了几句，接过理发师帮忙从存储柜中取出来的包包，掏出手机，发现有个陌生号码打来的电话。

　　手机默认是什么骚扰电话，陆颐薇没有回拨，转而去看那条未读短信，还是那个号码发来的：你好，你的快递已经送到了，但是家里没有人，请问你什么时候方便接收？

陆颐薇想起来了，是她买的毒鼠屋。她嘱咐店主一定要加急发货，发最快的快递，却没想到这么快就到了。

她联系快递，告知对方自己四十分钟后到家，问他能不能再送一次，因为她很急。对方竟也毫不犹豫地答应了。

陆颐薇跟还在进行染发程序的周梨落打了声招呼，接着便慌慌张张地往家赶。

等她刷了门禁卡，往楼上狂奔时，忍不住自嘲地笑了。

她和许致一恋爱时从没有这么急迫地赶着去跟他见面，如果他知道自己还不如一盒毒鼠屋重要，一定会更庆幸没有娶她为妻吧？

陆颐薇弯着唇角转进走廊，声控灯随着她的动静点亮了，快递小哥靠在她家门边，左手拎着一个纸盒子，右手举着……一台 Kindle？

他正聚精会神地读着书。

陆颐薇停住脚步，等他转过头来，顿时觉得有些无奈。

这也……太巧了吧？

他的脸虽然消肿了不少，但还零星分布着红色斑点。陆颐薇不自在地接过那个快递，尴尬地笑了笑："谢谢。"

"不客气。"男生公式化地回应了一句，拿着机器对着快递单进行扫描。

陆颐薇随口问道："这个区域的快递都是你送吗？"她又客气地说："害你等了这么久，我给你拿瓶饮料解解渴吧。"

"不用。"男生拒绝得很干脆，"我就住在一楼。"

陆颐薇莫名有点震惊："这栋楼？"

"对。"男生礼貌地颔首，"你以后要寄快递可以找我，没什么事我就走了。"

"哦，好。"

开门进了房间，陆颐薇在玄关愣站了几秒。

怎么回事？总觉得每次和这个男生见面，自己都表现得过于主动了。她暗自思忖，下次一定得注意。

5

煮了碗蔬菜面，就着时尚博主更新的开箱视频吃完，陆颐薇拿起手机，本打算跟大学闺密分享一下近况，视线却被快递公司公众号之前发给她的派件推送消息吸引了过去。

上面显示出了男生的名字和手机号。

"陈冬野。"陆颐薇轻轻念出这个名字，不自觉地挑挑眉。

如果不是遇见他，这也不过就是三个平常的字，但现在，它们组合在一起，成了浮现在脑海中的一张脸庞。

回想之前的碰面，每一次都很神奇，但他总是一副轻描淡写的模样。是怎样的家庭背景、生活环境和成长经历让他成为这么波澜不惊的人？陆颐薇竟有几分好奇了。

不过，作为一名热爱网购的女性，在快递小哥面前混个脸熟也蛮好。

快递？

啊，对！陆颐薇这才想起自己还有件十分重要的事情没做。

网上的毒鼠药种类五花八门，她看得眼花缭乱，干脆挑了销量最高的下单，但明明记得详情页里是一个毒鼠屋，怎么到手里变成粘鼠板了？

找了半天也没找到使用说明，陆颐薇便将拆开的板子放到一边去洗碗了。

她有轻微的洁癖，见不得眼前摆着脏东西。

厨房虽然很小，但有一扇格子窗。小区因为年代久远，树木很多。春天的夜晚，昏黄的灯光照亮幽静的道路，树枝上抽出的新芽支棱在夜空中，与星星相映。

大概就是因为舍不得这些独自享受时光的夜晚，才在结婚前按下了暂停键吧？

自从和许致一做回朋友之后，陆颐薇发现自己陷入了一个思维怪圈。

她总是试图用各种各样的观点来论证，之所以选择悔婚不是因为不爱。尽管她知道，这就是答案，但总在逃避。

三十岁，谈爱情会成为别人眼中的笑话。

至于爱情，电视剧和小说里有很多种，只可惜，陆颐薇一种也没有体验过。

她不是很相信那种虚无缥缈的情绪，可也无法忍受和一个确定不爱的人亲密度过余生。

人真的很矛盾，陆颐薇瘪了瘪嘴，耳边突然传来一个奇怪的声响。

窗户没关吗？她用挂在厨房门上的擦手巾擦干净手，走出厨房。四下看了看，没发现什么异常。

正要去找手机问客服那个粘鼠板是不是发错了，途经墙角时，陆颐薇看到了平生最恐怖的一幕。

她一把甩掉手机，惊叫着逃到了玄关。

粘鼠板上有只还在挣扎着的老鼠。陆颐薇捂着脸没出息地哭了一阵，想打电话找人帮忙，但是手机好巧不巧就落在了那只老鼠旁边。

陆颐薇闭着眼睛跳脚,骂了好多句脏话,最后决定哭着出门找门卫大叔帮忙。

她抽噎着拉开单元楼门,没有注意到远处拎着夜宵走来的陈冬野。

眼见着一个披头散发、穿着长长的卫衣裙、哭哭啼啼从楼梯上飘下来的女人,他愣了愣,才辨认出这张脸他认识。

于是,在女人与自己错身时,他忍不住叫出了她的名字。"陆颐薇。"他退后一步,侧头问她,"你怎么了?"

陆颐薇正吓得不知所措,面对这份突然的关心,立刻崩溃了,她像抓住救命稻草一般抓住他,哭着说:"陈冬野,你帮帮我吧。"

她用求助的语气叫他的名字,就仿佛他们是认识许久的朋友。

陈冬野怔了怔,点头。"好。"他瞥了一眼她通红的眼睛,有些不自在地摸了摸后颈,"别……别哭了。"

6

赶到事发现场的陈冬野看了看那只可怜的老鼠,又看了看躲在远处的陆颐薇,默默舒了口气。

虽然结果出乎意料,但他倒是感到很庆幸。

帮忙运走了那只老鼠,他捡起手机交给陆颐薇。

她耸着肩膀,伸出来的手指还抑制不住地发抖。脸色一片惨白,额上沁出了密密的汗珠。

是真的害怕了。

"没事了。"他笨拙地安慰她,"不用担心。"

"不好意思。"陆颐薇勉强笑了笑,解释道,"我小时候去乡下外婆家，被不怀好意的男生拿死老鼠扔到身上过，留下阴影了。"

陈冬野看了她一眼，不知道该如何附和，只是点了点头。

陆颐薇已经平复了情绪，这才注意到陈冬野放在地上的食品袋，上面写着"三味炒饭"。"你的饭都凉了吧？我帮你热一下。"

陈冬野本想拒绝的，但陆颐薇已经拿着纸袋往厨房去了。

想到之前那盒蛋糕，他摸了摸还有些泛痒的脸颊，决定还是接受她的好意吧。

厨房里的抽油烟机发出轰鸣，陈冬野抬眼打量四周。

陆颐薇租的是一套小两居，之前没有见过她，陈冬野猜测她应该是刚搬过来的。但房间一看就经过了十分精心的布置，处处彰显着主人的品位。

视线扫过烟紫色的沙发垫、米灰色的地毯、水果形状的抱枕、粉刷成奶油黄的墙壁，以及挂在上面的橙色几何壁画……陈冬野的嘴角浅浅扬起。

陆颐薇的内心比她的表面有色彩多了。

不过，她的自我防护意识不够，独居的女人怎么能就这么把一个陌生异性带回家？

因为想保持礼貌的距离，陈冬野一直站在玄关，没有往里走。厨房里传来叮叮哐哐的翻炒声，他忍不住朝那边探了探身子。

她穿着宽松的卫衣裙，撸起袖子之后，露出细瘦的手腕，发尾烫了大大的卷，晚上她签收快递的时候，陈冬野闻到了浓厚的药水味。

灯光氤氲出淡淡的轻雾，勾勒出她陌生的、温柔的侧影。

陈冬野垂眸，又往后退了几步。

"你怎么一直站着？"陆颐薇拎着纸袋出来，惊讶地问。

陈冬野温和地笑笑。"我站习惯了。"他接过纸袋，走到门口，又想起什么，便转身回来，说，"你以后还是尽量不要随便让陌生人进家里，尤其是晚上。我住一〇二旁边那个门，有什么事，你可以找我。"

陆颐薇愣了愣，随后失笑道："你才多大啊，还担心我？我可比你成熟多了。"

"跟年龄没有关系。"他点点头，"那我下去了。"

"哎，陈冬野。"她叫住已经走出门的他，"你帮了我那么多忙，我请你吃顿饭吧。"

"也没帮什么。"他本想婉拒的，但不知道为什么，突然改变了主意，"那……那就这么说定了。"

陆颐薇点头："你想好吃什么再告诉我，我待会儿加你微信。"

陈冬野拎着那个纸袋下楼回到自己的房间，他住的是一〇二户主买下的一间仓库，坐落在楼道的拐角，房间虽然不大，但有窗户。陈冬野想要安静的独居空间，因为他喜欢看书，这里又很便宜，他特别满意，已经住了好几年。

关上门，打开灯，好像穿梭到了另外一个空间。他走到地毯中央的矮桌前，从纸袋里掏出了那盒炒饭。

难怪陆颐薇弄了那么长时间，炒饭里加了大虾，最上面还盖了一个大大的煎蛋。陈冬野拿起勺子尝了一口。

味道很好。

他又想起了她那个温柔的侧影。手机屏幕亮了，显示有一条新的微信消息。

陆颐薇申请成为他的好友。

陈冬野点了"通过"，看到她的朋友圈简介里写着：一名大学女教师。

她是老师。对陈冬野来说，这是一个非常遥远的身份。

不知怎的，他突然没有了食欲。

7

很快到了约见的那天。

因为陈冬野的职业关系，陆颐薇主动将时间推迟到了晚上八点半。在学校忙完例行的工作，她去附近的书店打发时间。

几次碰到陈冬野，他的工装口袋里都露出 Kindle 的一角，看起来是个很爱看书的人。回想起他温文尔雅的态度，陆颐薇倒觉得看书和他的气质很相符。

他会喜欢什么样的书呢？在书架前驻足时，陆颐薇陷入了沉思。

虽然自己从没有对快递员这个职业有过什么偏见，但她仍然觉得，陈冬野跟自己见过的那些快递小哥都不一样。

他很静，无论是语气、行动、姿态，还是整个人传达出来的感觉，都很沉静。

对比班里那些跟他年纪差不多大的学生，他显得太没有活力了，完全不像个年轻人。

总觉得他憋了很多故事似的，陆颐薇莫名感到好奇。

"陆颐薇？"

一个熟悉的声音传来，陆颐薇转头看到了拎着电脑包的许致一。

上一次见面还是半个月前，两个人在咖啡店交换悔婚后双方家人的动态，显然，不管是许致一的父母，还是自己的父母，都责怪她比较多。

"我们忙碌的许律师怎么有空闲逛书店了？"陆颐薇扬眉，小声挖苦他。

"正好跟客户约在了这附近，进来查点资料。"他指了指远处的休息区，带陆颐薇往那边走。

两个人落座，陆颐薇点了美式，许致一不喜欢咖啡，要了杯红茶。

"怎么样？新搬的住处还适应吗？"

如果不算那只老鼠的话……陆颐薇点头："都挺好的。"

"阿姨前两天给我打了一次电话，问你有没有联系我。我说我们俩早就互相拉黑了，她听完就无语了。"

大概是习惯了快节奏的工作，许致一的语速总是很匆忙，陆颐薇听他叙述什么的时候，心情本能地就会变焦躁。她心不在焉地"哦"了一声，明显表达了不想继续这个话题的意愿。

像往常一样，许致一完全没有意识到这一点，他仍然滔滔不绝地说着最近的案子，他是如何用精彩的辩论赢了对方……事无巨细，哪怕陆颐薇根本不感兴趣。

以前她会很不耐烦，听几句就找借口离开。

但自从两个人抛掉了情侣身份，陆颐薇突然觉得这样的时刻变得没那么讨厌了。

她难得有耐心听他演讲。陆颐薇注意到，此时此刻的许致一比以往向她分享工作的那个他更放得开，他的表情生动有激情，毫无顾忌，非常尽兴。

只是，他一如往昔，始终没有发现她换了发型。

许多情侣因为分手而痛恨对方，而陆颐薇觉得，她和许致一所表现出来的只有解脱。

逃开了以爱情之名加身的捆绑，他们面对彼此更宽容、更放松。

他们真的注定只能成为朋友，尽管身边的亲友无一不为这个决定惋惜。

被多人轮番教育了那么多天，陆颐薇已经想通了。亲友们确实是为了她好，他们是善意的，只不过他们什么都不懂。

看了看时间，陆颐薇喝完最后一口咖啡，打断了许致一："我还约了别人，我得走了。"

许致一点头，态度自然而然："那你去吧，我在这儿看会儿书。"

陆颐薇推门出去，走到人行道旁等红灯，许致一就坐在橱窗旁边的位置，她稍稍垂眸就能瞥到他的影子，但是陆颐薇竟然没有丝毫想要回头再看他一眼的冲动。正因此，她没有注意到许致一匆匆结完账追了出来。

陆颐薇把手机落在了座位上。

绿灯亮了，他朝着她跑过去。

正往路口走来的陈冬野将这一幕收进眼底。

男人探着身子，眼睛盯着陆颐薇的背影。她今天穿了一条包身短裙。

是色狼吗？陈冬野皱了皱眉。

在男人伸手去拽陆颐薇的胳膊时，他一个箭步上前挡在了两个人中间。

不明所以的陆颐薇转头撞上了一堵"肉墙"，捂着脑袋错了错身，这才看到是陈冬野。

"你谁啊？"许致一好奇地问。

陈冬野没理他，而是低头问陆颐薇："你没事吧？"

陆颐薇和许致一面面相觑，然后呆呆地回答："没事啊，我能有什么事？"

"你们认识？"许致一把手机递给陆颐薇，"你把这个落下了。"转而又哭笑不得地向陈冬野求证，"我说，你刚不会把我当成什么咸猪手了吧？"

陈冬野没有反驳，只是礼貌地笑了笑。

"陆颐薇，没想到你还有不认识我的朋友。"许致一耸耸肩，"行了，不打扰你们了，再见。"

待许致一走远了，陆颐薇才忍不住笑起来。

"为什么笑？"陈冬野问她。

有了不认识许致一的朋友让她觉得很开心，于是，她冲陈冬野神秘地眨了眨眼睛："刚刚，我重启了人生。"

8

那顿饭吃得很满足。

不知道是陈冬野不好意思拒绝还是他真的不挑食，陆颐薇推荐的每道菜他都吃得很香，这让她收获了不少成就感。

他从自己的空碗中抬起头，陆颐薇随后问："还要添饭吗？"

"不用了，吃得很饱了。"说完他又很郑重地解释道，"我可真的一点都没有跟你客气。"

陆颐薇被他的一本正经逗笑了："客气什么，你那么年轻，又不怕代谢不掉，多吃点，没准还能长个呢。"

"你也不老。"

"我都三十了。"陆颐薇做了个夸张的表情，"老阿姨了。"

陈冬野盯着她看了一会儿，忽然笑了。

"笑什么？"

他抬起眼睛，注视着她，反问："是因为怕别人说你老，所以干脆先主动承认了吗？"

陆颐薇一愣，她这是被识破了？

他的目光依然停留在她脸上，像是经过了一番仔细的审视才得出明确的判断："我现在告诉你，你不老，新烫的头发很合适，不用急着学习自嘲。"

忽然被教育，陆颐薇不自在地别过头咳了一声，嘴硬地反驳："你们小孩子最喜欢瞎猜别人的心思。"

陈冬野还是笑着，但什么都没再说。

拗不过陆颐薇，那顿饭是她付的钱。

两个人同住一个小区，从饭店出来后便步伐一致地朝着公交车站走去。

路旁的树枝上缀着粉色的花朵，晚风里传来阵阵清香。陈冬野的个子很高，可能是运动比较多，体态呈现出少年的挺拔。

他静静地走在她身边，路灯在他头顶投下一个光圈。想了想，陆颐薇还是问出了那个一直盘旋在心中的问题："你看起来至多二十岁吧，为什么没读大学？"

"二十五了。"陈冬野纠正她。

陆颐薇点头道："那是已经大学毕业了？"

"没读大学。"

陆颐薇不解："为什么？"

陈冬野停下脚步，认真作答。"原因有很多，最主要的一点是……"他顿了顿，声音低沉了下来，"没钱交学费。"

陆颐薇觉得难以置信，陈冬野笑了笑，淡淡地解释："家里的积蓄被我哥赌博败光了。"

"那你就这么接受现实了？"

"我现在也没什么不好。"

"可是……"作为一名大学老师的陆颐薇展开了她根深蒂固的教育观点，"不读大学你就找不到好工作吧？现在很多单位都要求学历的。"

陈冬野不否认，但是也无可奈何："我不需要好工作，反正不管赚多少钱都会被我哥抢走。"

陆颐薇呆了呆："好吧。"虽然觉得无法认同，但是别人的家事，她也没什么资格点评。

之前一直好奇的故事原来这么沉重……真是难为这孩子居然还成长得这么善良温和。陆颐薇强大的同情心作祟，在两个人步入小区时，她突然开口提议："要不要喝一杯？"

"什么？"陈冬野怀疑自己听错了。

"看你那么惨……"陆颐薇捂住嘴巴，忙改口，"不是，就是……你看你过敏全好了，而且……"她随手往上一指，"不觉得今晚的月亮很美吗？为了月亮喝一杯吧。"

陈冬野弯了弯唇角："那我去买，你到小广场旁边的长椅上等我吧。"

"在外面喝？"陆颐薇有点惊诧。

"当然，你不是要赏月吗？"

陈冬野说完就跑开了，陆颐薇撇撇嘴，也好，省得孤男寡女大晚上共处一室，还挺奇怪的。

陈冬野买的是罐装啤酒。因为时间很晚了，遛弯的人群早已各回各家，四周很安静，一轮弯月映照着两个人的脸庞，不知怎的，气氛渐渐变得有些异样。

陆颐薇酒量不好，一罐啤酒下肚，已经微微有些醉意。为了化解尴尬，她用手托着脑袋，干干笑道："你明天还得早起工作，我竟然还拉你大半夜在这儿喝酒，我可真不像个懂事的成年人。"

陈冬野转着手中的啤酒罐，没有看她，说："你不能对别人都这么信任，尤其不应该大半夜喊异性一起喝酒。"

"喂！你别老教育我了。"陆颐薇不满地捶了他肩膀一下，"搞得我像个涉世未深的小姑娘似的。更何况，我长得很安全好不好？"

陈冬野回过头，目光沉静得如一面湖。她的脸颊泛着一抹微红，眼睛里水盈盈的。

"怎么样？"陆颐薇抬了抬脸，挺得意地笑了，"是不是足够安全了？"

"不是。"

"不是？"

"要我证明给你看吗？"他迎上她的视线。

陆颐薇的脑袋有点短路，她眨了眨眼睛，觉得好笑地问："怎么证明？"

风从两个人之间吹过，但突然间，风失去了立足之地。

陆颐薇还没反应过来，嘴唇就被温柔地覆上了。

第二章 ◁

1

闹铃响了，陆颐薇睁开眼睛。

"这不是真的吧？"她摸摸自己的嘴唇，像触电了一般弹坐起来。

是真的。

月光，星空，啤酒……还有忽然在眼前放大的那张脸。

陆颐薇用双手抱住脑袋，她全都想起来了，包括自己当时的反应……

这么明显被占了便宜，她居然没有立刻甩给他一巴掌？

她愤然站起，决定去找陈冬野算个迟来的账，但是走到门口又决定放弃了。

吃饭是她提议的，喝酒也是她主动要求的，甚至连微信都是她先加的对方……这么一看，陈冬野会产生误解似乎也是理所应当的事情。

陆颐薇退回沙发上，揉乱了自己的头发。

果然，离开了最佳搭档许致一，断裂的感情线开始胡乱伸展了。

静思了半晌，她劝解自己，算了。

她对陈冬野印象不差，大家也都是成年人，即便是一时的冲动，也算心甘情愿，水到渠成……

喀，陆颐薇摸着喉咙，感觉自己好像噎了一下。

总之，虽然还是觉得很生气，但她决定一切就此翻篇。

反正昨晚喝了酒，她就当自己醉后断片好了，假装一切都没有发生过。而且，只要以后她把快递都寄到学校，就能减少与陈冬野的碰面。

对！陆颐薇给自己打气，这点戏码，难不倒成年人的。

自我劝导很有用，糟糕的心情基本已经得到了纾解。其实也确实没什么大不了的，就像许多从前发生过而现在已经完全记不起来的事情一样，很快都会被时光抛诸脑后。

陆颐薇洗漱完，站在镜子前涂面霜。

她端详着自己的脸，因为疏于保养，眼角已经有了细纹。胶原蛋白的流失，让两颊出现了微微的凹陷。少女时代，陆颐薇一直讨厌自己肉肉的娃娃脸，现在才明白，那些肉有多珍贵。

她肤色不白，因此多年来从未尝试过穿亮色。唯一值得骄傲的大概是瘦。哪怕有段时间暴饮暴食，四肢仍然纤细。

这样的自己，实在称不上漂亮。

耳边又飘过了妈妈常常挂在嘴边的那句话："你的条件又不是很好，就不要胡乱挑剔了。"

许致一呢，和他在一起那么多年，更是从没有自他嘴里听到过一句赞赏。无论穿怎样的衣服，换了什么发型，他都很难察觉。

难得一起出门游玩的时候，想让他帮忙拍张照片，他的态度永远都是敷衍。

　　至于照片，要么糊到看不清人脸，要么丑得不忍直视。每当陆颐薇因此不爽时，就会想起妈妈的警告，然后便泄气了。

　　久而久之，就接受了这样的设定——一个平平无奇、慢慢衰老的女人。

　　自卑是属于少女的，成年人只适合自嘲。

　　所以，如果不是年龄加身，陆颐薇应该会毫不犹豫地承认，她是自卑的。

　　她最终还是合上了刚刚打开的气垫粉底。就算涂了也不会有什么变化，还是停留在以为会有上升空间的错觉里吧。

　　昨晚喝了酒，胃里很不舒服，实在没什么想吃的，她从柜子里翻出了个濒临过期的面包，撕开包装袋，咬了一口。

　　时间已经有点晚了，她干脆咬着面包空出两只手收拾包包，等一切准备就绪，她拉开了门。

　　陈冬野抬起头，对着她温和地笑了笑："早。"

　　陆颐薇嘴里的面包"啪"的一下掉在了脚边。"你……"她收起刚刚的无措，提醒自己要淡定，"你怎么在这儿？"

　　"我在这儿等你。"陈冬野回答得很干脆。

　　越想躲越躲不掉，陆颐薇表面镇定，内心简直要哭了："你不去上班，等我干什么？"

　　"昨天的事……"他不好意思地摸了摸后颈。

　　陆颐薇心领神会，赶紧抢先装傻："昨天什么事？不就是一块儿喝了两罐啤酒吗？什么事都没有，我全忘了。"

　　她以为自己已经表现得很明显了，但陈冬野静静地看着她，不知道在想些什么。陆颐薇被他盯得发慌，正要找借口溜走，他突然开了口："我就猜到是这样。"

　　陆颐薇抬起眼睛，陈冬野不自在地抓了抓头发。"我就猜到你可能喝多了会断片，但是如果不告诉你就好像骗了你，我觉得这样很不好，所以才特意过来，想跟你说……"他倾身，弯腰凑到她耳边，声音低了下来，"昨天晚上，我吻了你。"

陆颐薇的眼睛蓦地瞪得老大，她攥了攥拳，抬脚快步下楼，语气还努力保持着平缓："完全没听到你在说什么，我要迟到了，先走了。"

陈冬野眨了眨眼睛，他的声音太小了吗？那不然发微信告诉她吧。

这样想着，他掏出了手机。

2

陆颐薇望着陈冬野发来的那条微信，根本想不通。

这个人到底是什么情况？

他就一点都不难为情吗？还是说他根本就是故意的？

陆颐薇皱了皱眉，他是像那种玩弄纯情少女的情场高手，在故意耍手段吗？

那他可真是找错人了。

想了想，陆颐薇还是决定说清楚，她没必要担心一个陌生人的情绪。她尽量用了非常冷漠的语气。

我没觉得这有什么，我不会在乎，你也别放在心上了。

发送之后，陆颐薇又追加了一句：以后有寄快递的需求我会联系你的。

陈冬野早就看到了这两条消息，在一溜男生头像的通讯录中，陆颐薇显得很突兀。

因为一直在忙着派件，他只简短地回了一个字：好。

相信有了这次经历，陆颐薇应该就不会那么轻信陌生人了吧？

傍晚，他送完最后一单，开车去常光顾的"三味炒饭"吃饭。

老板娘是个五十多岁的阿姨，人很亲切，对待常客总是多给一些分量。

陈冬野就着辣椒酱狼吞虎咽了半碗，长时间空荡的胃部因为急速的填充而变得微微胀痛。

去年，陈冬野做的还不是快递员的工作，他在一家便利店做收银员，因为陈秋河跑去抢钱丢了饭碗。他给了足够的赔偿，又很诚恳地道歉，店长才没有将这件事张扬出去。

这些年里，跟在陈秋河后面擦屁股的事，陈冬野不知道做了多少，从最初的不甘到现在的麻木，经历了漫长又艰难的时光。

他也崩溃过，但是年迈的妈妈抹着眼泪对他说："都是命。我们就算跟他断绝关系，他还是会来找我们，除非他死。我们就盼着他死吧。"

后来也就渐渐想通了，陈秋河要的只是钱，陈冬野想，那自己就去爱除了钱以外的东西吧。

他读了很多书，好在书都不贵；没事的时候，他喜欢骑着共享单车在大街小巷里穿梭，观察别人都在做什么；碰上奢侈的休息日，他就坐公交车去山里，找一块人少的草坪，铺一张垫子，在树下躺一整天。

只要还有书读，还有山看，还有百态人生供他观览，陈冬野就觉得自己很富有。

如今，这样的生活他已经完全适应了。人生只有找到属于自己的平衡才能获得满足感。

接触过他的人，都说他像个特立独行的老年人，难以融入任何圈子。所以，陈冬野并不是个喜欢多管闲事的人。

他并没有那种可以随便送给别人一袋水煎包的优渥人生，在这个世界上，他只应付陈秋河一个人已经力不从心了。所以，他把自己圈在窄窄的空间里，做好了一辈子如此度过的准备，可是……他遇见了陆颐薇。

陈冬野想到了第一次见她的场景。

她穿一件海军领的条纹 T 恤、白色短裙，梳着高高的马尾辫，有着与乡下长大的孩子不同的白皙细嫩的皮肤。

已经过了那么多年，没想到，自己还记得那么清楚。

陈冬野搅动着盘子里的米饭，回忆中的十二岁女孩和厨房里为他炒饭的那个温柔侧影重合到了一起。

她的变化不大，声音，样貌，被老鼠吓到脸色惨白、全身发抖的样子，包括轻信别人的单纯，十八年后，都是依然。

手机铃声响起，打断了陈冬野的思绪。他看了一眼屏幕，然后接起来，叫了一声："哥。"

"在哪儿？"

"三味炒饭。"

"等着，我去找你。"要挂电话之前，陈秋河又漫不经心地吩咐弟弟，"给我叫一份牛肉炒饭，多加点肉。"

"好。"

陈冬野挂了电话，去柜台下单，末了又道："打包吧，我带走。"

"是有人来找你吗？"老板娘热络地招呼着，"就搁这儿吃呗，人也不多。"

"不用。"陈冬野笑笑，态度坚持，"还是打包吧。"

外面风很大，陈冬野特意找了个避风的小巷，把快递车停下。他提前从衣兜里把所有的钱都掏出来塞进食品纸袋里，免得废话。

没过多久，陈秋河就骂骂咧咧地走过来了。

与弟弟的精干挺拔不同，已经三十三岁的陈秋河看上去颓废又阴沉。因为过瘦，他微微有点驼背，衣服穿得乱七八糟，从不整理头发，眉头紧锁着，好像烦心事太多了。

陈冬野总是想，陈秋河一定活得很痛苦。或者说，在他眼里，毫无克制力的人享受的都是痛苦的自由。

"妈的，手气太差，上回你给的那些钱又没了。"陈秋河揉了揉鼻子，然后重重地拍了拍他的肩膀，"不过你放心，等哥哪天一把捞回来，一定忘不了你对哥哥的帮助。"

这些话听了太多遍，以至于每次听到都觉得时光在倒流、重合、扭曲。陈冬野把手里的纸袋递上去，机械地说："都放里面了。"

陈秋河打开纸袋借着路灯看了一眼，喜悦地问："干快递挣得挺多啊，要不我也去干吧，你们公司招人吗，你帮我问问？"

陈冬野的嘴角一下子收紧了："哥，当初咱们可是说好的，我给你钱，你不踏足我的生活。"

陈秋河不耐烦地瞥了他一眼。"开个玩笑都不行啊？再说，我可是你在这里的唯一的亲人，你打算什么时候给我见见你女朋友？"

"我没有女朋友。"

"别装了。"陈秋河往他身前凑了凑，小声道，"那天你跟她一起约完会回小区，我都看见了，要不是怕坏你好事，就不会等……"

"那不是我女朋友。"陈冬野厉声打断了他，身侧的手掌已经握紧了。

陈秋河一愣，伸手便往陈冬野脸上招呼了一拳："不是就不是，你跟谁喊呢？没大没小，滚！"

陈冬野咬了咬牙，什么都没再说，开车走了。

十字路口，红灯亮了，他停下来，伸手一抹，鼻血沾满了手背。

3

临下课的时候，陆颐薇站在讲台上点名，被点到名字的学生站起来喊"到"。

她看着每一张年轻的面孔，仿佛在这些人中间看到了陈冬野。

如果他也有读大学的机会，陆颐薇相信，他应该是老师们都非常喜爱的那种学生。

沉静，温和，又酷爱读书。

不过，他看起来一副与世无争的模样，却能做出意料之外的事。

虽然那个清淡的吻已经过去了好几天，但陆颐薇还是会不断地想起。她把这归结为思想的冲击。

从陈冬野开始，她倒推自己这些年熟识的那些人，开始怀疑自己看到的他们和真实的他们是否相同。

再怎么说她也跟许致一在一起那么多年了，一个吻而已，不足以引得她惊慌失措。她真正感到纳闷的是，自己居然被几乎陌生的快递小哥吻了。

而且从他事后的反应来看，陆颐薇可以确信自己被占了便宜。

倒没有很生气，反而是失望比较多。但是她被人占了便宜竟然只是感到失望，不是很说不过去吗？

陆颐薇对于自己矛盾的情绪感到很无语，不由自主地叹了口气。

台下的学生们都忍不住抬脸朝她看去。回过神后，陆颐薇有点不好意思地笑笑："大家还有什么问题吗？没有的话，我们就下堂课再见。"

这是上午的最后一堂课，她走出教室，见走廊里已经拥满了三三两两结伴去食堂吃饭的学生。

她放慢脚步，让自己渐渐自人群中分离出来。

"陆老师。"周梨落笑眯眯地抱着书本走到她身边。

陆颐薇回给周梨落一个笑容，特意往一边错了错身子。周梨落没有直接走开，反而伸手挽住了她的胳膊，问："老师，你是不是有什么心事？"

陆颐薇忽然想到了那晚，她曾说陈冬野，年轻人就喜欢瞎猜别人的心思，果然，她没说错。"没有啊，怎么这么问？"

"真的没有吗？"周梨落神秘地笑笑，"老师，你今天心不在焉的样子特像那种刚刚陷入恋情的少女。"

陆颐薇哭笑不得："哪儿跟哪儿……"

周梨落适时地停止了话题，拽着陆颐薇往前走："咱们去吃炸鸡吧，没有什么是一顿好吃的解决不了的，如果有，就吃两顿。"

"不了。"陆颐薇抽出自己的胳膊，笑着坚持，"我没什么需要解决的事情。而且我这老阿姨可比不上你们小年轻的代谢能力，油炸食品要少碰。"

周梨落歪着头，扮了个可爱的鬼脸，完全没有因为被拒绝而不悦，依然高高兴兴地走了。

陆颐薇在阳光下站了一会儿，掏出手机拨通了闺密的电话号码。

林疏朗的吼声自听筒中传来："陆颐薇你没看到我的朋友圈吗？我最近在跟出版社进行拉锯战，正处于暴躁到想要提刀杀人的阶段，你要不是有什么人命关天的大事最好不要烦我。"

"不行，疏朗，你必须跟我见一面，不然我就完蛋了。"

林疏朗的语气顿时缓和了下来："完蛋到什么地步？"

"万劫不复那种地步。"

"呼……"林疏朗叹口气，把笔记本电脑一合，"行吧，老地方见。"

4

所谓的老地方是一家顾客总是很多的咖啡馆，坐落于两人工作单位的中间，距离上很平等。陆颐薇觉得自己之所以能跟林疏朗从大学到现在保持了长达十年的友谊，就是因为她们的关系很平等。

谁也不要求对方为自己牺牲和委曲求全，相处起来反而很舒适。

两个人前后脚到达，林疏朗风风火火地走到陆颐薇对面坐下，把长发随便扎成一个松散的团子，露出光洁的额头和一双剑眉。她打量着陆颐薇，笑了："死丫头，又坑我，怎么个人命关天了？我看你这不是挺滋润的？"

陆颐薇身子前探，小声道："我被人占便宜了。"

"什么？"林疏朗当即火大了，"揍他没有？"

陆颐薇摇头。

"那报警了吗？"

陆颐薇继续摇头。

林疏朗一时难以置信："所以你不会是就这么忍了吧？"

陆颐薇耸耸肩："事情说起来其实有点复杂……"

在听她复述完之后，林疏朗发挥自己的专长总结道："你因为找一个快递小哥要了一袋水煎包，所以送上了香吻一枚？"

陆颐薇满脸问号，不是这样的吧……

还没等她否认，林疏朗就拍着桌子狂笑起来："真行啊，陆颐薇，看来你跟许致一分手真是分对了，这么快桃花运就找上门了。"

陆颐薇翻了个白眼："你觉得这是桃花运？有这么烂的桃花吗？"

"怎么烂啦？"林疏朗掰着手指头帮她分析，"主动送你包子，说明这个人很慷慨；被你害得过敏了还自担责任并且让你不要担心，说明他是个喜欢迁就别人的人；被你拽到家里帮你清理老鼠，礼貌地站在玄关里还嘱咐你不要带陌生异性回家，说明这个人很有教养；大学学费都被亲哥拿走败掉了，也没有表现出丝毫的埋怨之情，说明这个人很善于平衡生活中的意外……"林疏朗端起咖啡杯猛喝了两口，润了润嗓子，"总之，听你讲完，虽然没办法坚定地说是个好人，但至少是个很有礼貌的人。"

陆颐薇被这一长串反驳弄蒙了，缓了半晌才追问："可是，我们刚认识，他就敢随便亲别人，这还叫有礼貌？"

"是喜欢你吧。"林疏朗挑挑眉，"喜欢你，所以情难自已。"

"滚一边去。"陆颐薇佯装怒斥。

林疏朗笑着感叹："哇！陆颐薇，你跟许致一在一起那么多年，我也没见你因为什么事这么苦恼过。你现在才真的有几分恋爱的神态。"

"喂！"陆颐薇不满地喊停，"原本还指望你帮我化解难题呢，结果被你搞得现在心里更乱了。"

"爱情就是让人心慌意乱的呀！"

陆颐薇摇摇头，决定还是保持沉默好了。

林疏朗看了她一阵，终于正色道："说真的，你对那个叫陈冬野的男生，不反感吧？"

陆颐薇仔细想了想，坦诚地回答："没有反感，但也不至于有好感。"

"那就顺其自然吧。"林疏朗摊摊手，"就像你跟许致一，顺其自然在一起，顺其自然分开，也没什么。"

"可是大小姐，我可没有那么多七年耗了。"

"是吗？"林疏朗不以为然地撇撇嘴，"反正人一生都是在耗时间而已，有的人耗给婚姻和孩子，有的人耗给工作，有的人耗给享乐，你如果选择耗给爱情，也没有人有资格说你错。"

陆颐薇看着她，良久后，叉起一块蛋糕塞进林疏朗嘴里："犒赏你的，我的谬论大师。"

林疏朗痛快地咀嚼着："谬论和真理永远并存。"

陆颐薇端起咖啡杯，抿了一口，也是在这里，她将跟许致一分手的决定告诉了林疏朗。

对面的那个人笑着称赞她："行啊陆颐薇，你终于活过来了。"

她的朋友林疏朗，是唯一没有责怪她的人。

5

"来了来了。"林疏朗站在客厅窗口边喊她，"陆颐薇，你快过来看看是不是这个？"

陆颐薇围着围裙从厨房里走出来，拿着一根正准备切的黄瓜指向林疏朗："你不是特意跑来给我暖房的吗？"

"那也不耽误欣赏帅哥嘛！"她眼睛都没看陆颐薇，自顾自地说着，"长得真挺好看的，这工装服被他穿都时尚了。欸？他脸怎么了？"林疏朗回头，对着陆颐薇拿手在自己眼周画了个圈，"全紫了。"

陆颐薇好奇地凑过去，她住三层，陈冬野就站在单元楼门口整理快件，这个距离虽说不能看得特别清楚，但是那一大块青紫实在太明显了。尤其是他搬着箱子往单元楼走的时候就更加触目惊心了。

"可能跟别人起冲突了吧。"她漫不经心道。

"也是，现在人都浮躁。"林疏朗点头附和，"就前两天，我还碰到一楼一男的跟外卖员打架呢，好像是因为外卖送迟了，那场面别提多血腥了。"

打架吗？陈冬野看起来可不像会跟别人打架的那类，当然，陆颐薇现在已经不太相信自己的直觉了。

林疏朗从窗边走开，抓过陆颐薇手里的黄瓜"咔哧"咬了一口。"他要是这么容易跟人起暴力冲突，那还是算了，跟这样的人在一起不安全。"

"都跟你说了好多遍了，我们什么事都没有，现在没有，以后也不会有。"她掷地有声地说完，正要回厨房，就听门铃响了。

"我去开。"林疏朗抢先一步走向玄关，打开了门。

看到一张完全陌生的脸，陈冬野愣了一下才问："这里不是陆颐薇的家吗？"

林疏朗挑眉看了他一眼，故意端起胳膊，答："她搬走了，我是新住户。"

男生的表情明显变失落了，林疏朗继续演戏："我认识她，要不然这包裹我帮忙转交吧？"

"不用了。"他拒绝得很干脆，"我也和她认识。"

在厨房里做饭的陆颐薇一直不见林疏朗回来，便关掉抽油烟机，走出来查看："疏朗，是谁啊？"

看到她出现在眼前，陈冬野微微扬起了嘴角："有你的快递。"

"啊？"陆颐薇伸手接过来，佯装镇静，"谢谢。"他的目光一直停留在自己身上，她终于还是忍不住问起，"你的脸怎么了？"

"摔了一下。"

"哦。"陆颐薇不自在地捋了捋头发，"那你以后开车当心点。"

"好。"

待他离开，门一关，林疏朗就忍不住狂笑了起来，陆颐薇伸手去捂她的嘴巴："你小点声，人家都听见了。"

"你们搞什么鬼啊？"林疏朗伸出两只手捧住她的脸，"天哪，陆颐薇，我刚刚仿佛在学校操场看一对高中生谈恋爱。你到底怎么了？"

"我怎么了？"陆颐薇把快递箱交到林疏朗手上，生硬地转移了话题，"去拆快递吧，我把汤盛出来。"

看清了寄件人的名字，林疏朗挑了挑眉。"是你妈寄来的。"林疏朗用剪刀拆开，香味扑鼻而来，"是你爱吃的卤排骨，加了好多冰袋，我说怎么这么重。看来阿姨还是不舍得让你自己在外面吃苦。"

陆颐薇笑笑，她当然知道。

两个人吃饭的时候，林疏朗又一人分饰两角，将刚刚的一幕重现了几遍。陆颐薇把排骨夹到她碗里："肉都堵不住你的嘴吗？"

林疏朗吃着吃着坏笑起来："你猜，许致一要是听说了这件事会怎么样？"

陆颐薇一把攥住林疏朗的手腕："林疏朗我警告你啊，别到处瞎说。如果被人知道我和前途光明的大律师分手之后跑去跟一快递员暧昧不清，大家更要合起伙来诟病我了。"

陈冬野正想敲门的手顿住了，刚刚还因为发现落下了一个陆颐薇的快递而感到欣喜，此时却觉得这份欣喜很愚蠢。

算了，他转身下楼。

6

第二天早上，陈冬野犹豫了很久，最终还是把陆颐薇的快递放进了车厢里，决定待会儿到快递站找哥儿们帮忙代送。

理好所有的货物，规划完路线，他开车出了小区。

北方的春天依然短暂，在几个日夜交替间，树木褪去了最初的嫩绿，变得郁郁葱葱。陈冬野喜欢欣赏路边的景色，只有景色能告诉你四季的变换。而一年就这样飞逝了，让现在的每一刻成为无法追溯的过去。

被陈秋河打伤的脸很快就会痊愈，甚至留不下一丝痕迹。

陆颐薇对于他当然也一样。

他们的生活是没有交点的，就像曾经从彼此生命中消失的十八年，即便他能活到九十岁，以这样的频率计算，也不过是再打几次陌生的照面。

如果那时陆颐薇还是很怕老鼠，还是想吃他手里的那袋水煎包，陈冬野确信，自己还是会帮她的。

他的生活贫瘠，但这是他欠陆颐薇的。

陈秋河欠债欠得满身窟窿，那是陈冬野的阴影，他早就发誓自己决不要亏欠别人任何东西。

哪怕是十八年前欠下的，如果给他偿还的机会，他也当然不能错过。

虽然从未设想过会再遇见陆颐薇，但实际上，这些年里，他做过很多次关于那天的梦。

躲在树后的小男孩，亲眼见到自己的哥哥将一只死老鼠丢向女孩的胸口。

这种恶作剧，陈冬野很小的时候就经历过了，村里调皮的男生们总喜欢用这种卑鄙的方式获取别人的关注。但女孩子浑身颤抖、抱头痛哭的模样让他第一次感觉到陈秋河的残忍。

不过，他帮不了她，因为那时候的陈冬野只有七岁，他不仅打不过十五岁的陈秋河，连承受伤痛的勇气也没有。

这种愧疚经年累月，最后竟发展成了一种愤怒。

谁让陆颐薇那么好骗！

在那个阳光灿烂的河畔，她追着一只风筝在草地上奔跑，陈秋河笑着伸手招呼她，她就过来了。

完全陌生的人，她竟然毫无戒心。

甚至，陈冬野觉得那次教训还是不够，不然陆颐薇怎么会在十八年后再次轻易把陌生的异性带回家？

她被保护得太好了，但世界上并不是每个人都心怀善意。

对她的感情非常复杂，在重逢之前，陈冬野从未将她划到自己的现实生活中来，但是这些天里，就好像心中休眠的困兽苏醒了，有一种被他遗忘的情绪开始补录进回忆之中。

读书的那些年，他望着班里的女孩子们，总觉得哪里不对。身边的同龄人都说他是怪胎，因为他没有对异性表现出任何兴趣。

现在他似乎知道哪里不对了。

那些女孩都不是记忆中的那张脸，陆颐薇的脸。

七岁那年，他已经对美有了唯一的界定。

当然，即便如此，陈冬野也不渴盼拥有什么。他虽然不会一直做快递员，但也不可能成为能够与陆颐薇匹配的伴侣。

就像每天整理快递车里的货物一般，陈冬野相信，他总能在自己的情感涨满之前一点点把心清空。

过完今天就不再回忆今天，这就是陈冬野选择的生活方式。

傍晚突然下起了雨，陈冬野没去吃饭，而是从便利店买了几包泡面，提前回到了住所。

与身边那些努力挣钱的哥儿们不同，他没什么上进心，反正所有的工资最终都会被陈秋河挥霍掉。

人生多讽刺，努力获得一些东西，然后转瞬间又都交出去了。

能够永远不被拿走的，只有思想。陈冬野喜欢每一个静静思考的时刻。他冲了个凉水澡，然后坐到窗边抽烟。

他不常抽，但偶尔想抽的时候也不会克制。

雨越下越大，天已经黑了，想到那个拜托给哥儿们转送的快递，他掐灭烟头，发了条微信语音：胡子，快递送了吗？

我之前去送，人不在，不过联系过了，她让我帮她放在门卫室。

人不在？陈冬野犹豫了一下，套上卫衣走出门。

站在单元楼下往上望，陆颐薇住的那个房间没有亮灯。

他撑伞往外走，经过门卫室时，一眼瞥到了放在窗口没有取走的快递。

陆颐薇还没回来。

夜幕低垂，雨丝毫没有减弱的趋势，陈冬野疾步前往小区对面的公交车站。

他曾见到她从那里下车。

靠着站台的广告牌，陈冬野掏出口袋里的 Kindle，津津有味地读起了书，等他看完一整章，时间已经过去了半小时。公交车来来回回经过，溅起的水打湿了他的裤脚。像是有预感一般，他抬起头，迷离的夜色中，有一辆黑色汽车从身边驶过，在前面的路口转弯，停在了小区门口。

陆颐薇从副驾驶的座位上跑下来，取走了那个放在门卫室的快递。

车子重新发动，进入小区。

陈冬野垂眸，小说读不进去了，他将 Kindle 揣回口袋，撑伞往回走。

等他走进小区时，那辆送陆颐薇回家的汽车刚好出来，借着缓缓摇上去的车窗，陈冬野看清了司机的模样。

是那个上次在人行道被他误认为咸猪手的男人，或许是她的律师前男友？

　　至少她没把他带回家。

　　陈冬野这样想着，信步走进单元楼。他收了伞，拐进走廊，突然愣住了。

7

　　陆颐薇弯着腰，将耳朵紧紧贴在门上，仔细聆听……

　　什么声音都没有。

　　打电话给她的是一个陌生的声音，陈冬野不派送这片区域了吗？还是他搬家了？

　　该不会是因为自己吧？但他这么冲动就搬走了，能找到合适的地方住吗？

　　陆颐薇被乱七八糟的思绪捆绑，完全没有注意到身后传来的脚步声。

　　"你在干什么？"

　　回过头，陆颐薇看到了表情惊讶的陈冬野，她默默吞了一口口水，强装镇定："哦，你回来了。"

　　"找我有事？"陈冬野看了看她手里的快递，她从外面进来还没有上楼。

　　"没有。"陆颐薇指了指地上，"刚刚快递掉了，我在捡。哦……我想起来了。"她做恍然大悟状，"你说过你住一〇二旁边的门，原来是这里。"

　　陈冬野点头，微微弯了弯嘴角："你记得没错，是这里。"

　　"脸……"她抬起眼睛，又垂下头，"不要紧吧？"

"没什么。"

"那就好。"陆颐薇回他一个不自然的微笑，刻意潇洒地摆了摆手，"晚安。"

她的身影渐渐消失在楼梯的转角，陈冬野在门口站了一会儿，手中的雨伞滴滴答答，雨水在脚边聚集成一个小小的水洼，他慢慢抿起嘴，笑了。

陆颐薇"砰"的一声甩上了门，鞋子都没脱就扑到沙发上，用抱枕盖住了脸。

她都做了些什么啊！简直羞死了……

陈冬野去哪儿跟自己有什么关系，她干吗那么蠢去门口偷听？明明刚才和许致一吃饭的时候，还再三强调自己和陈冬野半点关系都没有，她的思想转变得也忒快了吧？

她到底怎么了？她是不是因为当久了别人的女朋友，所以一时间无法适应单身的身份？所以哪怕是在面对陌生的陈冬野时，仍然会下意识地代入感情？

陆颐薇放下抱枕疯狂摇头，这个理论也太诡异了，她快速将其驱逐出脑海。

雨声滴滴答答，静坐了半晌，陆颐薇的情绪渐渐平静了下来。她自我安慰，也没什么丢人的，反正又不会有深入的交集。

不过是收发快递的关系而已。

从兜里摸出手机，陆颐薇给许致一发了条微信，问他到家了没有。

要不是许致一约她吃晚饭，在下雨之前把她接走了，她就得淋雨回家。虽然他约自己吃饭的理由是讨论陈冬野。

就知道林疏朗那丫头的嘴巴靠不住。

陆颐薇还没来得及找闺密兴师问罪，许致一就回了电话过来。

"啊……"陆颐薇这才想起，"不好意思，我忘了你不喜欢发微信。"

许致一的声音里透出几分讽刺："照你这个速度，不过多久，你大概连我的名字也忘了。"

陆颐薇故意附和："那也不是没可能。所以，这位不知名的先生，你到家了吗？"

"刚进门。"

"行，那早点睡吧。"

陆颐薇正要挂电话，许致一叫住她："等等。"

"怎么了？"

"我想了一下，觉得有件事还是要告诉你。"许致一顿了顿，像是在花费时间组织语言。

陆颐薇感到有些好笑地追问："这么严肃，到底是打算告诉我什么？"

"你很奇怪。"

"你才很奇怪，说话没头没脑的……"

许致一打断她："陆颐薇，你谈起那个快递员的态度很奇怪。整个晚上，你只要一提起他的名字就变得很激动。不管是否认你们的关系，还是说起什么别的，你的声调立刻就会拔高，语速也快很多。"

陆颐薇顿时有点心虚："我有吗？"

许致一没有回答这个问题，而是用了为委托人辩护的语气，有力地下了结论："作为和你共处那么多年的前男友，虽然我们选择了好聚好散，但我觉得我有义务帮助你认识自己的情绪。陆颐薇，你慌了。你为什么会慌，我觉得你应该思考一下。"

"不是……"陆颐薇有点急躁地辩解，"你别搞笑了，他只是个快递员。"

"你的感情还会自动筛选人的职业？"许致一毫不客气地嘲讽

她，"那你为什么要放弃我这个前途无量的大律师？"

"都什么乱七八糟的。"陆颐薇嘴硬地反驳，"你能不能像个正常的前男友一样，干吗搞得这么善解人意？男闺密的身份不适合你。"

"我觉得挺适合的。"许致一倒挺真诚，"做不好男朋友，至少应该做好朋友，也不枉我们彼此陪伴了这么多年，你说对吧？"

陆颐薇说不出话了，做许致一的女朋友时，她很少会被他触动，没想到分手后却改观了。

"你是不是被感动得涕泗横流了？"许致一得意地说，"复合可没门，别想了。"

"自作多情！"陆颐薇笑骂道，"做你的春秋大梦去吧。"

挂断电话，陆颐薇突然没了找林疏朗算账的兴致。

和许致一在一起的这么多年里，他们唯一的争执发生在拍婚纱照的前一天，因为选择礼服款式产生了分歧。

纵观从前，之所以两个人从未发生过什么激烈矛盾，大概是由于他们一直都是独立裁决所有事，但成为夫妻，就要背叛曾经的自由。

在影楼争论了三小时后，因为互不相让，他们赌气推掉了第二天的婚纱照拍摄日程，在回家的路上，冷静下来的两个人决定分手。

他们不具备成为夫妻的资格，因为他们为自己设定的未来里根本没有对方的一席之地。

承认这件事很羞耻，毕竟他们在彼此身上浪费了七年的时间。

所以除了林疏朗，陆颐薇没有向任何人透露过这个秘密。可是此刻，她决定打开与妈妈的微信聊天对话框。

妈，我真的没任性。

她其实想说的还有很多，但眼泪忽然不受控地涌出眼眶，模糊了视线。

第三章

1

接到医院打来的电话时，陆颐薇还有点迷糊。

"什么？"她揉着惺忪的眼睛问，"你说谁？"

"有个叫周梨落的女孩你认识吗？她出了事故，正在医院接受治疗，拜托我们帮她联系你，她说你是她的老师。"

陆颐薇的睡意一下子全没了，她忙应声："对对，我是她的老师，请问她在哪家医院？伤势严重吗？"

"左腿骨折了，没有生命危险。"

陆颐薇松了口气："好的，谢谢，我马上过去。"

换好衣服去客厅时，她看了一眼挂在墙上的时钟，已经深夜十二点了，周梨落这么晚怎么会在学校外面？

陆颐薇皱紧眉头，锁上门，背着包下楼。

因为心里着急，她步速很快，转出步行梯时跟一个人迎面撞在了一起。

那人身上有湿热的气息，像是从远处奔跑而来的。

"不好意思。"陆颐薇低头道歉，那人什么也没说，错开身子让她通过。

迈步的瞬间，声控灯亮了，擦肩时，陆颐薇下意识地瞥了一眼男人的侧脸，莫名觉得有点眼熟。

她顿住脚步，男人已经往楼道里走了。几秒后，擂门声响起。不是这里的住户吗？那她肯定不可能认识了。

没再多想，陆颐薇踏入夜色之中。

陈冬野被门外的动静惊醒，他警觉地坐起身，窗外雨已经停了。他按亮窗边的台灯，正在分辨自己是不是在做梦，不耐烦的吼声传了进来："陈冬野！"

是陈秋河。

他疲惫地站起来。因为早就习惯了这种被扼住喉咙、随时都有可能窒息的感觉，陈冬野连反抗都忘了。

打开门，看到那张令人厌恶的脸，他摆出淡淡的表情："什么事？"

"给我点钱。"陈秋河朝他伸出手，表情里有几分慌张，"快点。"

陈冬野看着他，慢慢收紧了嘴角。

"愣着干什么？"他急躁起来，"快拿出来，听见没有？"

"都给你了。"陈冬野平静地陈述，"下月工资要等三周后才能发，你那时候再来吧。"

"不行。"陈秋河扒住将要合拢的门，两道眉毛竖了起来，"我撞了人，得出去躲躲，你给我凑个车票钱也行。"

陈冬野愣了愣，语气冷了下来："撞了谁？"

"我哪儿知道是谁？"陈秋河没好气地推了他一把，抬脚打算硬闯，"快把钱拿出来，别废话。"

陈冬野伸开手臂拦住他，虽然年龄比陈秋河小八岁，但他早就长到了与陈秋河齐平的高度，眼神暗下来的时刻，也能显出几分不容置喙的气势。"你不说就别想拿钱。"

"你真他妈烦，磨磨叽叽跟个娘儿们似的。"陈秋河低吼道，"一个大学生，憬然学院的，叫周梨落。"

"为什么撞她？"

"谁让她投诉我，我大雨天给她送外卖，路况不好，晚点送达怎么了？居然敢投诉我，我这一天的工资都没了，不给她点教训我气不顺。"

陈冬野攥了攥拳，终于咬牙切齿道："送医院了吗？"

"撞完我就跑了，我哪儿知道。"陈秋河吸吸鼻子，漫不经心地应付道，"就那个外卖电动车，撞不死人的，你不用这么担心。"说完，陈秋河趁他不注意，闪身进了房间。

他直冲向陈冬野放在地毯上的钱包，从里面拿出所有纸钞，连零钱都没有留，全部塞进自己的裤兜。

陈冬野站在门口看着他，仿佛从那张脸上又看到了十八年前的那个午后。

阳光和煦的河畔，陈秋河看着抱头痛哭的女孩，笑得前仰后合。

此时此刻，他像七岁时一样，因为难以直视这张丑恶的嘴脸而别过了头。

2

"我确信他是故意的。"周梨落抽了抽鼻子，眼睛因为哭泣红红的。

陆颐薇塞给她几张面巾纸，柔声安抚道："你慢慢说，到底怎么回事？你怎么那么晚还在学校外面？"

"我最近花钱太多了，就在学校附近的咖啡厅找了个临时兼职，今天轮到我上晚班。"周梨落抹掉眼泪，情绪稍稍缓和了些，"交班之前我觉得很饿，就点了个外卖。但是骑手晚了一个多小时才送到，态度还特别差，我实在气不过就打了投诉电话，平台退了钱，我以为这事就这么过去了。结果下班的时候又遇到了那个人，一开始我都没注意，因为很晚了嘛，路上也没什么人，我是贴着墙走的，旁边有很大的空间，但他骑着电动车迎面朝我撞了过来。我根本来不及反应，人就躺下了。当时太害怕，整个脑袋都是蒙的，幸好有路人帮我叫了救护车。"

当众撞人，这也太无法无天了吧！陆颐薇拧起眉头。"你知道那个人叫什么名字吗？平台应该有骑手的联系方式吧？"

周梨落拿起手机，点进晚上的那个订单，把屏幕转向陆颐薇："叫陈秋河。"

陈秋河？这个名字的感觉……陆颐薇下意识地想到了陈冬野。

"可是我要再联系他吗？我有点害怕，这个人做事这么过激，万一再报复我怎么办？"周梨落怯怯地缩了缩肩膀，"但是……我真的付不起这笔医药费了。"

"别担心，医药费我先帮你垫上。"陆颐薇拍拍她的手，"你先安心养伤，我明天白天联系一下对方，看看他的态度。"

"谢谢你，陆老师。"周梨落嘴巴一撇，又呜呜咽咽哭了起来，"我爸妈都是那种很老实的工薪阶层，我怕他们担心，都没敢告诉他们，要没有陆老师，我真完蛋了。"

陆颐薇温和地笑笑，心里还在想着陈秋河的名字。

相似度太高了，不会真的跟陈冬野有关系吧？

这个问题很快得到了解答。

第二天中午，陆颐薇安排跟周梨落关系不错的室友去医院照顾。她则联系了许致一，打算向他咨询一下这种事应该怎么处理。

经过学校门卫室，陆颐薇看到了一个熟悉的身影。

"陈冬野？"

正在向门卫解释自己来学校的缘由的陈冬野声音一滞，转过头去。

"你怎么在这儿？"其实问出这句话时，陆颐薇的第六感已经确定了他的来意。

陈冬野不安地握了握拳，旁边的门卫见此情景，说："陆老师，这是你朋友啊？"

他今天没有穿快递工装，看样子是休了假，陆颐薇顺势点了一下头。

门卫笑笑："你早说你是陆老师的朋友，我就不会卡你半天了。"

陈冬野是很想成为她的朋友，但不是以现在这种方式。他走到陆颐薇面前，语气变得不自然起来。"你是这里的老师？"

"对。"陆颐薇打量着他的神情，等待他的下文。

陈冬野垂眸，他个子比陆颐薇高了接近一个头，从她的视角依然可以看到他抿成直线的嘴。

他犹豫了一会儿，只是问了一个完全不相干的问题："你昨晚没睡好吧？黑眼圈很严重。"

"我昨晚在医院，我的学生出了事故。"陆颐薇抬眼望着他，继续道，"或许，你认识一个叫陈秋河的人？"

陈冬野蓦地对上她的视线，他明白了，陆颐薇都知道了。他轻轻叹了口气。"是我哥。"他垂下头，不敢再看她，"那你好好照顾她，也别太累到自己。再见。"

陆颐薇望着他的背影渐渐被四周林立的高楼吞没，突然觉得有点无措。

她的暗示那么明显，陈冬野却什么都没说。

那他最初来学校的目的是什么？难道不是想要找到周梨落，帮助他哥哥解决这件事吗？

陈冬野比自己小五岁，但这段时间的接触让陆颐薇深深感觉到了他的克制。

他每时每刻都在自控，好像除了他自己，别人的感受都很重要。这个发现让坐进出租车里的陆颐薇忽然有些难过。

车子拐弯，驶到另一条街，陆颐薇伸手敲了敲驾驶座的椅背，抱歉道："不好意思，我临时有别的事，请把我放在这里下车吧。"

陆颐薇钻出车子，打电话给许致一取消了会面，然后她用微信拨了语音电话给陈冬野。

"你在哪儿？我们谈谈。"

"我可以赔医药费，多少都行。"陈冬野顿了顿，车辆呼啸而过，混进他平静的声线里，"如果你的学生觉得不解气，我可以去警局告发他，我有他的录音。但是，你千万不要出面。"

陆颐薇的眉头紧了紧："为什么？"

"陈秋河是个人渣。"陈冬野轻声道，"不想让你跟他有任何瓜葛。"

3

"谢谢你。"周梨落站在陈冬野身前，诚挚地说，"你肯帮忙，我太意外了。"

她刚出院，手臂还吊在胸前，因为受伤，周身显露出几分小女生的脆弱。陆颐薇站在一旁看着他们，心中涌出几分说不出的情绪。

"没什么,本来就是我哥做得不对。"陈冬野说着掏出手机,"你医药费花了多少?我转给你。"

"那你加我微信吧。"女孩的脸庞显出几分微红,"正好我可以把在医院开的费用单拍照发给你。"

"好。"

他们凑近对方,交换了联系方式。

陆颐薇扭过头去,阳光开始变得热烈,春天似乎已经彻底远去了,包括那个月亮很美的夜晚。

虽然陈冬野愿意大义灭亲,但周梨落还是决定私了。

"雨下得很大,车不好开,我还不停地打电话催促,换谁估计都会急躁。我就当吃一个教训吧,以后做事不会那么冲动了。"那天,三个人在医院见面时,她笑着对陆颐薇说完,又不经意地瞥向了陈冬野。

这个理由听起来很合理,但是陆颐薇知道,这并不是全部。

陆颐薇又望了一眼树下挺拔的男生,她承认,陈冬野的确有着会给人很好的初印象的样貌。

所以,陆颐薇选择尊重周梨落。不过刚刚在病房帮她收拾东西的时候,陆颐薇特意提醒她还是应该把那段录音拿到手,万一以后有什么用处。但看样子,她完全忘记了。

"以后万一有什么事,我是说,万一你哥又来找我,我可以联系你吗?"

"当然。"陈冬野回答得很干脆,"不过你也不用太担心,他自己做了错事,会避着你的。还有,你受伤期间,要是有什么需要帮忙的,也可以随时找我。"

"嗯。"周梨落笑了笑,咬着嘴唇低下了头。

陈冬野打车将她们送回学校,一路上,周梨落不停地问着他各种问题。

但陆颐薇知道，她好奇的只有一件事——陈冬野有没有女朋友。

陈冬野在感情上显然不够聪明，他不懂女孩真实的心思，所有的答案都简短。

陆颐薇一言不发地望着窗外。对十九岁的周梨落而言，爱情大约是很容易的，毕竟除了爱，她还不需要考虑其他附加条件。

爱情很难经得起"一生"的考量，所以劝你结婚时，亲戚朋友总是会说，什么爱不爱的，人品好比什么都强。

但即便如此，大多数人还是会将自己的另一半称为伴侣，而不愿承认，他们大概只是"室友"而已。

结婚是世界上最矛盾的真相，它打着"幸福"的幌子，带你走进现实的迷局，因为走得实在太疲惫，最后不得不放弃"幸福"这个包袱。

就像林疏朗，离婚之后，陆颐薇觉得她变得快乐多了。

在不用考虑婚姻时，陆颐薇很乐意帮助别人成全爱情。所以，当车子经过地铁站附近时，陆颐薇出声道："我忽然想起跟别人有个约会，陈冬野，麻烦你把周梨落送到女生宿舍楼下可以吗？"

陈冬野从副驾驶的位置转过头，他看着陆颐薇，从她的表情中读懂了她的用意，平静地说："好。"

出租车停在路边，陈冬野从后视镜中目送陆颐薇走向地铁站，后座女生还在喋喋不休，他突然感到不耐烦了。

"休息一下吧。"陈冬野生硬地打断了她。

下午没有课，陆颐薇请了半天假，直接坐地铁回了家。

虽然整件事解决得出乎意料地顺利，但她还是发自内心地觉得疲惫。

突然有点同情许致一，他每天都要面对各种纠纷，也真是不容易。

这么想着，陆颐薇走进单元楼。

转入楼道，准备上楼时，她突然顿住了脚步。从陈冬野住的房间里传出了很大的物品被翻倒的声音。

她怕自己听错了，特意悄悄走近确认了一下。

确实是他住的那间。

陆颐薇回到楼梯拐角，打电话给陈冬野。

"喂？"

"有人进了你家。"陆颐薇小声道，"不知道是不是小偷，我要帮你报警吗？"

在所有住户里，他的房间是最明显不可能有贵重物品的。独独选择他偷的人，只有一个。"不用了。"陈冬野安慰陆颐薇，"没有值钱的东西，我正在从学校回家的路上，你上楼吧，不用管了。"

陆颐薇明白了陈冬野的言外之意。她点头："那好吧。"

陈冬野微微弯了弯唇角，忽然叫她："陆颐薇。"

"嗯？"

"你不是有约会吗？"

陆颐薇停顿了几秒。"临时取消了。"想了想，她又说，"医药费你如果手头紧，不用一次付清，反正我已经垫付了。"

陈冬野轻轻叹气："你对谁都这么好吗？"

"啊？"

"没什么。"他的心情忽然变得很好，"放心，我有一些积蓄。是我的稿酬。"说到这里，陈冬野忽然强调了一句，"我也不仅仅是个快递员。"

4

接下来的几天里，陆颐薇常常遇到陈冬野。更确切地说，是遇到和周梨落在一起的陈冬野。

其实陆颐薇并没有刻意关注他，或许是陈冬野身上的工装在学生之中太明显了。

大多数时间，他都是沉默地走在周梨落身边，手里拎着她的东西，有时候是超市的购物袋，有时候是装书的纸箱，还有时候，他什么也没拿，两只手揣进自己的口袋里。

天气已经很热了，他还穿着外套，总是垂着头，好像初夏的阳光唯独没有光临他的世界。

他看起来好像一直都是这样，即便是笑着，也不会让人感觉到他的快乐。

不过也是，发自内心的喜悦是很难获得的。

傍晚，陆颐薇从办公室出来，正准备下班，手腕突然被飞奔而来的周梨落抓住了。"陆老师陆老师，快来看球赛。"

"球赛？"她被扯拽着向前走，追问道，"什么球赛？"

周梨落回头冲她眨了眨眼睛："我们班跟外语系的比赛。"

陆颐薇本想找借口拒绝，周梨落突然又补充了一句："我们请了陈冬野做外援。"

脱下了工装服、只穿球衣的陈冬野终于恢复了少年的模样，只不过，他变得已经不显眼了，可为什么陆颐薇的视线总能瞬间捕捉到他？

他打球的神态与往常不同，一贯平和的眼神中也透露出了坚定的胜负欲。这才更符合他的年龄。

二十五岁，本来就应该充满活力。

陆颐薇不自觉地露出了笑容。陈冬野穿过层层防守，轻轻跃起，将篮球送入篮圈内。

"好棒！"周梨落起身欢呼，夕阳闪过她的脸颊，留下灿烂的光影。

周围的人纷纷侧目，陈冬野也朝这边望了过来。陆颐薇的视线不经意地和他相撞，她垂眸，假装整理起了放在膝盖上的包包。

陈冬野与队友击掌，重新投入新一轮的比拼。陆颐薇紧了紧手指，终于还是决定提前离开。

她走了。陈冬野转头朝她的背影看去，因此失掉了手中的球。

陆颐薇没有急着回家，而是坐车去了林疏朗的单位，在楼下的咖啡馆里坐着给她发微信：待会儿下班来"轻慢"找我。

林疏朗来得很快，陆颐薇一杯咖啡刚抿了几口，她就坐到对面了。在乎你的人总是不舍得让你一直等下去的。

"你什么情况？"她把打印出来的一摞纸稿放在桌上，抬眼问陆颐薇，"特意来接我下班吗？"

"不是。"陆颐薇否认得很干脆。

林疏朗反倒笑了："不会又是因为那个快递员吧？"

陆颐薇将脸旁的碎发别到耳后，犹豫了一下，才说："疏朗，我得郑重地跟你澄清一件事。"

"什么事？"

"说他只是个快递员的事。"她朝前探了探身子，扬眉笑道，"他其实还是个作家。"

"哇哦！"林疏朗惊叹，"那岂不是我正在苦苦寻觅的其中一匹千里马？"

陆颐薇耸耸肩："或许吧。他告诉我，他有一些稿酬积蓄。"

"你骄傲什么啊？"林疏朗毫不客气地取笑她，"你跟人家又没有任何关系。”

“如果他成为你的作者，就间接地算是有点关系了吧？”

林疏朗审视着她的表情回道：“所以，你把他介绍给我，是真的想帮我挖掘一枚金子，还是仅仅是为了创造你们的交集？”

陆颐薇长长呼了一口气，坦陈：“我不知道。我只是觉得，我没有在别人身上获得过这样的情绪。”

“所以呢？你打算怎么办？”

她抬起头，目光灼灼地望着好朋友：“我想试一试。也不能说试，我想更深入地了解一下，这种情绪到底代表着什么。”

林疏朗用手托住下巴，问她：“如果是爱情呢？”

陆颐薇抿起嘴角：“你了解我的，我不是那种轻易对别人动心的人，我一向很谨慎，又比较慢热。”

林疏朗摇头：“你搞错了，爱情和理智是不会同时存在的。”

“我三十岁了。”陆颐薇自嘲地撇嘴，“如果我跟我爸妈探讨爱情，一定会被劈头盖脸教育一顿。”

林疏朗没有再接陆颐薇的话，只是不经意地看了看她身后的那张桌子。

那里有个穿着与咖啡厅的氛围格格不入的人，他没有点东西，只是拿着咖啡厅的宣传页，遮着半张脸，时不时往陆颐薇的方向瞅。

敏锐的观察力让林疏朗察觉到异样，天色渐渐暗了，便轰陆颐薇回家，一直看着她上了出租车，报出回家的地址。

那个人果然从咖啡厅走了出来，他望着已经离开的出租车，默念车牌号时，眼前突然出现了一张脸。

女人的脸。

5

"你，谁？"

陈秋河低下头。女人双臂环在胸前，长长的头发落到手腕上，逆光里的脸显得棱角分明。他伸出舌头舔了舔嘴角，居高临下地看着她，笑着反问："你又是谁啊？"

"别废话了。"林疏朗挑眉，"你为什么跟踪我朋友？"

陈秋河扬起无赖的笑容："你有什么证据说我跟踪你朋友？还是说，你在故意跟我搭讪？"

林疏朗抬起脸，迎上他那双一看就是因为熬夜过多而充血的眼睛，语气里充满不屑。"你是不是从没有照过镜子？"她凑近他的耳朵，"你看起来就像个骷髅。"

陈秋河咬紧了后槽牙，忽而又笑出了声，指着林疏朗，说："你还挺有意思的。"

"谢谢夸奖，不过还是要警告你，离我朋友远一点。"说着，林疏朗突然举起手机。

"咔嚓"一声，陈秋河还没反应过来，就被她拍下了照片。"你干什么？"

林疏朗转过屏幕，朝他眼前晃了晃："记下你的脸，便于日后警察抓人。"

陈秋河又笑了："我要不要干脆把手机号码给你？那岂不是更好找。"

"手机号码随时可以换，脸能换吗？"林疏朗翻了个白眼，转身走了。

"你朋友是不是有家人住在青阳镇？"

待林疏朗回过头，他露出一个令人脊背发凉的阴森笑容，又问：

"她应该很怕老鼠吧?"

陈秋河保持着那个笑容,从她身边经过,背对着她摆摆手,吊儿郎当道:"江湖再见!"

"神经病。"林疏朗暗骂了一声,抱着那摞稿子到路边打车。

刚刚那个人虽然看起来不像个好人,但在咖啡馆的时候,他坐得那么远,似乎没有想要窥探她们聊天内容的用意,所以很可能只是临时起意的跟踪吧?

已经被她识破了,多少应该有点忌惮的。不得不感叹,世界上的怪人真多啊!

陆颐薇胆小,现在告诉她,哪怕什么事都还没发生,她估计也要疑神疑鬼半个月。还是算了吧。不过,提醒她多注意安全才是真的。这么想着,林疏朗拨了电话过去。

陈秋河站在马路对面的公交车站台,透过车辆行驶的间隙,远远望着她。

一定是打电话给她朋友了吧?

"有个变态在跟踪你,你一定要小心。"

想象着女人惊慌的口气,他伸出手指摸了摸自己的嘴角,一副不怀好意的样子。

陈秋河承认自己是个浑蛋,但是,他不觉得自己是个坏人。

他只是好赌而已,怎么就成了老妈口中的"畜生"了?

每个人都骂他:"就是那个混账东西,把家底输了个精光。"

但为什么他们从来不问他赌博的原因呢?

陈秋河看着女人上了车,嘴角扯出一抹微笑。

没有人知道,他有多害怕夜晚,无数次从噩梦中醒来,看到死去的父亲那张灰白、充满怨念的脸时,他有多痛苦。

年龄一直在增长,但发生在十多年前的事,怎么就永远忘不掉?

他痛恨这个世界，痛恨自己烂透了的人生。开心的时候，他毁灭自己；不开心的时候，他需要毁灭别人才能得到发泄。

因为刚刚那个女人，他现在心情很不错。所以，他决定暂缓去找陈冬野的计划，只发微信给陈冬野透露一点点好了。

"啧啧啧……"陈秋河边打字边忍不住笑起来。这得是什么缘分啊，那个小时候被他丢过死老鼠的城里来的小女孩，竟然成了弟弟的女朋友。

要不说，他总觉得她长得很眼熟。

有意思。陈秋河关掉手机，吹着口哨上了进站的公交车。

陈冬野过了半小时才看到那条消息，因为他之前在洗澡。

他顶着一头湿发拿起手机，解锁屏幕，后背腾地烧了起来。

我知道你女朋友是谁了。

陈冬野很少会觉得这么慌，他丢掉毛巾，转而打给陈秋河。

关机了。

他骂了一声，快步跑出门，上楼。

门被"咚咚咚"地敲响了，陆颐薇刚洗漱完，头上还戴着兔子耳朵的发带，那是网购送的赠品。

这么晚了，谁会来？

她走到门边，从猫眼里看到了陈冬野焦急的脸。陆颐薇不明所以地拉开门。"怎么了？"她问。

见她没事，陈冬野松了口气，又看着她头顶的两只兔耳朵，忍不住笑了。

陆颐薇后知后觉，伸手将发带扯了下来。被看到了这么窘的样子，她有点恼羞成怒，暗自咕哝："莫名其妙。"

"是可爱的。"陈冬野弯腰，俯身去找她的眼睛，"真的，很可爱。"

清爽的洗发水味蹿进鼻腔，陆颐薇下意识地抬起头，两个人之间的距离瞬间被拉得很近。

她能看清他的头发哪一缕是湿的。

他们静静地对望着。

声控灯灭了，瞬间的黑暗过后，月光渐渐勾勒出彼此的脸庞。

"陆颐薇，"因为不想被突然照亮的灯光打扰，陈冬野用很轻很轻的声音唤她的名字，他侧了侧脸，在她耳边说，"我听到你的心跳了。"

6

一进六月，天气就炎热了起来。

下班后，陆颐薇特意去附近的商场转了一圈，最后挑了一款图案雅致的丝巾。

再过几天就是许致一妈妈的生日了，陆颐薇已经为她准备了七年的生日礼物。许致一的妈妈是位非常和气的阿姨，也是唯一用欣赏的眼光看待陆颐薇的人。这些年里，无论哪次和她见面，她都会真心实意地从各个微小的细节之处称赞陆颐薇，这让陆颐薇获得了很大的鼓励。

所以，即便不能成为她的家人，陆颐薇也不想破坏两个人曾经的情谊。

许致一的妈妈有严重的颈椎病，即便是在夏季，也必须保护颈部不受凉。这款丝巾透气性不错，正好是她所需要的。

从商场出来，陆颐薇乘公交车回家。正是下班晚高峰，车上人很多，陆颐薇艰难地掏出手机，给许致一发了条微信，让他有空了回电话给她。

　　最近他接了一桩新的离婚案，每天忙着帮客户想办法分到更多财产。

　　真令人感叹，看了那么多人在决定离婚时急赤白脸的模样，许致一还会对结婚抱有期待吗？

　　陆颐薇胡思乱想着。她旁边位子上的男生半路下了车，她便坐了下来，头靠着车窗，不知不觉打起了盹。

　　不知过了多久，有人敲响了她耳边的窗玻璃。陆颐薇迷迷瞪瞪地睁开眼，扭头看到了车外的陈冬野，他指了指身后的站牌，她才惊觉自己已经到站了。

　　慌慌张张下了车，她有点窘迫地整理着手中的购物袋。视线里，陈冬野的脚慢慢靠近，然后停在她面前。

　　陆颐薇抬起头，刚要说话，手机就响了。

　　许致一回了电话过来，她顺势接起，为自己有了一个逃避尴尬的机会而感到分外庆幸。

　　"喂，"她回过身，问，"你忙完了？"

　　"还没有。"许致一照旧语速很快，"我在偷偷监视客户的老公呢，看能不能找到他出轨的证据。你找我有什么事？"

　　"哦，没什么重要的事情，阿姨不是快过生日了吗，我给她买了礼物，你看你什么时候方便，我拿给你。"

　　"好，我明天找时间给你打电话。"

　　陆颐薇挂断，转头见陈冬野正目光灼灼地望着自己，不由得开口道："怎么了？"

　　"我帮你送吧。"他说着，抓过陆颐薇手里的纸袋，微微扬了扬嘴角，"你付快递费就行。"

　　"可是……"陆颐薇有点没反应过来，"我……"

　　陈冬野打断她："不然就一起吃饭吧，那样我就免费帮你送。"

陆颐薇想了想，没有想到什么拒绝的理由。"去哪儿吃？"

"跟我来。"

陈冬野带她去的是那家他常光顾的"三味炒饭"。

老板娘见他身后跟着一个女人，目光顿时变得暧昧起来，趁陆颐薇转身去找座位时，冲陈冬野眨了眨眼睛，小声道："女朋友真漂亮。"

陈冬野承认陆颐薇漂亮，但他没办法承认前半句："她不是我女朋友。"

点完餐，陈冬野回头去找陆颐薇，她选了个很不起眼的角落。

是因为不想让别人看到自己在跟一个快递员吃晚饭吗？

陈冬野信步走过去，坐到她对面。

因为便宜，光临这家店的大多是独自在外打拼的年轻人，一个人边看手机边往嘴里送着不知滋味的炒饭，沉默地吃完，沉默地走开。

但今天，陈冬野成了他们中最幸运的一个。他决定好好行使这份特权。"要吃辣椒吗？"他问。

"我自己来吧。"陆颐薇伸手去拿陈冬野手中盛着辣椒油的玻璃罐，他手一收。

他打开盖子，倾身向前。"我帮你放。"他挖出小半勺，抬眼问她，"够了吗？"

"嗯。"陆颐薇不敢看他，他的气息让她紧张。

吃着吃着，陈冬野突然开口问她："你怕危险吗？"

陆颐薇不明所以："什么危险？"

"算了。"他笑笑，"当我没问。"

"话说一半很没礼貌。"陆颐薇不满地说。

陈冬野吞下两口米饭，用一种漫不经心的语气说："陆颐薇，以后每天下班我都会在那个站台等你，不管你有没有看到我，我都会在。所以，你不用害怕。"

在陆颐薇奇怪的注视中，他又强调了一句："我现在有能力保护你了。"

7

许致一接到快递电话，从律所出来，抬头看到陈冬野，露出了惊讶的神情。他四处看了看，才伸手指着自己问："找我？"

陈冬野点头，把手里的纸袋递过去："陆颐薇寄给你的快递。"

许致一接过来，露出一抹不易察觉的微笑："谢谢。"

"你是律师吗？"对着已经打算离开的许致一，陈冬野开口问道，"如果我想告一个人，让他一辈子坐牢，委托你，需要花多少钱？"

许致一转过头，望着那张年轻的面孔，审视着陈冬野的表情，不想错过任何细微的变化："你打算告谁？"

陈冬野耸耸肩，什么都没说。

"怎么判定一个人的罪名，法律说了才算，你给我多少钱，我也无法左右这件事，"许致一让自己的态度尽量显得专业，"要看他究竟犯了什么罪。"

陈冬野平静地应道："好，我知道了，谢谢。"

许致一看着他的背影消失在走廊里，拎着纸袋回到办公室，越想越觉得不对劲，转而拨通了陆颐薇的手机号。

"礼物我收到了。"他语气真诚地说，"替我妈表达衷心的感谢。"

陆颐薇坦然地笑笑："不用客气，伤了阿姨的心，就当我做出一点弥补吧。"

"说真的，你就那么不想见我啊？"许致一不满地问，"值当发个快递？"

陆颐薇不知道该怎么解释，干脆用最简单的答案敷衍了事："巧合而已。"

"你们发展到哪一步了？"

陆颐薇表示无语："什么哪一步？别胡说八道好不好？"

"别激动，我没有要探问前女友隐私的意思，只是觉得，这个人有点奇怪。"

虽然这其实也是陆颐薇的想法，但是她还是装作不经意地问："怎么奇怪？"

"气质，谈吐，整个人给人的感觉，以及种种表现，都不像我们见过的那些快递员。今天他问我，如果要让一个人一辈子坐牢，能不能委托我做律师。"许致一分析着，"他该不会隐藏着什么不可告人的身份吧？"

"他是个作家。"陆颐薇不知道自己为什么会脱口说出这句话，她有点不自然地解释道，"可能不怎么出名，但好像也拿了不少稿酬。没准问你这个问题只是想为故事取材呢。"

许致一停顿了一会儿才道："你这是在替他辩解吗？想在我面前证明他其实是个很有身份的人？"

陆颐薇一时语塞，又听许致一笑着下定论："如果你能爱上他，他在我看来就已经非常了不起了。"

直到挂断电话很久，陆颐薇还沉浸在许致一最后的那句话里。

爱上陈冬野？陆颐薇摇摇头。

这不可能。

下班后，陆颐薇拎着几大包网购的夏装回家。虽然并没有优秀的颜值，但陆颐薇也像很多女孩子一样，对衣服的钟情程度很高。

她关注了很多时尚博主，没事的时候常去看那些人的穿搭。她自己也尝试着搭配过很多套衣服，但每次兴高采烈拍照后，都会想起许致一曾经给予的那些评价。

"太奇怪了。"

"很搞笑。"

"我无法理解这两个颜色的搭配。"

诸如此类的打击，她经历了太多，最终只好打消了分享穿搭的计划，而且把这件事当成自娱自乐的方式。

之前跟父母住在一起，因为怕被妈妈骂乱花钱，所以她只能克制着自己的购物欲，现在完全自由了，便彻底放飞了自我。

但毕竟工资有限，她还是会挑选性价比高的衣服入手，享受搭配它们的乐趣。但是其实它们大部分并不会被陆颐薇穿出门，而是最终成为藏在衣柜深处的秘密。

"陆老师。"

周梨落从她身后追上来，她笑着冲周梨落点头。

"买这么多东西啊？"周梨落指了指那些快递袋。

"我刚搬了家，添了一些生活用品。"陆颐薇面不改色地说谎。

"那怎么没有直接寄到家里？"

"小区太老旧了，没有设置快递柜。"果然，一个谎言是另一个谎言的开始。

周梨落点点头："我帮你拎一些吧，反正我也要出去。"

"不用不用，你的胳膊还是要多注意。"

周梨落摇摇头："都好了，放心吧。"

"都好了啊。"陆颐薇重复了一次，那应该没什么理由再找陈冬野过来帮忙了吧？

两个人一起走出校门，陆颐薇停下脚步，笑道："谢谢你了，我去那边坐公交车。你早点回学校，晚上少在外面逗留。"

"嗯。"周梨落乖巧地点头，仍然紧紧抓着快递袋，没有松手的意思。

陆颐薇看着她欲言又止的样子，忍不住问："怎么了？"

"老师，你有陈冬野的电话号码吗？"周梨落的脸上显出几分焦急，"我刚刚给他发了很多条微信消息，他都没有回。我又拨微信电话过去，也没人接。不会出什么事了吧？"

陆颐薇觉得哭笑不得。"他有工作在身，肯定没法时常看微信，别瞎想了。"她顿了顿，又道，"而且我也没有他的手机号，你可以再等等，闲下来他应该会回复你。"

"也只能这样了。"周梨落失望地笑笑。

告别了周梨落，在去往公交车站的路上，陆颐薇突然也隐隐不安起来。

陈冬野不像是会故意不接别人电话的人，不会真的出了什么事吧？

她在站台驻足，将手里的快递袋放到地上，从手机通讯录里找到他的电话号码，终于还是拨了出去。

响了很久，他才接起。

"呃……"陆颐薇信口胡诌，"我打电话是想问下，那个礼物你帮我送到了吗？"

粗重的呼吸声自听筒里传到陆颐薇耳边，却久久没有人回话。她感到不对劲，试着叫道："陈冬野？"

一声重重的叹息后，他艰难地回话："陆颐薇，你还是救救我吧。"

第四章 ◯

1

直到很久以后，陆颐薇回想起推开那扇门的情景，心底还是会掠过一丝寒意。

陈冬野躺在地板上，额头上、脸上全都是血，他的身体呈现出奇怪的形状，像是破碎后被随意地摆放在了那里。

陆颐薇吓得浑身发抖，但他居然微微扯起嘴角，对她展露出一个笑容，说："给我拍张照吧。"

在陈冬野的指挥下，陆颐薇对着他的左右仔细拍了几张照片。而后他才说："叫救护车吧。"

"谁打的？"陆颐薇颤抖着问，"是你哥吗？"

他的嘴唇动了动，却什么都没说。

"不行，我觉得应该先报警。"她的声音不知为何突然哽咽了。

"没有用的。"陈冬野制止她，"反正关不了几天，他又出来了。先叫救护车吧。"

陆颐薇很慌，她没有经历过这种场面，只得听从陈冬野的安排。

打完电话，她凑到他身前，手足无措地问："我怎么做你会好受一点？你要喝水吗？或者我能调整你的姿势吗？"

陈冬野抬起眼睛注视她半晌，又覆下了眼睫。"没事的，看起来严重的伤口通常不会很严重。"他安慰她，"你回家去吧，别把门带上，救护车来了我跟着去包扎一下就好了。"

"你开什么玩笑？"陆颐薇震惊不已，"你都伤成这样了，你让我回家去？"

陈冬野的视线再度转回到她脸上："我哥不就是这样做的嘛。"

"到底为什么？"陆颐薇觉得难以置信，"他为什么要打你？"

陈冬野不准备回答这个问题，他只是如实告诉她："是我先打的他。"

二十多年来，这是陈冬野第一次对陈秋河动手。

是他太欠揍了。

"怎么摆平那件事的？"陈秋河咧开嘴角，走进来，毫不客气地抓起放在桌上的可乐，打开猛灌了几口。

陈冬野看着他，没回话。

他又问："憬然学院那个女生，怎么摆平的？赔钱了？"

陈冬野还是一言不发地盯着他。

"看我干什么？"陈秋河吊儿郎当地笑了，"你不是没钱了吗？怎么赔的？"他挑挑眉，"背着我藏钱，可不是我的好弟弟。"

"借的。"陈冬野开了口，"你这几天去哪儿了？为什么联系不上你？"

陈秋河没有被转移注意力，仍然继续着刚才的话题："跟谁借的？"

"朋友。"

"朋友？"他挑挑眉，不怀好意地问，"女朋友吧？我都打听清楚了，那个叫陆颐薇的是憬然学院的老师。"他咧开嘴笑了，"你挺有本事啊！"

陈冬野克制着怒火，尽量语调平静地说："她不是我女朋友。"

他打量了陈冬野半晌，拍了拍大腿："不承认也没关系，不管怎样，人家也算是帮了我的忙。你约她出来，我当面道个谢。"

陈冬野抬起眼睛。"够了！"他低声道，"别太过分。"

"过分的是你吧，弟弟？"陈秋河起身，走到他身前，两道眉毛竖了起来，"居然敢录音，要不是周梨落那个小丫头说漏了嘴，我差点就被你背后捅刀子了。"提起他的领子，"说，为什么要录音？"

"摁错了。"陈冬野面不改色。

"你耍我？"陈秋河怒不可遏地吼道，"我告诉你陈冬野，你要是敢做出什么阴我的事，我就去找那个陆颐薇。如果被她知道小时候往她身上丢死老鼠的人是你陈冬野的哥哥，你觉得她以后会怎么看你？"

"丢死老鼠的人是你，"陈冬野淡淡地反驳，"跟我有什么关系？"

这句话彻底激怒了陈秋河，他的瞳孔瞬间放大，整张脸都开始泛红，声音低了下来："陈冬野你好好想想，十五岁的时候，我也不过只敢往她身上丢死老鼠，但我现在三十三了，你觉得我能做出什么事？"

就是这一刻，陈冬野又在陈秋河脸上看到了那份令人作呕的恶意，下一秒，他挥出了拳头。

他们扭打在一起，陈冬野虽然体力、身高都已经能够与陈秋河匹敌，但是对于袭击别人却不得要领。

很快陈秋河就占了上风，他被压在地上，睁开眼睛时，能看到拳头像雨点般密集地在眼前晃动。

头变得越来越重，天花板在旋转，血的味道十分刺鼻。

人生最不公平的是，你无法选择自己的亲人。

被分娩出来的婴儿，在睁开眼睛开始生命之旅时，从来都不知道自己将要面对的是怎样的家庭。

或许很多人都很幸运，但总有不幸的人，他们被迫与魔鬼同行。

救护车的鸣笛声越来越近，陆颐薇捏了捏他的手臂，触感真实。

"怎么还不死呢？"失去意识之前，陈冬野喃喃自语。

2

陈冬野说得没错，那些看起来严重的外伤反而并不会致命。只是，他的肋骨折了一根，需要卧床休息。

因为不知道什么时候能够彻底恢复，快递公司对他这种情况表示很为难。陈冬野不愿意给别人添麻烦，便顺势辞掉了这份工作。

反正现如今他受了伤，也有了暂时不供养陈秋河的理由。

至于钱，他靠给一些长期供稿的杂志写小说，还是可以拿到固定的稿酬。而且这些年里，他背着陈秋河存了一笔积蓄。

解决温饱足够了。

三餐只能吃外卖，而且必须吃软烂的食物，哪怕是咀嚼苹果，胸腔都会因为微弱的震动而疼痛。

人的身体在正常运转时很坚固，但只要某一处出现了小小的缺口，就会瞬间变得弱不禁风。

重新恢复需要时间，陈冬野也不是任性的小孩子了，他并不会因为这件事而感到焦躁，唯一感到不便的是，他不太能站起来活动。

哪怕是咳嗽，都会因为钻心的疼痛而被迫绷住身体。所以，洗澡是几乎不可能的事情。陈冬野还不至于到有洁癖的地步，他只是非常看重干净整洁。

因为，每一个外表颓废的时刻，都会让他在镜子里看到陈秋河的影子。

也正因此，陆颐薇来敲了两次门，他都没有开。

她的声音自门外闷闷地传进来："我只是想给你送点吃的。"

"不用了。"他生硬地回绝，"我已经吃过了。"

第二次，她的态度开始变得无奈："你这人怎么这样呢？好心帮你还被你拒之门外。"

他站在门的另一侧，平静地回答："我没什么需要帮忙的，你快回去吧。"

再然后，她就没再来过了。

陈冬野也不知道这是不是代表她生气了，他对与女孩子相处没什么经验，但他不希望惹得她不开心。

所以今天，他忍着疼痛，艰难地冲了个澡，等待头发风干的时候，天色渐渐暗了下来。陈冬野在昏暗的房间里，望着那几个堆放在地毯边上的快递袋，微微扯起了嘴角。

他很庆幸，陆颐薇两次敲门都没有提起那天落在这里的快递，不然，他就失去了一个无法让她拒绝过来的理由。

回家的时候顺便来取你的快递吧。

他发了微信给她，然后简单地收拾了一下房间。把脏衣服丢进洗衣机的时候，敲门声响了。

也才不过一周没见，陆颐薇望着面前这张瘦削的脸，一时怔住了。

"进来。"陈冬野往里扬了扬下巴。

陆颐薇迈开步子，陈冬野刚好倾身去拉门，她顿住了，整个人被笼罩在沐浴液的清爽香味里。

门"咔嗒"一声关上了，房间里很暗，陈冬野注视着她的眼睛。

十八年前，他在心里，用贫瘠的词汇感叹过这双清澈的眼睛。这些年来，陆颐薇都经历过什么，他不知道，但是她的眼睛还保持着少女时期的纯净。

她总说自己老了，但陈冬野不知道该怎样告诉她，他欣赏到的关于她的美丽，恰恰都与年龄无关。

因为持续保持着一个动作，胸前的疼痛加剧，陈冬野忍不住皱紧了眉头。陆颐薇捕捉到了他的神态变化，弯腰从他手臂下面穿出来，扭头按开了墙上的开关。

灯亮了，光像个不速之客，打碎了所有酝酿的情绪。

"都在这儿是吧？"陆颐薇指了指那些快递袋子，明知故问。

"嗯。"陈冬野调整站姿，走到地毯边上，多此一举地回答，"都在这儿了。"

"好。"陆颐薇走过去，一一抱进怀里。

陈冬野的眼神随着她的手臂起起落落，终于，地上空了，她再也没有留下的理由了。

"那你好好休息。"陆颐薇快速瞥了他一眼，又垂眸，假装漫不经心道，"多吃一点啊，都瘦脱相了。"她抱着那堆东西，手里沉甸甸的，心中却很空。

陈冬野跟着她往门边走，陆颐薇回头赶他："不用送了。"

"你……"他突然抓住了她放在门把上的手，"你能给我做顿饭吗？"

陆颐薇回头看着他，还有点没反应过来。

"就像上次那个炒饭，加很多虾，再煎一个鸡蛋。"陈冬野微微弯起了嘴角，"我饿了。"

3

家里没有虾了，陆颐薇以百米冲刺的速度去了趟小区门口的超市，买完所需物品，毫不留恋地穿过货架，利落结账回家。

因为陈冬野家没有厨房，所以她得在自己家里做好，再给他送下去。

不知道是不是因为太紧张了，她连续煎了五个鸡蛋才煎出满意的形状。装盘之后，陆颐薇长长舒了口气。

说真的，做这顿饭简直比她高考时做试卷还用心。

端着盘子走下楼，刚站到陈冬野家门口，房门就被打开了。

陆颐薇忍不住问："你不会一直站在这儿等着呢吧？"

陈冬野接过那盘炒饭，笑了："我真的很饿。"

这大概是他这一周以来第一次恢复味觉。

所有的作料都放得刚刚好，陈冬野用光盘表达了自己的赞赏。

"你倒是很给面子。"陆颐薇想起之前有次许致一生日，她实在不知道送什么，便听取林疏朗的建议，忙活了一下午，在他的住所为他做了一顿丰盛的晚餐。结果，他工作到很晚才回来，跟她抱怨了一通委托人有多难搞，便倒头睡了。

陈冬野什么也没说，抓起盘子打算去洗，却被陆颐薇制止了："就一个盘子而已，你不要折腾了。"

陈冬野坚持站了起来。"是我应该做的。"他说，"我马上回来。"

陆颐薇顺手捡起他放在地毯上的书，是黑塞的《彷徨少年时》，她大学时读过，此刻在一个陌生的房间里看到同样的封面，有种说不出来的感觉。

她打量四周，如果细究的话，陈冬野就像那些陈设在各处的物品一般，对她而言是非常陌生的。

她不了解他的习性，也不知道他为什么会选择深灰色的地毯、原木色的矮桌、蓝条纹的床品和一把硬硬的红木椅子。

但因为他们同时拥有那本书，她仿佛窥见了他内心小小的一角。

与自己相似的一角。

陈冬野把洗干净的盘子放到矮桌上，他坐下，抬眼看着陆颐薇，为房间里融进的另一种气味而感到情绪涌动。

"我以前是见过你的。"不自觉地，他脱口而出。

陆颐薇放下那本书，惊讶地回望过来："真的？在哪里？我怎么一点印象都没有。"

陈冬野耸耸肩："那不是很正常吗？我本来就很难给人留下什么印象吧。"

"我不是这个意思。"陆颐薇真诚地解释，"而且，我也不是什么能给人留下深刻印象的类型吧？你能记得我，我倒是挺意外的。"

陈冬野没再继续这个话题，还不是告诉陆颐薇真相的时候，更何况，大多数人坐在一起回忆过去，是因为共同经历过美好的时刻。

他们的过去不具备这个条件。

"我要换工作了。"他对她说，"所以你不用刻意把快递寄到学校了，拎回来很麻烦。"

呃……毫无防备地被拆穿了，陆颐薇一时无言，反驳会显得像狡辩，她干脆顺势问道："打算做什么？"

"做能做的吧。"陈冬野淡淡地回应，"没什么特殊要求。"

陆颐薇不知道该做何评价，怎么说她也是老师，可是面对陈冬野时，总感到说什么都不够好。

"你哥……"虽然不想问起，但心里有些担忧需要消除，"你哥会再来找你麻烦吗？"

"暂时应该不会了。"陈冬野垂眸笑道，"他打伤我，对他一点好处都没有。以前我小时候，家里的老人会说，兄弟就像同根而生的树，要好一起好，要烂一起烂，觉得还挺有道理的。"

陆颐薇想了想，还是说出了徘徊在心中的建议："其实你可以利用法律手段。"

"我是可以，但我妈不行。"陈冬野缓缓地说，"如果我不承担这份责任，我妈就得被迫承担，她身体不好，也没读过什么书，根本赚不到什么钱的。不过我早就想清楚了，生而为人，本来就是要承担风险的。因为你不可能只做你自己，你是某个人的儿子、某个人的兄弟、某个人的朋友……或许还会成为某个人的丈夫、某个人的父亲。这个庞大的关系网不可能时刻保持完美，有一处断裂，就得耗费非常大的精力去修补。并且很有可能，终生都补不好。"他对着陆颐薇笑了笑，"我已经接受了。"

陆颐薇回望着他，长久的静默之后，慢慢叹了口气。

"快回去吧，你明天还得上班。"陈冬野起身，"谢谢你做的炒饭。"

"很简单的。"陆颐薇顺口答道。但她迟疑了一瞬，还是将那句"以后你要想吃随时找我"吞回了肚子里。"那我走了，你也早点休息。"

门在面前合拢，隔开了萦绕鼻尖的对方身上的气味。陆颐薇在昏暗的走廊上站了一会儿，她没有帮周梨落问陈冬野为什么他不回微信。

算了，下次吧。

4

陆颐薇逛书店耽搁了一会儿，出来发现下雨了。

幸好包里有一把遮阳伞，她将新买的那本《彷徨少年时》装进包里，站在书店门口撑开伞。

经过橱窗往公交车站走时，她的视线突然被贴在书店窗玻璃上的一张公告吸引住了。

书店在招聘图书理货员。

掏出手机拍了照片，陆颐薇的心里突然涌动起了奇妙的喜悦之情。

从公交车上下来，雨变大了，她快步向前走，长裙很快溅湿了一半，她需要不时扯拽开裹在腿上的裙摆。

有人忽然从侧面递过来一件衬衫，她转头，惊讶地看到了陈冬野。"这么大的雨，你怎么在这儿？"

"就是因为雨大才会在这里。"陈冬野把衬衫塞到她手中，然后接过她的伞，示意道，"围在腰上吧。"

她今天穿的是一条白色雪纺裙，打湿后几乎完全能够看清身体的曲线，的确很尴尬。陆颐薇没有拒绝，照做了。"谢谢。"

因为身边有了陈冬野同行，陆颐薇放慢了脚步，她不时抬眼去捕捉他脸上的表情，终于还是担忧地问："你的伤痊愈了吗，就这样跑出来？"

"不至于那么脆弱。"陈冬野安慰她，随后又道，"你得养成看天气预报的习惯。"

陆颐薇暗自笑笑，在比自己年龄还要小五岁的陈冬野面前，她总会产生自己正在被照顾的错觉。

走进单元楼，他们一起收了伞，陆颐薇本想将衬衫还给陈冬野，但她发现衣服上都是雨水，所以决定："等我洗一下再给你吧。"

"不用那么麻烦。"

陆颐薇耸耸肩："不过是洗衣机比较麻烦而已。"

陈冬野笑了："那请你替我谢谢洗衣机。"

他将陆颐薇送到楼梯口,她这才想起有件事忘了说:"等一下。"她低头从包里翻找手机,因为被压在了下面,她只得先将书掏出来,请陈冬野帮忙拿着。

自相簿中调出那张照片,她凑近他的眼前,解释道:"这家书店规模还挺大的,虽然开业不久,但顾客很多,环境也好,你如果有兴趣,可以去试试。"

陈冬野点头,手机屏幕的光均匀铺洒在两个人脸上,在昏暗的走廊里,他们只能看清彼此。

"待会儿把这照片发给我一下可以吗?"

"当然。"陆颐薇挑眉,"我现在就发你。"

"你买了这本书?"陈冬野递还给她时说。

"忽然想看了。"陆颐薇接过来,冲他招手,"那我上去了。"

"好。"他站在楼梯边看着她一步一步远去,直到听见门被打开,又关上,才离开。

陆颐薇抱着那本书,站在玄关长长呼出一口气。她能察觉到陈冬野留在自己背影上的目光,那让她紧张得差点同手同脚。

因为还没缓过神,手机猛然响起时,吓了陆颐薇一跳。她看了看屏幕上跳跃的林疏朗的名字,边换鞋边接起来:"稀罕啊,工作狂竟然想起给我打电话。"

"哈哈哈哈哈哈哈……陆颐薇,你不知道我刚刚干了一件多么疯狂的事。"

林疏朗的大笑声混着雨声传进听筒,陆颐薇毫不客气地讥讽她:"干了什么缺德事了,高兴成这样?"

"哈哈,你没说错。"林疏朗按下车钥匙,坐进驾驶座,用一边耳朵夹住手机,麻利地收了伞,关上车门才继续兴高采烈地解释,"你还记得罗伊吗?就那个老拖稿,每次都把我搞得很抓狂的作者。

后天就是截稿日期了，结果他告诉我明天要开车去山里露营，呼吸雨后的清新空气。我真的气炸了，这货完全不把合同规定放在眼里，为了让他按时交稿，我刚……"

林疏朗被忽然传来的敲窗声打断了，转过头，她看到深蓝色的大伞下露出一张有些眼熟的脸……啊！想起来了，是那个跟踪过陆颐薇的跟踪狂。

她本不想理他，但那无赖直接跑到了车前，抱着胳膊，一脸坏笑地盯着她。

"疏朗？"陆颐薇疑惑地叫她，"疏朗？信号不好了吗？"

"等一下再打给你。"林疏朗挂断电话，原本准备下车，但想了想，为了安全起见，只摇下了三分之一的车窗。

那人颠颠地跑了过来，弯腰，指着自己的脸问："你还认识我吗？"

林疏朗撇撇嘴："当然，我遇到的跟踪狂也不至于多到认不出来。"

那人突然笑了，低低的笑声令人听起来十分不适。林疏朗懒得跟他多扯，直截了当地问："有什么事？"

"想给你看看这个。"他说着，掏出手机，划拉了几下屏幕，而后举到窗前。

林疏朗不耐烦地看过去，随后不可思议地睁大了双眼。

这个浑蛋竟然把她扎破罗伊汽车后车胎的全过程录了下来。

"你想怎么样？"林疏朗抬眼审视着他的表情，不屑地问，"是要讹钱吗？"

男人挑挑眉："那哪能啊，再说了，万一你反悔了去找那个人自首，我不就成同伙了吗？我可是遵纪守法的好公民。"

"大老爷们儿，能不能别这么啰唆？"

陈秋河看着她因为愤怒更显英气的脸庞，得意地笑了："你帮我打个电话就行。"

5

敲门声传来，陆颐薇转头望过去，看到了站在门口的周梨落。

"有事？"她将椅子往后挪了挪，站起身。

周梨落点点头，却没有进来。办公室还有其他老师，或许是觉得不方便，陆颐薇便走了出去。

两个人来到走廊的窗前，她问："怎么了？"

"老师，我还是联系不上陈冬野。"周梨落哭丧着一张脸，一改往日活力十足的模样，"你真的没有他的联系方式吗？"

陆颐薇不自在地咳了一声，终于忍不住问："周梨落，你为什么一定要找他呢？"

周梨落的表情立刻变得很惊讶："老师，你真的不知道吗？"

"我不知道。"陆颐薇静静地望着她。

"因为喜欢啊！"周梨落大大方方地承认道，"因为喜欢他。"

陆颐薇想了想，才提醒她："那你没有想过他为什么不回你消息吗？"

周梨落坦然地说："我就是因为想不到，才更加想要联系上他，问清楚。"

陆颐薇有些哭笑不得，她以为自己已经把话说得够清楚了。不过，她不能以自己的心态去判断周梨落，她们的年龄相差太大了。

可是……陆颐薇又有些不服气地想，面对陈冬野时，她并没有体会到太明显的差异。

"唉！"

周梨落的叹气声让陆颐薇回过神来，她耸耸肩："算了，我再想想其他办法找他。老师，你也早点回家吧。"

陆颐薇目送她远去，回到办公室，看到手机上刚刚接收到的微信消息——

那家书店我应聘通过了，下周一开始上班。想请你吃顿饭表示感谢，你什么时候有时间？

望着陈冬野的名字，陆颐薇心虚地往窗外望去，周梨落已经不见踪影。她有些懊恼地抓了抓头发，感觉自己做了什么羞耻的坏事……

可还有点沾沾自喜……

没救了。

这让她突然想到了被自己讽刺过的林疏朗，那晚，她话说一半就把电话挂了，陆颐薇竟也忘记追问后续了。

林疏朗，都说物以类聚，我肯定是受了你的影响，居然也开始做坏事了。

大概因为在忙，直到陆颐薇坐上了回家的公交车，林疏朗才回复：你少血口喷人，就算你真学坏了，也是因为内心暗藏的阴暗被挖掘了出来而已，跟我毫无关系。

陆颐薇笑了笑，正打算问她那天到底干了什么坏事，林疏朗又追了一条微信过来：你在哪儿？过来跟我一起吃个饭吧，有事跟你说。

虽然还有几站就到小区门口了，但陆颐薇还是毫不犹豫地下了车，转乘出租车赶去跟林疏朗见面。

平常忙碌时可以毫无联络，但在需要的那一刻，一定要在彼此身边。

这是陆颐薇和林疏朗共同遵循多年的友谊法则。她本以为，陪伴这顿饭的也不过是跟以往大差不差的关于工作的各种牢骚而已，但她怎么也没想到，林疏朗竟然做出了冒充别人未婚妻的事。

陆颐薇抿进嘴里的一口咖啡差点吐出来，她感到难以置信："你说什么？"

"干吗？"林疏朗递给她一张纸巾，翻了个白眼，"我就是以别人'未婚妻'的身份打了个电话而已，又没发生一夜情，你至于反应那么夸张吗？"

陆颐薇瞠目结舌："我倒觉得你跟别人发生一夜情的行为更正常一点。"

"是被威胁了。"林疏朗想到这件事就来气，"要不然你以为我哪根筋不对？你觉得我像是那种热心到愿意帮一个跟踪狂扮演他未婚妻的人吗？"

"跟踪狂？"陆颐薇惊叫出声，"今晚的信息量未免太大了吧？我的脑袋已经打结了。"

"不重要。"林疏朗摆摆手，没有过多解释，托着脸颊，有点郁闷地搅动着杯子里的咖啡，"就是觉得有点对不起那位阿姨。"见陆颐薇脸上写满问号，她主动解释道，"就是那个人的妈妈。"

真是一段恨不能粗暴地抹去的回忆。

那个大雨滂沱的夜晚，林疏朗坐在自己车子的驾驶座上，接过了那个名叫陈秋河的男人递过来的手机。

"阿姨，你好。"她捏着嗓子这样叫道。

"你好你好。"对面传来的是夹带着方言的普通话，"秋河这孩子，电话来得这么突然，我都不知道该说什么了。"

林疏朗虚伪地笑起来："他不是一向这样吗？"

"对对！他就是这样的急脾气。"女人说到这里顿了顿，再开口时声音竟然哽咽了，"我自己的儿子我知道，他是有很多坏毛病，但他可以改的，一定可以改的。请你多担待。哎呀……你肯跟他在一块儿，我真是太高兴了。"

那个声音里流露出的真情实感让林疏朗突然间觉得无所适从，她咳了一声，语气变得不自然起来："那个……阿姨，我还有点别的事情，让陈秋河跟你说吧。"

她把手机递出去，陈秋河接过来用方言随便敷衍了几句，然后说："你转点钱过来，我筹备婚礼需要用钱。"

林疏朗垂眸，眉头紧锁。

"好。我回头把账号发给你。"他说完挂断了电话，又探头，笑着赞赏她，"你演得可真好，谢了！"

"谢什么谢，"林疏朗白他一眼，"把手机拿来。"

陈秋河当然知道她要做什么，他这个人虽然十分擅长出尔反尔，但是内心莫名地希望给她留个好印象，于是，他顺从地递给她。

林疏朗删掉了那条视频，把手机丢还给他，狠狠骂了一句："人渣！"

车子启动，她忘记摇上车窗，拐弯时，从后视镜里看到那个笑得前仰后合的男人。他站在雨中，黑暗慢慢吞没他的影子，只留下诡异的笑声。

"疏朗？"陆颐薇拍拍她的手背，"问你话呢。"

"啊？"林疏朗回过神，"什么？"

"打完那个电话呢？"陆颐薇追问，"后来又怎么样了？"

林疏朗的眼睛一下子瞪大了。"哪儿还有什么后来，我再也不想见到这种人渣了。"

"也是。"陆颐薇点头附和，"别想了，反正以后也不会有交集了。"这句话说完，她突然觉得好像很耳熟，莫名就想到了自己和陈冬野的关系。

她摸了摸额头，突然好奇起来："你都跟那个人的妈妈通过电话了，应该知道那个人的名字吧？"

"别问。"林疏朗伸手，满脸写着拒绝，"我一辈子都不想说出那三个字，人渣在我的世界里不配有姓名。唉！果然干坏事都要受到惩罚。"她表情沮丧地抱怨，"你说我约一篇稿子容易吗我？"

"不容易。"陆颐薇拿咖啡杯碰了碰她的，"敬中年人的不容易。"

林疏朗想到陈秋河被骗的妈妈，无奈地摇头："何止是中年人，活着真他妈的需要勇气。"

6

知道陈冬野在那家书店上班之后，陆颐薇反而不太好意思去了。特别是如果没有充分的必须去的理由，就会更加心虚。

就好像自己就是为了见他才去的，当然，即便真是如此，陆颐薇也不会承认。

可是，真的感觉好几天没见过他了。

书店的上下班时间是固定的，他早出晚归，两个人连路上打个照面的机会都没有。

周梨落从办公室外面经过，陆颐薇特意压低身子，以免被她看到。直到确定她走远了，才抬起头，长舒了口气。

旁边准备下班的男同事看着她的样子，莫名觉得好笑："薇姐，干吗呢？做什么亏心事了，吓成这样？"

"谁做亏心事了？"陆颐薇激动地反驳，"我系鞋带而已。"

男同事盯着她露脚面的高跟鞋，什么都没说，走了。

陆颐薇难为情地抓了抓头发，再这么下去，她可能真的会变得越来越不正常。

想了想，她决定向林疏朗求助。

电话一通，陆颐薇就谄媚地笑起来："疏朗，你最近没有什么想买的书吗？"

"有啊！我都网购了，打折很便宜。"

陆颐薇失望地"哦"了一声。

林疏朗不明所以地问："怎么了？"

"没什么。"陆颐薇努力保持着平缓的语调，"就是有点无聊，想问你要不要一起去逛书店。"

"拜托！"林疏朗夸张地感叹，"你最近是逆生长了吗？逛书店都需要找人陪了？我差点以为回到了高中时代。"

"不去就算了，"陆颐薇不满地咕哝，"干吗还嘲笑我。"

林疏朗看了看时间，电脑一关，站起身。"反正工作永远都做不完，我就舍命陪美人好了。去哪儿逛？你发个定位给我，我直接开车过去。"

"好好好！"陆颐薇一迭声地应道。挂断电话，她从抽屉里掏出小镜子，打量了自己片刻，终于决定掏出万年没用过的气垫粉底，细心地在两颊擦涂均匀，又挑了支颜色浅淡的口红，将嘴唇涂饱满，整个人看起来精神了不少。

奇怪，之前总觉得化不化妆没什么变化的。

最后理了理头发，她拎起包包走出办公室。

学校离书店不远，陆颐薇比林疏朗到得早，她发微信告诉林疏朗自己在二楼摆放小说类图书的地方等，然后又掏出小镜子，确认自己的牙齿没有沾上口红，才推门进去。

因为常来，她对这里的环境很熟悉了。工作日，顾客不太多，陆颐薇四处张望了片刻，并没有寻到陈冬野的身影。她把视线转到二楼，待会儿如果遇到，他一定会首先问她"你怎么来了"，到时候她就说"朋友喊我一起买书"。

"不对不对。"陆颐薇小声纠正自己，"我就说朋友喊我陪她来买本书。"她点头，自言自语，"这样自然多了。"

可惜，直到陆颐薇把这句话背诵得滚瓜烂熟，她也没有看到陈冬野。实在忍不住，她拦住经过的导购员，问道："那个叫陈冬野的男生不在吗？"

见对方流露出"八卦"的神情，陆颐薇赶紧解释："我是他上次接待过的一个顾客，当时让他帮我找过一本书，我想问他找到了没有。"

"哦。"对方恍然地点头，"他跟店长请假出去了，大概十分钟前。"

"呃……"陆颐薇追问，"那他还回来吗？"

"这我就不清楚了。"那人热心地表示，"请问您要找的是什么书？或许我可以帮忙。"

"不用了。"陆颐薇不自然地笑笑，"我原本就是打算告诉他，我已经买到了。"

"好的。"那人转身走了。

陆颐薇突然觉得有点泄气，之前做的那么多准备，此刻回想起来就像个笑话。手机响了，林疏朗发了条语音过来，说她堵车了，还要一会儿才能到。

"好，你不用着急，这里的布丁很好吃，我待会儿买了在座位上等你。"失望的心情用甜品治愈吧，陆颐薇这么想着，转身下楼。

不过，能让陈冬野请假出去的事情会是什么呢？

要么是临时发生了什么事，要么是有人找了过来。

找他的人，除了周梨落，还有……陆颐薇的脑袋里突然闪过一个名字——该不会是陈秋河吧？想到上次他被打成那个样子，她心里一悸，脚下没注意踩空了，整个人朝前扑去。

陆颐薇紧紧闭上眼睛，双臂下意识地缩到了身前，等待落地的疼痛，可是……没有。

抬起头，一双满含笑意的眼睛映出了她疑惑的模样。

竟然是陈冬野。她窘迫地站好，脸都烧了起来。

"你怎么下楼梯都能走神？"他感到好笑地问。

陆颐薇脱口道："朋友喊我来陪她买本书。"

空气凝滞了，陆颐薇用双手捂住脸，尴尬地往楼下走，嘴里还嚷着："你别过来，千万别过来。"

7

林疏朗将车倒进好不容易找到的停车位，嘴里还不忘咒骂着："陆颐薇这个笨蛋，选哪里的书店不好，非得选个市中心的，停个车都那么费劲。"她摸了摸咕咕叫的肚子："饿死老娘了。"

拔出车钥匙，下车走了几步，她才想起自己忘记拿包了。返回后座，拎出皮包，一转身，差点撞到一个男人身上。

林疏朗吓得当场爆粗口，对方并没有生气，反而笑了："还真是你，我们可真有缘分。"

这个声音，林疏朗想起来了，是那个人渣陈秋河，他今天穿了件黑 T 恤，深蓝色牛仔裤，板鞋，头发理成了利落的板寸，胡子也都刮干净了，难怪自己没认出来。她不屑地讽刺他："打扮得人模狗样的，是准备重新投胎做人吗？"

陈秋河声音低低地笑起来，真奇怪，这女人每次骂他，他非但不会生气，反而总是很开心。他摸了摸鼻子，很真诚地回答："实话告诉你，穿成这样是以防万一遇见你。"

"少来这套。"林疏朗瞪他，"你以为老娘是谁，敢随便撩？"

陈秋河又忍不住想笑了："你说你，长得挺好看一姑娘，怎么说话总这么粗鲁？"

"我怎么说话用得着你管！"林疏朗不耐烦地甩开他往前走，"下次看到我，麻烦你自觉滚远点。"

陈秋河就站在那里，笑意满满地看着她走远，然后他抓起林疏朗落在车顶上的钥匙，就近找了个饭店去吃饭。

今天真高兴，得多吃点，他想。

远远看到陆颐薇招手，林疏朗走过去。她眉头紧锁着，整个人怒气腾腾。

做了那么多年朋友，陆颐薇瞬间感知到了什么，刚刚的窘迫也因为紧张消失了大半。"怎么了？"她探身，关切地问林疏朗。

"碰到那个人渣了。"林疏朗疯狂地揉了半天眼睛，一本正经地胡说八道，"清洗一下我的视网膜。"

想到刚才那一幕，陆颐薇颇有种和好闺密惺惺相惜的感觉，把另一份甜品推到林疏朗面前。"那人没再找你麻烦吧？"

林疏朗暴躁地白了陆颐薇一眼："你也太小瞧我了吧。"

两个人有一搭没一搭地聊了一会儿，这期间，陆颐薇总是忍不住到处张望，一边希望看到陈冬野，一边又很害怕被林疏朗拆穿谎言，那她真就得找个地缝钻进去了。

自己真是笨死了，做出这个决定时居然没有考虑这些结果。

漫长的半小时过去了，还好陈冬野并没有出现。陆颐薇起身道："我们走吧，你不是饿了吗？去吃点正经饭。"

"可是你不是要买书吗？"

陆颐薇硬着头皮撒谎："我刚刚找过了，想买的那本书没货了。"

"所以，你专门挑了家没货的书店逛吗？我还以为你事先联系过书店呢。"林疏朗难以置信地问，"陆颐薇，你没发烧吧？这不像你能干出来的事啊！"

的确，陆颐薇也承认自己很奇怪，更加奇怪的是，她无法控制那些越来越多地冒出来的奇怪想法。

看她一副受伤的表情，林疏朗顿时心软了："行了行了，又没说你什么。走吧，我们去吃火锅。"

陆颐薇立刻转悲为喜，乐颠颠地跟在林疏朗身后往外走。

客座所在的区域位于书店的最里侧，要绕过大厅里的一排排书架才能走到门口。陆颐薇走了几步，突然觉得好像哪里不太对劲。

她侧过头，刚好看到书架另一端的陈冬野。

他微笑着注视她，跟着她的步伐向前，越过每一列书架时便有一次短暂的视线相遇。陆颐薇攥紧拳头，故意不往那个方向看，但是余光里都是他穿着灰色 Polo 衫的影子。

陈冬野就这样将她送到了书店门口，她跨出玻璃门，再回头，他已经不见了。

陆颐薇还沉浸在刚刚那种甜蜜悸动的情绪中，前面的林疏朗突然大叫了一声。

"我的车钥匙不见了。"她把包倒空了，仍然没有找到。

"不会是落在刚刚的座位上了吧？"陆颐薇提醒她，"我们回去找找。"

她拦住陆颐薇，在脑海中回放锁完车之后的画面……

她把包从后座拿出来，然后一转身就遇到了陈秋河，和他争论期间，她的手一直放在车顶。

当时自己手里还拿着钥匙……

该不会走的时候只顾着拿包，却把钥匙漏下了吧？那她的车……

林疏朗抬头对陆颐薇说："你先打车回去吧，我去看看车钥匙是不是落在车里了，晚点联系你。"

"别啊！"陆颐薇抓住她的胳膊，"一起去吧，反正我也没事，有我陪你，省得无聊。"

"我不无聊。"林疏朗苦笑道，"你赶紧回去，听我的。"

见她态度坚决，陆颐薇没再说什么，嘱咐她晚上一定要给自己打电话，便坐上了停在路边的出租车。

林疏朗转身朝着自己停车的地方狂奔而去。

已经很晚了，夏日的街头依然热闹，陈秋河倚着车身，正用手机播放着刚刚吃饭时他录下的邻桌的小婴儿啼哭的声音，店里除了他只有那一桌客人，所以很安静，正是他想要的效果。

他摸了摸嘴角，露出一抹不怀好意的笑容。

脚步声由远及近地传来，他关掉录音，抬起眼睛，看到了越来越清晰的身影。

来得挺快啊……林疏朗。

他刚才看了她放在车里的驾驶证。陈秋河笑了，这名字挺好听的。

第五章 ◁

1

睡觉前，陈冬野伸手去关台灯，不小心蹭掉了放在桌上的几张百元纸钞。

那是陈秋河前几天把他从书店叫出去之后给他的。

"你哪儿来的钱？"陈冬野感到匪夷所思，这么多年了，给钱的人从来都是他，这还是第一次，他和陈秋河的身份对换了。

"反正不是抢来的。"

还是那副令人讨厌的嘴脸，却一反常态理了头发，换了干净整洁的衣服。见陈冬野不接，陈秋河直接把钱塞进他手里，说："就当是哥给你的补偿吧。上回伤得不轻吧？买点骨头熬熬，补一补。以后不还得指着你挣钱吗？"

陈冬野懒得多说，把钱塞进兜里，转身要走，陈秋河又叫他："你那么着急干吗？我话还没说完呢。"

陈秋河往陈冬野身边靠了靠，问："那录音，删干净了是吧？"

陈冬野掀起眼皮看了看陈秋河，点头。

"好！"陈秋河大力拍拍他的肩，咧开嘴巴笑了，"你哥我啊，现在有了不同的追求了，你再忍忍，等我赚一笔大的，我就滚得远远的，再不来烦你。"

陈冬野想了想，终于忍不住开口提议："何必那么麻烦？你直接把我给你的钱存起来，应该也有个挺可观的数目了吧？"

"老弟，你是不是傻？你挣的跟我挣的，那意义能一样吗？"他搓了搓自己的下巴，反问陈冬野，"就像那个叫陆颐薇的，她是跟你还是跟我……"

"哥！"陈冬野厉声打断了他。

"开玩笑呢，那么认真干吗？"陈秋河吊儿郎当地说，"不是不承认人家是你女朋友吗，还这么激动？"

"我的事情你少管不行吗？"

"行啊！"陈秋河朗声道，"那以后，你也记住了，不是我让你管的事情，你少插手。不然……"他挑眉，伸手戳了戳陈冬野的胸口，"你的软肋太多了，我随便捅哪里都能伤到你，不是吗？"

目送陈秋河的身影远去，陈冬野看了看手机，两个人见面的时间不过五分钟，却像过了漫长的几十年。

有的人就是拥有令人疲惫不堪的超能力。

想到那天的那个时刻，陈冬野再一次被那种仿佛为了挣开一个人而跑了几十公里，但最终还是被抓住了的无力感侵袭。

他没有去捡掉在夹缝中的那几张纸钞，在他不需要的时候，它们只配待在黑暗的角落。

翻了个身，陈冬野闭上眼睛，逼迫自己入睡，虽然身体呈现出了静止的状态，但实际上，脑袋依然很清醒。

他随着乱七八糟的思绪在黑暗中浮浮沉沉，打定主意不睁开眼

睛，不知道过了多久，似乎刚有睡意，放在枕边的手机突然振动了
两下。

酝酿许久的困劲瞬间消散了，陈冬野转过身，摸出手机，滑开
了屏幕。

凌晨两点一刻。

亮光在黑暗中分外刺眼，他适应了片刻，才看清那条消息。

是陆颐薇发来的。

不知道你睡了没，我家门口刚才一直有小婴儿哭的声音，我不
敢出去看，本来想报警，但那个声音忽然又没了。我家旁边没有住人，
不知道你听到没有，该不会是我幻听了吧？

陈冬野猛地坐起来。他想起不知道从哪里看过的新闻，有人专
门放小孩子啼哭的录音，吸引独居的女人开门，趁机入室抢劫。

他一边穿鞋，一边拨打陆颐薇的电话。

一直抱着手机的陆颐薇瞬间接了起来，还没等她说话，陈冬野
抢先开口道："你没出去吧？千万不要出去。"

"没有。"听到他的声音，陆颐薇紧张的心情稍稍缓解了些，"这
会儿好像没事了，可能是谁在恶作剧。"

"嗯。"陈冬野安抚她，"你别担心，早点睡吧，有什么事随
时打给我。"

陆颐薇咬了咬嘴唇，有些不好意思地问："这么晚把你叫起来，
打扰你睡觉了吧？"

"不用跟我客气。"陈冬野的语气分外真诚，"你没事就好。"

说不感动是假的，但陆颐薇想了想，只是干干地回应了一句：
"谢谢。"

成年之后，修炼最多的技能就是——克制。

看了一部好电影，在朋友圈写下长长一段感言，但发送的那一

刻还是忍住了。再一个字一个字删除，退出微信界面。

同事提出与自己相悖的观点，尽管腹中已经准备好了理据充分的反击，但张口的那一瞬间还是放弃了。

小时候，家长、老师不厌其烦地教我们"分享"，但实际上，成年后，你会发现最好用的交际守则，是"沉默"。

但是，不得不说，陈冬野的存在给了她足够的安全感，她很快睡着了。

窗外的天色渐渐由黑转灰，陈冬野从 Kindle 上移开视线。

天亮了，因为长时间保持一个坐姿，他的腿都麻了，陈冬野靠在楼梯扶手上，等着知觉恢复。

再过两小时，陆颐薇应该就要起床准备上班了。有能力守护她的安全，这种感觉挺好的。

他跺跺脚，正要下楼，陆颐薇家的房门突然开了。

两个人惊讶地对视了半晌，陆颐薇率先开口："你不会在这里待了一夜吧？"

"没有。"陈冬野不假思索地否定，"我就是醒了，所以上来看看情况。你怎么起这么早？"

陆颐薇看了看他拿在手中的 Kindle，没有拆穿他，而是答道："我也是醒了，特意出来看看，有没有什么异常。"

"我都检查过了，什么也没有。"陈冬野宽慰她，"应该就是有人恶作剧，我待会儿上班之前去物业反映一下情况，让他们晚上加强安全管理。你不用担心，没事的。"

"嗯。"陆颐薇点头，目送他下楼。她在门口站了一会儿，垂下头，笑了。

2

陆颐薇刚从教室出来，手机就响了，是久未联络的许致一，她接起来："这么稀罕？许律师有何贵干？"

"刚见完客户，正好在你们学校附近，有空吗，一起吃个饭？"许致一说完，又道，"对了，猜我刚刚在书店碰到了谁？"

陆颐薇无语了，看来找她吃饭是假，"八卦"才是真的。"今天约了疏朗，她晚上要来我家住。"

"啧！"许致一笑问，"我这是被拒绝了？"

陆颐薇想了想才说："其实吃顿饭的时间还是有的，但你得答应不打听我的私事。"

"你用词不准确，不是打听，是帮你分析。"

"分析什么？"

"爱情啊！"许致一理所当然道，"我觉得我们必须证明之前选择分手是对的，不然，且不说在一起的七年，就现在我们每天被父母责骂的代价也付出得太不值得了吧？"

"我真是谢谢你，分手之后反倒天天跟我讨论起爱情了。"

"开玩笑的，就是喊你一起吃顿火锅而已，一个人吃火锅不过瘾。"

话都说到这个份上了，陆颐薇也没了拒绝的理由，其实最重要的是，她不讨厌许致一。

这或许也是两个人不爱对方的证据，不然怎么能忍受彼此离开自己而投怀于别人？

"吃火锅的话，最近的是海底捞？你去那里等我吧。"陆颐薇挂断电话。

离开学校之前，她特意打开"饿了么"看了一下，自己之前点给陈冬野的咖啡已经顺利送达了。

她没有备注署名，陈冬野会猜到是她吗？

实际上，不管他猜不猜得到，她都很开心。

原来有些付出也不是一定需要得到回应的。陆颐薇对这样的觉悟感到新奇。

海底捞常年爆满，陆颐薇过去的时候，还差五桌才能排到她和许致一。

"你要不干脆把林疏朗一起叫来出吧。"许致一提议，转而又问，"她开车了吧？反正方便。"

说起车，陆颐薇忍不住又想起了上次林疏朗把钥匙落在车顶的事，幸而她说没人捡走。"我先打电话问问她下班没有。"

许致一探身朝餐厅看了看，每一桌都吃得很酣畅，似乎没有想要离开的打算："我们反正还得再等一会儿，她来了正好吃。"

电话接通后，陆颐薇把地址告诉她，要挂电话时又不忘提醒她一定要记得拿车钥匙。

"知道了，别唠叨，我开车呢，挂了。"林疏朗放下蓝牙耳机，长长呼出一口气。

跟陈秋河的每一次见面都很不愉快，因此不想回忆，可偏偏总是会不自觉地想起那张脸。

不怀好意的脸。

林疏朗自认为并不是个特别善良的人，所以做出那种为了拿到稿子而偷偷扎坏作者车胎的事，也不觉得良心不安。

但与陈秋河相比起来，她突然觉得自己很卑鄙。

她使了一些不为人知的小计谋，在罗伊跟她抱怨自己的车胎不知道被谁扎了的时候，还假惺惺地安慰了人家半天。

没有勇气将自己的"坏"曝光，就是一种卑鄙。

陈秋河就不一样了，他把坏写在脸上，昭告天下，任人鄙视。这么一想，自己怎么反倒连那个人渣都不如了？

"跑那么快干吗？"林疏朗到达停车场之后，陈秋河丢过来一个得意的笑容，"怎么？怀疑我把你的车开走了？"

林疏朗默认了，她真是这么想的。

"我呢……"陈秋河走到她身边，把那把钥匙交回她手上，"没你想的那么坏，当然，也不会比你想的好。"他垂眸，在昏暗的路灯下凝视她的眼睛，"林疏朗。"

"我也就是一次失误而已。"林疏朗找回理智，没好气地瞪了他一眼，转身去开车门。

陈秋河伸手挡住车门，冲她摇摇头："还会有下一次的。"

像那个时刻一样，林疏朗忍不住又骂了句："神经病。"

她打开转向灯，从前面的路口转弯，不经意间，眼角瞥到了一个影子。

陈秋河的影子。

不是吧？这什么孽缘？林疏朗想转身确认自己是不是看错了，等她回过头时，车胎"砰"的一声爆了。

林疏朗紧急刹车，蒙坐了片刻，而后暴躁得挠头："真的要疯了。"

3

"陆老师？"周梨落隔着一排等座的顾客，探过头来，"你也来吃火锅啊？"

陆颐薇不自然地笑笑："嗯嗯，真巧。"

自从隐瞒了和陈冬野有联络的真相，再见周梨落，她都会觉得有点不自在。再加上，今天偏偏又是和许致一在一起……

之前许致一去学校找过她，相熟的学生都知道他们是情侣关系，当然也知道，他们现在是分手后的关系。

女孩子的"八卦"天性发作，周梨落跟同伴打了声招呼，干脆搬了凳子坐了过来。"你好，"她主动向许致一自我介绍，"我是陆老师班上的学生，周梨落。"

许致一向来不怎么跟女孩子打交道，只是客气地点头："你好。"

气氛尴尬，陆颐薇频繁看向电梯口，希望林疏朗赶紧出现拯救他们。她甚至特意暗示周梨落："你的朋友看起来有点无聊啊。"

"没事，她看'爱豆'综艺看得正起劲呢。"周梨落毫不在意地摆摆手，压低声音道，"其实我们不怎么熟，她无意间帮了我点忙，才非要我请她吃火锅。"

陆颐薇敷衍地点头，努力保持笑容。她偷瞥了一眼旁边的许致一，他好像丝毫没有觉得不适，反而掏出平板电脑认真看起了工作资料。

"老师……"周梨落凑近她，小声问，"你和男朋友复合了吗？"

"当然没有，我们还有朋友要一起过来呢。"陆颐薇解释着，"她还在路上。"

"陆老师你真厉害，分手了还能和前任做朋友。"周梨落皱了皱鼻子，"我那个前男友，我俩已经恨对方恨到一辈子都不想再见了。"

"那是因为你们年轻。"陆颐薇脱口道，但又觉得自己说得太绝对了。实在不想继续这个话题，她起身，借口给林疏朗打电话走到了远处。

距第一次通话已经过去了半小时，按车程计算的话，林疏朗差不多该到了。

电话通了一会儿才有人接，陆颐薇还没说话，就听到听筒里传来一声怒吼："我车胎爆了！"

"啊？"陆颐薇愣怔了一瞬，赶紧安抚她，"你在哪儿？打电话找人去修了吗？"

"打过了。"林疏朗长舒了口气，她其实生气的不是车胎爆了这件事，而是偏偏在想到陈秋河时发生了这件事。然后很奇怪地，两者之间就好像产生了莫名其妙的关联。

"这样吧，我现在打车过去找你。"陆颐薇提议，"你饿吗？想不想吃什么？"

"还饿呢，早气饱了。"林疏朗没好气道，"你别过来了，反正过来也帮不上什么忙，还是结结实实敲诈许致——一顿，然后回家等我吧。我待会儿修完车直接去你家。"

"那我给你打包点吃的，待会儿见。"陆颐薇挂断电话，往许致一的方向看过去。

周梨落已经走了，他还在忘我地看着手中的平板，既然这么忙，为什么还要约她出来吃饭？陆颐薇觉得不解。

当然，许致一让她不解的事情一直很多。

比如当她走过去问他："周梨落呢？"

"进去吃饭了。"许致一头也没抬地答，又问，"林疏朗还没到吗？"

"她车坏了，不过来了。"陆颐薇突然想起什么，"不对啊，周梨落的排位不是在我们后面吗？她们怎么先进去了？"

"她说我们的朋友反正还没到，能不能跟她换一下等位号，我就换给她了。"

陆颐薇瞠目结舌："可是我们已经等了四十多分钟了。"

"所以也不差二十分钟了吧？"他看了看号牌，"两桌而已，很快的。"

陆颐薇其实很想掉头走掉，但又觉得以她和许致一现在的关系，她不应该对这样的事情那么在意。她什么都没再说，但是脸色已经变得不怎么好看了。

大约是感受到了这份沉默中的怒气，许致一的视线终于从平板上移开了。他看了看陆颐薇，试图解释："是她主动开口要求的，而且小姑娘说饿得不行，看起来怪可怜的……总觉得拒绝不太好。"

陆颐薇点头，微微笑了："没错。"

他说是她主动要求的。

陆颐薇忽然有点懂得为什么她好像无法跟许致一形成亲密的关系了，因为许致一从来都不回应她的需求。

在最初的时候，她也尝试过行使自己的"女朋友"权力，但是，陆颐薇是个伤不起的人，几次受挫之后，她就放弃了。

她不习惯被拒绝，所以才让自己变得越来越独立。

可是有一点很矛盾，足够独立之后，她会觉得，自己好像根本不需要男朋友。

两个人大概就是这样慢慢越走越远了。

所以，省去"想念""喜欢""理解"这种情绪化的词语概括，爱情最起码应该是互相需要的。

她忽然想到了陈冬野。

4

为了补偿林疏朗，陆颐薇周末大摆宴席——其实都是昨晚从火锅店打包回来的蔬菜和肉。

各种肉。

陆颐薇化怒气为食欲，抓着菜单狂点了一通。许致一自觉理亏，也完全没有进行阻止，所以最后，她拎回来好几个装得满满的纸袋。

一大早，陆颐薇又去超市采购了啤酒、火锅底料和蘸料、新鲜水果，拎回来就开始清洗、摆盘。等到林疏朗睡眼惺忪地爬起来，她已经开了火，开始热锅了。

"这么大阵仗，干吗呢？"林疏朗走到餐桌前看了看，又忍不住转身试了试陆颐薇的额头，"没发烧吧你？"

陆颐薇把她往洗手间里推："赶紧洗漱，准备出来海吃一顿。一想到你昨晚一个人站在路边饿着肚子等修车，我就老过意不去了。"

林疏朗走进洗手间，她边刷牙边看着镜子里的自己，其实有些心虚。

昨晚她不是一个人，而且……也没有饿肚子。

"给。"

正坐在路边的长椅上，用拳头揉自己的胃部时，有人递了一个三明治到她眼下。林疏朗抬起头，看到了刚刚余光中瞥见的影子。

所以，她没有看错，那个人就是陈秋河。

"怎么样？"陈秋河居高临下地望着她，得意道，"我就说过，你还会失误的。"

"你为什么总是阴魂不散？"林疏朗垂下头，无奈地说，"我真的没力气骂你了。"

陈秋河用他特有的低哑的声音笑了笑，然后坐到她身边，拆掉三明治的包装，递给她："那就吃完再骂。"

林疏朗没跟他客气，伸手接了过来，居然是热的，该死的善良让她忽然犹豫了："你这是打算自己吃的吗？"

"给你买的。"陈秋河漫不经心地说。

"所以,你不会一直在跟踪我吧?"

陈秋河挑了挑眉。"我倒是想,但我跑不过你的车。"他指了指马路对面不远处亮着灯牌的一家书店,"我弟弟在那里上班,我来找他。说起来也真巧,我每回来找他都能碰见你。"

林疏朗探身看了看,恰是陆颐薇之前约她见面的那家书店。

是挺巧的,连倒霉事都很巧。她气愤地咬下一口三明治,大嚼特嚼。

还未到炎夏,晚风中透着几分清凉,很舒适。陈秋河陪她等着汽车维修工帮她换好备用车胎,走之前,他对她说:"林疏朗,你记住,做了坏事之后,得在背后长一双眼睛。"他撇撇嘴,"因为指不定哪天就会被报复。"

他的身影慢慢消失在夜色里,不知怎的,林疏朗突然觉得陈秋河的样子有点可怜。

门铃响了,打断了林疏朗的思绪。陆颐薇不知道开着抽油烟机在忙活什么,大概没听到,林疏朗叫她几声都没应,忍无可忍,含着一嘴巴的牙膏泡沫去开门。

是位外卖小哥。"请问您是陆颐薇小姐吗?"见林疏朗点头,他将手里的奶茶递过去,极有专业素养地说,"祝您用餐愉快。"

"不是专门去买了啤酒吗?"林疏朗奇怪地咕哝道,"怎么还点了奶茶?"她咬着牙刷,腾出手扒开纸袋。

嗯?居然只点了一杯?

正要张口骂陆颐薇小气,林疏朗突然发现了贴在纸袋上的小票,最下面的备注栏里写着:谢谢你昨天的咖啡。

有情况啊!林疏朗三下五除二刷了牙,跑到厨房找陆颐薇兴师问罪:"说!跟谁暗送秋波了?"

陆颐薇停了抽油烟机，将做好的拔丝香蕉装进盘里才问："你说什么？"

林疏朗把那张小票在陆颐薇眼前展开，冷哼道："证据在此，看你还怎么耍赖！"

看清那行字之后，陆颐薇咬着嘴唇，难以自控地笑了。

"天哪！"林疏朗凑近她，惊叹道，"原来这就是传说中的被爱沐浴的表情吗？"

陆颐薇只是笑，她不知道该怎么解释这种欣喜到无法言说的情绪。

"你三十岁了，陆颐薇。"林疏朗拍了拍她的肩膀，"赶紧收起这份少女的羞涩，从实招来，对方是何人。"

"你认识的啊。"陆颐薇挑眉。

"那个快递员？"

"他现在不做快递员了。"

林疏朗突然来了兴致："那他做什么？啊，对，今天周末，他在家吗？把他叫上来一起吃火锅吧？反正我们也吃不完。"

"别！"陆颐薇拽住她的胳膊。

"为什么？"

"疏朗，我三十岁了，"陆颐薇笑笑，"不适合做这样的梦。"

"年龄也不是问题吧。"林疏朗嗤笑她，"你的思想怎么这么老土？"

"那你呢？"陆颐薇反问她，"离婚五年了，你为什么从来不谈恋爱？"

林疏朗被噎了一下，毫无底气地反驳："你狂什么，我三十一了，比你还大呢！"说完，她伸长手臂揽住陆颐薇的肩膀，"男人不重要，走，吃火锅去。"

5

这顿火锅从上午一直吃到了晚上，其间不知道添了多少次热水。酒不够喝，陆颐薇又叫了一次外卖，最后，林疏朗喝得烂醉。

她好像有心事，但成年人一向习惯将痛苦关在房间里。

林疏朗不说，陆颐薇也就没有多问。甚至即便她说了，自己也只能当作没有听到。

扶着她到洗手间，看她抱着马桶狂吐一通，陆颐薇轻拍她的背，心里忽然觉得有点难过。

正开怀笑着的那个人，你根本不知道她偷偷藏了多少不如意。

吐空了，她蜷在沙发上，摁着胃部，看起来很不舒服的样子。

陆颐薇知道自己酒量不好，所以只陪着她喝了两罐，是微醺的状态，还算清醒。想了想，决定去小区门口的药店帮她买解酒药。

夏天，小区遛弯的老人很多，狭窄的小道上，她左右躲避着走来的三三两两的人群，到了门口，被风一吹，不知怎么，眩晕感突然加重了。

停顿了一瞬，她又继续走。就是过个马路的距离，陆颐薇却觉得自己好像走了很久。药店的导购告诉她，药物只能缓解酒后的不适，并不能让症状完全消失，而且切忌过量食用，实在难受也可以喝点蜂蜜水缓解。

因此，陆颐薇出来之后又忍着头昏脑涨跑到便利店买了一罐蜂蜜。

她拎着东西往回走，汗珠爬满了额头，到了小区中央的凉亭，实在走不动了，便穿进去休息。

坐在那张曾经和陈冬野一起坐过的长椅上，陆颐薇看着旁边空出来的位子，心里没来由地失落了一瞬。

她抬起头，看着深蓝夜空中的一轮明月，暗自感叹："今晚的月色也很美啊！"

正从旁边小道上经过的陈冬野顿住了脚步，他四下望去，终于从树木的缝隙间看到了陆颐薇的侧影。

他踏上石板路，缓缓走向她，酒味飘升在空气中，将蝉鸣不息的夏夜调出了几分迷离。

"陆颐薇？"陈冬野停在她身边，弯下腰。

听到有人叫自己的名字，陆颐薇抬起头，视线对上了一张想念的脸庞，她惊喜地叫他："陈冬野。"眼睛笑眯眯地弯了起来，"我正好在想你。"

陈冬野微微一愣，他犹豫了一瞬，还是抬起手，温柔地拭去了她额上的汗珠。"你喝多了。"他的语气很轻，像在哄一个自己宠爱的孩子，"起来吧，我送你回家。"

"不是我喝多了。"陆颐薇正色反驳，"是林疏朗喝多了。"说着她提起手里的塑料袋，展示给他，"你看，我刚给她买完解酒药，还买了蜂蜜。"她唠唠叨叨地解释着，"因为药店的人说喝蜂蜜水也能缓解。"

陈冬野坐下来，看着她因为酒意泛红的脸庞，突然觉得不安起来。这幸好是被他遇到了，要是他没有看到她，她就又把自己扔进了可能发生危险的境况中。

特别是最近，陈秋河总是紧盯着她。想到不久前的婴儿啼哭录音，他又忍不住皱紧了眉头。

"以后超过晚上十点，你就不要出门了。喝了酒更加不能一个人到处乱跑。"他认真地叮嘱她，又有些郁闷地问，"你不是很擅长找我帮忙的吗？怎么现在不找了？你都能为了一袋水煎包拦住我，怎么就不能让我帮你买个解酒药？"

陆颐薇看着他，茫然地眨了眨眼睛："可是，女孩子独立很重要的。"

"安全更重要。"陈冬野纠正她。

陆颐薇不满地抱怨："你干吗老用教育小孩的语气教育我？"

"因为你就是小孩子。"他使力拽陆颐薇，见她不动，干脆打横将她抱了起来，"出那么多汗，再这么吹风，你会生病的。"

陆颐薇很轻，她太瘦了，陈冬野毫不费力就将她抱上了楼。他在门口将发蒙的她放下，双手抓住她的肩膀，帮助她站稳，示意道："开门吧，我看着你进去再走。"

"哦。"陆颐薇转身去找钥匙，慌乱中，手里拎的袋子差点落到地上，幸好陈冬野手疾眼快接住了，不然那罐蜂蜜估计就要报废了。

打开门，陆颐薇窘迫地闪进门里，几秒后，又探出脑袋，对站在门口的陈冬野说："谢谢。"

他笑着帮她理了理头发，轻声道："好梦。"

6

林疏朗拎着一袋垃圾打开门时，正看到有人将一个装着早餐的纸袋往门把手上系。她抬起脸，对上陈冬野的面庞，两个人一时间都有些尴尬。

"起……起这么早啊！"陈冬野率先开口解释道，"听说你们昨晚喝了酒，怕你们不吃早餐会难受，就买了些，趁热吃吧。"

林疏朗从门把手上取下纸袋，挑眉问："这么好啊？"她眯起眼睛打量着陈冬野，"是不是对我们家颐薇有企图？"

陈冬野笑了笑："我还得赶着去上班，先走了。"

他没有回答这个问题，当然，也没有否认。林疏朗没再难为他，放他走了。

不过，面对陆颐薇，她就没这么宽容了。

她去补轮胎前，怂恿陆颐薇去找陈冬野当面道谢。

"你倒戈得也太快了吧？"陆颐薇难以置信，"昨天喝酒的时候不是还说男人不重要，不要和男人扯上关系的吗？"

"恋爱还是可以谈一下的。"林疏朗回味着刚刚下肚的清淡爽口的蔬菜粥，点评道，"那个快递员真的还挺好的，很细心，虽然年龄小，但是性格倒沉稳得像个大叔。你们在一起，也不会看起来很离谱。"

陆颐薇很无语："都告诉你了，人家现在不做快递员了。"

"不重要。"林疏朗拍了拍她的肩膀，"总之，你好好考虑一下。"

门在面前合拢，房间内安静下来，陆颐薇坐回沙发上。她考虑什么？根本就是不可能的事情。

细数这些来来回回的交集，她和陈冬野之间其实不过是礼尚往来的客套而已。她不敢有过分的想法，最主要的是，陈冬野太年轻了，他的年轻让她变得不自信。

陆颐薇也知道，这种想法很变态，不合常理，但她无法抹去。

胃里依然很不适，她去翻找昨晚给林疏朗买的解酒药，拿出来准备喝时，突然觉得有些不对劲。

咦？陈冬野是怎么知道她和林疏朗喝了酒的？还有，她昨晚是怎么回到家的？

她记得从药店出来后，因为实在太晕了，决定去小区的凉亭坐一会儿。然后呢？陆颐薇拍拍脑袋，记忆中忽然浮现出一张脸。

陈冬野俯身，对着她微笑的脸。

什么情况？陆颐薇在客厅里来回踱步，但她想了半天依然毫无头绪。完全断片了……

不会干了什么丢人的事吧？没有说出什么不该说的话吧？

陆颐薇咬着手指甲犹豫了半天，最终还是决定去找陈冬野旁敲侧击，探探究竟。

周末的书店，顾客非常多，穿过坐得满满的过道，陆颐薇有些心虚地上了楼。这么多人，她恐怕没办法把陈冬野叫出去吧？

楼上有一大块专门放置儿童读物的区域，所以坐的都是小孩子。陆颐薇一眼就看到了正从高处拿书下来的陈冬野，他把绘本交给身旁穿纱裙的小女孩，小女孩的妈妈示意她："快跟哥哥道谢。"小女孩便甜甜地说了句："谢谢哥哥。"

刚要过去找他，陆颐薇看到了陈冬野身后不远处的周梨落。

其实也没什么好惊讶的，学校离这家书店不远，女孩子周末总喜欢到处逛逛，她，或者她的朋友们，迟早都会遇到陈冬野。

自己的隐瞒不仅卑鄙，还显得很愚蠢。

陆颐薇只祈祷陈冬野不要在周梨落面前谈及自己。正想着，陈冬野带着周梨落往她的方向来了。

这要是被撞上，可真是当场曝光。

陆颐薇疾走几步，就近躲到一排高高的书架后面，万幸的是，他们没有再朝前走，而是停在了书架的另一边。

所以，她并不是故意偷听的，只是碰巧。

"你回去吧。"陈冬野小声道，"你在这里会影响我工作的，店长待会儿看到要生气了。"

"我又不是小孩子。"周梨落不满地说，"我不打扰你，我帮你整理完这些书，就去楼下的咖啡休闲区等你好不好？"

"这是我的工作。"陈冬野的语气变得有些生硬，"而且我晚上九点才下班，你要等十几个小时吗？"

沉默了半晌，周梨落声音里透出几分委屈："何止是十几个小时，我已经等你很多很多天了。"

大概是不想过多纠缠，陈冬野轻轻叹了口气："我故意不回你的消息，这样答案还不明显吗？"

周梨落哽咽着反问："那我明知道你不回还一直找你，我的答案不够明显吗？"

"所以呢？"

"我喜欢你，陈冬野。"周梨落语气坚定地说，"我真的很喜欢你。"

陆颐薇咬紧嘴唇，她突然很紧张，就好像说出这句话的人是自己。调皮的小男孩在身后追跑，不小心撞到了她，她一个趔趄，推掉了书架上的几本书。

男孩不好意思地说："阿姨，对不起。"

书架上空出了一条缝隙，陆颐薇不敢转头，她不知道自己有没有暴露在陈冬野他们的视线中。她没有勇气求证，只能尽可能保持着语调的平稳，不自然地回答了一句："没关系。"

然后，她迈步离开。

别慌，陆颐薇警告自己，你可已经三十岁了！

但她的步子越来越快。

7

经过汽车维修工的检测，确定了那个突然爆掉的车胎里被人为扎了好几颗钉子。工作人员特意跟林疏朗解释，那些钉子是网上卖的专门用来扎轮胎的钉子，让她之后多注意，如果需要报警的话，钉子也可以作为证据。

林疏朗是真的很生气，但是鉴于自己做过同样的事，也只能吃哑巴亏。

开车回家的路上，她突然想起陈秋河说过的那句话：做了坏事之后，得在背后长一双眼睛。

也正是因为这句提醒，林疏朗后面几天都没再开车。

正是新一期杂志出片的时间，她忙着后期的各种栏目，连去个电话关心陆颐薇的工夫都没有，也不知道那家伙最后有没有去找陈冬野。

依她对陆颐薇的了解，十有八九没去。

陆颐薇其实是一个很矛盾的人，她对不确定的事情习惯于往最坏的方向考虑。这或许是一个人避免让自己受到伤害的防御，它也的确能帮助你规避掉一些风险，但是，你也将因此与人生中的所有惊喜失之交臂。

尽管惊吓其实比惊喜更多。

林疏朗的脑海中浮现出一张已经接近模糊的面孔，曾几何时，她还怀着一腔笃定和那个人举办了婚礼，以为找到了共度余生的伴侣。

但是，她高估了自己，高估了爱情，也高估了人的复杂性。

人真的是一种非常复杂的动物，在前夫身上，林疏朗获得了这条宝贵的经验。

思维不是一成不变的，也正因为思维的多变，感情也跟着飘忽不定。今天爱得死去活来的那个人，过几个月大概会恨之入骨。今天笑着叫你宝贝的那个人，也可能会在深夜将你打得不省人事。

血的味道有多难闻呢？后来，林疏朗只要看到与血相似的颜色，那种腥臭便直冲脑门，她会晕得站都站不住。

在那件事发生之前，林疏朗一直认为自己是没有软肋的。她有着很好的家世，开明的父母，可供她恣意生长的环境。天不怕地不怕的女孩子，在横冲直撞地爱过之后，留下了许多无法抹去的阴影。

林疏朗觉得很可悲，对不起将自己保护得那么好的父母，对不起婚礼上幸福的宣誓，对不起自己付出的真心。因此，她请了半个月的假，住进一家偏远的酒店，将身上的伤全部养好，隐瞒所有内幕，用婚外情的幌子离了婚。

宁可被别人嘲笑，也不想被可怜。

但是林疏朗做错了一件事，她不应该找为她出谋划策的人担任那个第三者的角色。

手机突然响起，林疏朗看了一眼屏幕，暗自咒骂了一句。有些人真不禁想，她现在看到罗伊的名字，就开始头疼。

不过，电话还是得接，毕竟下一期连载的文章还没有着落。

"干吗？"她毫不客气地问。

"能干吗？"罗伊轻轻笑了，"卡文了，想约你见个面聊聊。"

林疏朗其实已经猜到，罗伊识破了她故意扎破他车胎的小计谋，所以才以牙还牙。目前是，两个人都已对彼此做过的事心知肚明，但还是维持着表面的平和。

毕竟还有一层工作关系，涉及两个人共同的温饱。

"行，约哪儿？"林疏朗为了生计，不得不选择忍辱负重。

罗伊说了一个没听过的名字，林疏朗懒得多问，跟总编告了假，便打车前往。

路途有点远，她在车上跟陆颐薇聊微信，问陆颐薇这几天过得怎么样，跟快递小哥有没有什么快速进展。

本来还满心期待听到一些桃色事件，结果陆颐薇过了好久才回：我搬回爸妈家住了。

和叔叔阿姨重修旧好了？也是，我当初干出那种有辱家门的事，半年过去，我爸妈还不是照样哭着把我拽回了家？那你好好享受一下父母之爱吧，有什么最新消息，记得报告！

出租车停在一座庭院前，栅栏门里是装修古雅的木屋，看外表甚至都看不出这到底是经营什么的，日料吗？林疏朗站在路边犹豫了一下，拍照发微信找罗伊确认。

是这儿，你抓紧进去，有惊喜。

林疏朗撇撇嘴，推开门往里走。绕过院子里栽种的树，她来到一扇门前，这才从侧面的墙上看到了"怡然娱乐会所"几个字。

这年头，娱乐会所都整得这么文艺了？林疏朗被门口的服务生迎进去，对方问她有没有预约，她随口道："我找人。"

穿过狭窄的甬道，转进大厅之后，林疏朗才明白那些"文艺"不过是假象。直白点说，这里更像是赌场。

乌烟瘴气，吵闹不止。林疏朗掏出手机打给罗伊，张口就骂："你是不是耍我？"

罗伊的声音里反而透出几分得意："我是真的有惊喜要送给你，你不想看看那个浑蛋的惨样吗？"

视线捕捉到一个影子，林疏朗怔住了，罗伊还在她耳边喋喋不休着："我前几天要写一个关于赌场的情节，特意跑来实地取材，结果好巧不巧碰到了你前夫。听人说他是这里的常客，已经输得倾家荡产了，让你看看人渣颓废潦倒的模样解解气。怎么样？贴心吧？"

隔着烟雾弥漫的空气，林疏朗慢慢看清了那个人的样貌。

他几乎瘦脱相了，成了一副虚弱的骨架。肥大的衬衫挂在身上，衣角飘飘荡荡。但是即便如此，林疏朗的脑海中仍然不断闪动着举起椅子砸向自己的那个形象。

那个人慢慢转过脸来，目光停留在林疏朗身上。他很快认出了她，嘴角挑起，迈步朝这边走来。

　　似乎又闻到了血的味道，林疏朗感觉自己的牙齿在打战。她收起手机，想逃，脚下却一步都迈不动。

　　"林疏朗？"有人站在旁边叫她，"你怎么在这儿？"

　　转过头，她看到了陈秋河。她几乎是朝他扑过去的，颤抖着双手抓住他的T恤，抬起头，鼻子一阵阵发酸，哽咽着说："带我走。"

　　陈秋河注视着她，几秒后，他打横将她抱了起来。

第六章

1

陆颐薇之所以能够回家，并不是像林疏朗猜的那样，得到了父母的谅解，而是她死皮赖脸回去的。

当然，为了成功达到目的，她提前做了一些准备。

比如，特意饿了一整天，衣服穿得破旧、肥大，头发绑成了松散的低马尾，整个人呈现出虚弱、颓废、备受打击的模样。

陆颐薇几乎能想象到宋女士和老陆一起站在门禁系统前，审视着电子屏幕中自己狼狈的脸，经过一番眼神交流，最终无奈地打开门。

爸妈虽然好吃好喝供给着，但对她依然没什么好脸色，而陆颐薇忍辱负重，坚决赖着不走的原因其实很简单。

她不敢见陈冬野。

正好学校放了暑假，她可以暂时完美避开周梨落。

三十岁了，面对这样的事情还如此手足无措，陆颐薇对自己实在很无语。

只要一想到那天小男孩抬起头叫她"阿姨"的时刻，她就退缩了。不仅仅是丢脸，还觉得非常伤自尊。

让陆颐薇承认自己真的对陈冬野动了心可以，但她无法接受自此要背上年龄差这种负累。

更何况，这中间还有已经先她一步表白的周梨落。

太乱了，陆颐薇负荷不了，她只能躲起来。

其间，陈冬野只发过一次微信给她：你搬家了吗？

她没有回复，他便也没再追问。陆颐薇知道，他是个很懂得克制自己的人，不会对别人施压，但这样的体贴也好也不好。

陆颐薇弄不懂他的真实想法，但她不愿去问，而他又不会主动开口。

他们的关系就僵在了这里。

她也不知道会持续多久，也不知道未来的方向是怎样的。她唯一能确定的是，自己需要好好想想。

陆颐薇歪在沙发上，愤怒地挖着手中的冰淇淋，生气地想，没准人家陈冬野压根没把自己当回事，而是正和青春貌美的女朋友在书店亲密共处。

反正很多学生会找暑期兼职，周梨落那么喜欢黏着陈冬野，做出去书店打工的决定也不是不可能。

想到这里，陆颐薇的勺子戳得更狠了！老陆从旁经过，原准备斥责女儿几句好吃懒做，但被宋女士强行拽进了厨房。

"你干吗？"老陆横眉怒目。

"能干吗？"宋女士反驳道，"你没看女儿都精神不正常了，你难道还要数落她吗？老陆你可别忘了，咱们就这一个女儿。"

爸妈的声音不小，陆颐薇全听得清清楚楚。她停下手里的动作，把冰淇淋碗往旁边一放，压低声音恶狠狠地骂了一句："陈冬野，你个浑蛋！"

正站在梯子上整理书架高层的陈冬野没来由地连打了几个喷嚏。

站在下面的同事笑道："你小子，是不是辜负了哪个女孩子，被骂了？"

陈冬野愣了愣，朝着同事看过去。对方见他一脸呆滞，撇撇嘴，解释："当然，也说不定是想你了。"

他垂眸，继续摆放着手里的书，但直到下班，脑海中都还回荡着同事说过的话。

不管是骂他了还是想他了，这都足以成为他去见她的理由。

陈冬野突然转身，快步穿过马路，朝着路口跑去。他从手机里翻出一个电话号码，庆幸自己没有清理通话记录的习惯。

车来车往的街道上，电话通了。

"许致一你好，我是陈冬野，请问你知道陆颐薇父母的住址吗？"他语速很快地解释，"我有非常非常重要的快递要亲自交给她。"

许致一奇怪地问："那你干吗不直接打给她？"

"她不接我电话。"陈冬野真诚地恳求，"请你帮我一下，我必须找到她。"

"她竟然回她父母家了！"许致一难以置信。

陈冬野叹了口气道："其实我也不确定，所以想去确认一下。地址可以给我一下吗？我很急。"

"我是律师，陈冬野。"许致一以严肃的口吻声明，"我很看重别人的隐私，不好意思。"

陈冬野的脚步慢了下来，他很泄气，小小一座城市，却可以将另一个人藏得如此隐蔽。

正当他准备挂电话时，许致一突然说："我可以带你去。"

因为想起上次吃火锅，他自作主张将等位号让给了那个叫周梨落的女生，后来反思好像是有不妥，所以这次就当弥补过失好了。

许致一不自然地咳了一声，问："你打算什么时候去？"

"就现在。"

"你确定？"许致一开始后悔自己刚刚的决定了，"九点半了。"

"我确定。"

许致一这才察觉出陈冬野坚定语气中的不同寻常，忍不住问："你这么着急，到底是要干吗？"

2

门铃声传来时，陆颐薇刚从厨房端了一锅煮好的泡面出来。

闲着的时候好像更容易饿，反正她也没有减肥需求，便很宽容地在泡面里加了火腿肠和煎蛋。

父母都已经洗漱完回卧室看电视了，所以，她就这么端着一锅热腾腾的泡面出现在了陈冬野面前。

两个人同时愣了一下。陈冬野看了看那锅泡面，又看了看陆颐薇，两个人之间弥漫起混合着调味料的浓厚香味。因为此刻出乎意料的场景，他忍不住抿起嘴角，笑了。

"薇薇，谁啊？"

宋女士的声音自卧室传来，陆颐薇立即回过神，随口应了一句："林疏朗。我出去一下啊。"然后她一手抓住陈冬野的 T 恤，拉着他往楼梯间的方向走。

大多数人都走电梯，这里基本没有人会经过，再加上他们之间的沉默，头顶的声控灯自动灭了。手腕很累，陆颐薇低下头，这才发现，那锅泡面还端在手里。

场面十分尴尬，她咬了咬嘴唇，轻声问他："你怎么知道我家地址？"

"许致一带我来的。"

"许致一？"陆颐薇别过头，暗暗翻了个白眼，那家伙怎么这么喜欢自作主张。

"你不问我是来干什么的吗？"陈冬野伸出手，温柔地摆正陆颐薇的脑袋，逼她正视自己。

昏暗的光线里，陆颐薇审视着他的神情，半晌后，她垂下眼睛："我不知道。"

她没自信，又或者说，是生活中的各个外部因素在剥夺她的自信。仅仅因为她三十岁了，就要被冠以各种奇怪的称号。

陆颐薇并不是不确定自己对陈冬野的感情，她只是不确定，其他人会怎样看待这份感情。

陈冬野轻轻叹了口气，他的手落到她的下颌，微微用力，她便被迫抬起了头。他的目光一遍遍扫过她的脸颊："陆颐薇，我恐怕没办法等你给我一个明示了。"

"嗯？"

陈冬野走近她，身体抵住了装着泡面的锅，陆颐薇往后躲了躲。"会烫到的。"她提醒他。

但是下一秒，她感到手中一轻，嘴唇被覆上了。

那是一个很神奇的吻，或者说，一个充满烟火气息的吻。

它并不那么浪漫，且正因为它的平常而变得更真实。

就好像是下班之后，在狭小拥挤的厨房里，锅里炖煮着香味扑鼻的汤，穿着家居服的女生，在转身去拿调味料的间隙，被喜欢的人从背后拥住了。

这是陆颐薇少女时期曾有过的幻想，它晚了那么多年，却还是实现了。

陈冬野用一只手紧紧揽住她的腰，另一只手端着那锅泡面，深情地、长久地亲吻着这个自己内心记挂了十八年的女孩。

人生的每一个下一步似乎都是出乎意料的，但他告诫自己，不要在未来的每一天里，都为了现在的错失而懊悔。

生命旅程仅此一次，在与陆颐薇重逢之前，他牺牲了所有向尘世索取的欲望，像完成一项不得不完成的任务般活着。

但现在，任务发生了转变。

他不想仅仅作为母亲的儿子、陈秋河的弟弟、不同称谓的职员、行走在街头的路人甲、一个毫无存在感的人而活着了。

他要拥有她，和她一起制造许许多多从未体验过的情绪。

陈冬野并不懂爱，即便看了那么多书，它们也没有教会他该如何爱，如何表达爱。所以，他停下来，紧紧拥住陆颐薇，在她耳边说："我愿意给你你想要的所有，但我不知道这算不算爱。"

陆颐薇埋进他的胸口，她真没用，居然因为这句话感动得一塌糊涂。

他们拥抱了很久，分开时，陆颐薇几乎要把头塞进衣领里。她瓮声瓮气地对陈冬野说："声明一下，我可不是害羞，我只是因为今天没洗脸，觉得自己太丑了，怕你反……反悔。"

陈冬野靠过去，把下巴搁在她脑袋上，用喉结蹭她的鼻子。"很漂亮。"他语气坚定地说，"特别，特别漂亮。"

已经在他脑海中漂亮了十八年。

"你得走了，太晚了，许致一在楼下等你吗？"在这个场景中说出许致一的名字，陆颐薇莫名觉得想笑。

"不，他送我到门口，我就让他回去了。"陈冬野侧侧头，耳朵贴上了陆颐薇的耳朵，"明天就搬回来，好吗？"

虽然心里已经叫嚣着"好",但陆颐薇还是矜持道:"我要先跟爸妈商量一下。"

陈冬野点头,放开了她。

深夜,凉爽的晚风吹散了炎热,已经进入八月,陆颐薇最爱的秋天就要到了。

"那我走了。"陈冬野在她额头上轻吻了一下,"晚安。"他把那锅泡面递给她,手指呈现出扭曲的样子。

"怎么回事?"陆颐薇试图帮他伸展开。

陈冬野笑道:"抽筋了。"

"那你怎么还不改色?"

"我哪里还顾得上抽筋这种事。"

他露出陆颐薇从未见过的灿烂笑容,这个笑容一直陪伴她钻进被窝,还闪耀在脑海中。

手机里进来一条新消息,是许致一发来的:说吧,怎么谢我?

陆颐薇抿起嘴角,回复:赏你一锅加肠加蛋豪华版泡面。

末了又补充了一句:狗粮味的。

3

林疏朗从电脑屏幕上移开眼睛,她用双手捂住脸,再一次扪心自问——

睡了吗?到底睡了吗?

一周过去了,为什么一点都想不起来?

她拍拍自己的脑袋,发誓以后绝不喝那么多酒了。

不过,现在发誓也晚了,说不定该发生的都已经发生了。林疏朗心虚地看看四周。奇怪，之前和罗伊制造一夜情的谎言弄得尽人皆知她也从没有惊慌过，倒是现在，明明没人知道，她却害怕得不行。

由此可见，欺骗别人比欺骗自己简单多了。

不行，还要再试一次。林疏朗不甘心地想，一定要回忆起来到底都发生了什么。这么想着，她聚精会神，让思绪回到了那个傍晚。

陈秋河将她抱出娱乐会所，一直走到街道边才放下。他审视着她苍白的脸，难得地收起了以往的吊儿郎当："你没事吧？"

林疏朗慢慢缓过了神，不自在地看了陈秋河一眼。"没事。"她露出勉强的笑容，"今天，谢谢你了。"

见她要走，陈秋河一把拽住了她的胳膊。"太敷衍了吧？"他舔了舔嘴角，"我饿了，你请我吃饭吧。"

林疏朗没有拒绝，这是她做错的第一个决定。而当陈秋河将盛满啤酒的杯子给她，她毫不犹豫地接过来时，那晚就注定了大错特错。

毫无疑问，她喝多了，人在情绪失控时，很容易醉酒。因为思维失去了防备，理智退居幕后，只剩下了人的本能表演。

林疏朗说了很多不该说的话，她大概是把那段烂在自己肚子里、已经散发恶臭的过去全部挖了出来。

她讲了和前夫的相遇。

秋天的时候，她和陆颐薇一起去海边露营，她们不知道自己的帐篷破了一个洞，半夜大风，那个洞越吹越大，她们被冻醒，被动静惊醒的前夫邀请她们过去避风。

似乎是理所当然的缘分，由此开始了恋情。

那时，林疏朗二十五岁，在做出结婚这种决定时，还根本不懂结婚究竟意味着什么。

畅想的都是幸福，两个人在亲朋好友的见证下，宣誓成为这世间对彼此而言最珍贵的人，这是何等美好的事。

但，这样的美好如果剔除掉了生活的本质，便是不真实的。

就像和父母朝夕相处时，都免不了种种摩擦，和一个成长背景完全不同的人生活，矛盾只会更多。

不同的观点很多，父母会对你相让，哪怕是被迫相让，但别人不会。

还有一个非常难以平衡的矛盾点——家庭分工。

听起来是很简单的事，但其实真的深入到现实中，就很难达到平衡。

两个人都有工作，回家之后谁做饭？家务谁负责？油盐酱醋米面茶谁来购买？水电燃气物业管理费谁去缴纳？

在你离开父母，成为掌控生活的角色之前，你根本难以相信活着这件事需要多少烦琐的步骤。

如果是一个人住，你想做什么都可以遵照自己的意愿。但共同生活，你做的每一件事、没做的每一件事，都很可能会被对方拿出来抨击。

吵了很多架，当然都是些鸡毛蒜皮的小事。大多数人在和别人产生争执时都可以克制自己，不做出伤害别人的事。可惜，林疏朗遇到的是小概率的那类。

他们之间是否有爱情存在过，林疏朗已经懒得探究。因为，如果那个浑蛋还能对她说出"爱"这种字眼，那些藏在衣服下的灼热的伤口便只会向林疏朗证明爱情就是个骗局。

更可笑的是，这样的人总有共性，前脚打人，后脚就跪在地上痛哭流涕，让人忍不住怀疑，他到底是怕离婚，还是怕失去一个发泄的对象。

不过，作为新时代的女性，林疏朗倒是没有背负任何道德绑架，而是设了个陷阱，逼得前夫和她离了婚。

　　她以损毁自己名誉的代价逃离了那段婚姻，而离婚后的第一件事，就是去学了跆拳道。

　　她是班里最认真的学生，再加上身材高挑，很快成为老师的得意门生。但即便如此，再次遇到那个人的时候，还是吓得呆若木鸡。

　　"真讽刺。"林疏朗灌下一大杯啤酒，眼前的陈秋河已经变成了四只眼睛。"你别晃……"她探过身子，伸手固定住他的脑袋。

　　陈秋河抬起眼睛，目光玩味地看着她。

　　林疏朗还记得，他陪她喝了很多，但脸色看起来一如平常，丝毫不显醉意。离得近了，她才发现，他的脸颊如此瘦削，过度分明的棱角让他看起来气质坚硬，连眼神都带着几分狠厉。

　　如此种种都传递出他是个危险人物，但是……林疏朗伸出手指滑过他的脸，微笑着脱口道："你还挺好看的。"

　　"是吗？"陈秋河弯起唇角，侧头凑到她耳边，低声问，"你想不想看更好看的？"

　　记忆到这里就断掉了，再接起来的时候，便是林疏朗从酒店的大床上醒来，揉着疼痛欲裂的脑袋坐起身，发现自己身上还穿着昨天的裙子。她刚松一口气，又在旁边的枕头上捻起了陈秋河的几根头发。

　　她彻底蒙了。

　　但陈秋河已经走了，他把自己的黑T恤留下了，上面放了一张从酒店留言簿上撕下来的纸，刚劲的字迹映入眼帘：走的时候穿在裙子外面。

　　就只有这么一句，没有任何解释，也没有留下联系方式。

　　自那之后，林疏朗再没有见过陈秋河。明明之前总在身边转悠，现在想找他，却怎么也找不到了。

　　算了，不见也好，她想象了一下，就算再遇到，她也很难把"我们睡了没"这种问题问出口。

但她仅仅是想知道答案吗？

陷入沉思的林疏朗被猛然响起的手机吓得一哆嗦，不过，通完电话，她觉得自己是完全有理由吓一跳的。

4

"许致一牵的线？"林疏朗难以置信地笑了，"我真是忍不住要称赞那家伙了，如此真诚地为前女友谋幸福。"她故作痛心地问，"陆颐薇，你该不会错过了一个绝世好男人吧？"

"错过就错过了。"陆颐薇笑答。如果错过是为了遇见陈冬野，她倒觉得很值得。

识破她内心的林疏朗忍不住翻了个白眼，以过来人的口吻泼冷水："我先警告你，你也三十岁的人了，机灵一点，不要急着交付真心，爱情这种东西，也不是那么靠得住的。"

陆颐薇点头，她有点不好意思地说："讲真的，我到现在还觉得不真实。也正是因为这样，我一直没敢回租住的地方。"

"什么意思？"林疏朗不可思议地问，"你们该不会确定关系之后就没再见面吧？"

"我……"陆颐薇扭扭地说，"我实在不知道怎么跟他见面。我是说……以女朋友的身份跟他见面。疏朗，你说我是不是有病？跟许致一谈了那么多年的恋爱，怎么到了陈冬野这里，就紧张得手足无措了，好像怎么做都不对……"

"听你这么说，我一时不知该同情你还是同情许致一。"林疏朗看着她的样子，忍不住笑起来，"前男友那么努力帮你牵红线，起码说明对你无爱了吧？你呢，在跟前男友谈恋爱的七年里都没有体会过紧张的情绪，这基本证实，你对他也没什么爱可言。你们俩，倒真是无情得很默契。"

"喀喀。"陆颐薇尴尬地抓了抓头发，"幸好我们及时止损了。"

"所以，你怕什么？"林疏朗挑挑眉，"你们俩一个未嫁、一个未娶，又都是单身合法好公民，并且同时对彼此动了心，还有什么可忌惮的？"

"可是……"陆颐薇再度说出了那个令她苦恼的现实，"我三十了啊，疏朗。我比他大五岁。"

"去他的三十。"林疏朗从座位上拎起陆颐薇，"如果他不喜欢你，你再年轻十岁又能如何？选择了就往前迈步，一直站在岔路口犹豫不决，迟早会出车祸的。走，买件新衣服，然后穿得漂漂亮亮的去约会。"

其实陆颐薇很少去商场买衣服，不自信的人连从试衣间走出来的勇气都没有。

这次当然也没什么不同，林疏朗实在等得不耐烦，三步并作两步闯进了她所在的格子间。"你到底在搞什么？哇！"林疏朗盯着镜子里身穿藕粉色T恤和藏蓝色包裙的陆颐薇，当机立断，"就这套了，超级温柔。"

"不觉得裙子太包了吗？"陆颐薇纠结道，"我得时刻收腹。"

"少废话！"林疏朗三下五除二把她换下来的衣服收起来，"赶紧赶紧，还得找地方化妆呢，你再不快点，你男朋友就该睡了。"

经过林疏朗的一番改造，陆颐薇看着镜子里的自己，好吧，她承认的确比之前好看一点。

"男人一般都喜欢淡妆，那种难以分辨的假素颜。"林疏朗把各种化妆品扫进包里，又帮她把头发重新绑成了随意温婉的低马尾，随后便把她送上了回出租屋的公交车。

陆颐薇硬着头皮跟父母撒谎，说自己被临时分派了重要工作，暂时不回家了。

当然少不了被骂一顿，但她也顾不上还口了，心里紧张得要死。

到小区时已经九点多了，她恐怕自己拎着一袋换下来的旧衣服碰到陈冬野，于是做贼似的潜回家里，袋子往沙发上一丢，冲进洗手间检查了一下发型和妆容，这才返回一楼。

她本来想学着电视剧里常见的桥段，直接打电话告诉陈冬野，我在你家门口。

但是这也显得自己太主动了吧？陆颐薇咬着手指甲在楼道里打转，思考了半天措辞，最后决定干脆直接敲门好了。结果——

敲了半天没人应。

不在？她发微信给他：你在哪儿？

过了很久，久到陆颐薇以为他不会回了，正失望的时候，屏幕亮了：在你家小区里。

她连敲了三个问号过去。

我最近每天都会来坐一小时。万一你要见我的话……我就可以很快出现了。

陆颐薇抿紧了嘴唇，她怕自己忍不住笑出声。我现在的确有点想见你。可是……我在这里。

她发了一张陈冬野家房门的照片过去。

我马上回去！陈冬野发来的语音里似乎有风声。

陆颐薇难以置信，终于有一天，有了一个愿意跑着来见她的人。

她没有上楼，以此刻的心境，她根本没办法回家等着，干脆就坐到了一旁的楼梯台阶上，有人经过时会忍不住回身打量她。陆颐薇想到那个被婴儿啼哭录音吓到的晚上，陈冬野是不是也这样被人打量过?

她感到整颗心被温暖地包裹了起来,胀得满满的。

约莫二十分钟后,急促的脚步声传来,陆颐薇探出头去,等待那个身影进入视线。

陈冬野带着初秋的晚风来到她面前,额上布满了汗珠。

她站起来,因为身在台阶上,才得以和他平视。

陈冬野望着她,温柔地笑了。他说:"我想抱你,你介意我身上的汗臭味吗?"

陆颐薇抿起嘴角,眼睛里充满了笑意。她朝他靠过去,肩膀因为他的用力挤压而不自觉地缩了缩。

"陆颐薇,"陈冬野在她耳边轻叹,"我很想你。"

5

许致一推开书店的玻璃门,边撕开刚买的一本书的塑封边往前走,忽然听到一阵女孩子的啜泣声。他下意识地转过头,看到了蹲在橱窗前的女生,她脚边还放着一个粉色行李箱。

他挑挑眉,正打算目不斜视地经过,忽然顿住脚步。

有点眼熟。

许致一再次转过脸去,对上了一双通红的眼睛。对方看到他,起身跑了过来,他还来不及反应,衣摆就被拽住了。

"你还认识我吗?"女孩吸了吸鼻子问道。

许致一看了一眼还留在她脸上的眼泪才答:"哦,火锅店的那个学生是吧?"

"嗯。"周梨落抽泣着点头。

　　并不是很爱管闲事的许致一只想抓紧离开，毕竟，能让这个年纪的女孩子坐在大街上哭泣的原因大概也只有自己喜欢的男生爱上了别人，诸如此类。"不好意思，我还有急事，就先……"

　　"你知道陆老师交男朋友了吗？"女孩突然没头没脑地问。

　　许致一看着她，一时间不知道该点头还是摇头："呃……这和你有什么关系吗？你们学校的学生都这么关心老师的吗？"

　　"她和我喜欢的男生在一起了。"周梨落说着，眼眶又红了，"要不是亲眼看到，我都不敢相信，亏我还特意提前从家里赶回学校，现在……"她用手背抹了抹脸颊，"搞得自己就像个笑话。"

　　许致一愣在那里反应了一会儿，才忍不住问："你说的男生该不会是陈冬野吧？"

　　"你认识？"

　　看着女孩通红的鼻尖和汗涔涔的额头，许致一莫名有些自责，他何止是认识，这红线还是他牵的。

　　所以，认真来说，之所以造成现在这个结果，也有他的一部分原因。许致一不自在地咳了一声，答非所问道："你吃饭了没？要不我请你吃顿饭？"

　　"你不是有急事吗？"周梨落诧异地问。

　　许致一佯装看了一下手机："临时取消了。"

　　他们就近找了家云南菜馆，小姑娘大概是真的饿了，菜一上来，就沉默着吃掉了大半碗米饭，又灌了几大口饮料，才开口："其实我伤心的不是他们在一起，而是觉得被陆老师骗了。"

　　周梨落抬起头，看着许致一，说："前阵子，我怎么都联系不上陈冬野，找陆老师问过他的电话号码，她说她也不知道。"她自嘲地笑了笑，"两个即将成为男女朋友的人，怎么可能不知道彼此的电话和住址？只是故意不想告诉我罢了。其实我之前也怀疑过，虽然没有证据，但女人的第六感通常很准的。"

许致一听到她自称"女人"，忍不住抿起了嘴角。他忍住笑意，正色问："你和陈冬野是怎么认识的？"据他所知，陈冬野只在陆颐薇租住的那片小区送过快递。

"过程太长了。"周梨落一句话总结道，"反正就是我被他哥哥撞到了，然后找陆老师帮忙，最后陈冬野出面给了我赔偿。"说到这里，她皱了皱眉，"怎么这一回忆，我觉得自己好像是陈冬野和陆老师的月老啊！"

"噗……"许致一刚喝进嘴里的一口水差点喷出来，他呛咳了几声，安慰她，"或许他们早就认识了。"

"所以呢？你想告诉我，他们是上天注定的缘分吗？"

"呃……"做了多年的律师，这巧言善辩的能力怎么突然失效了，许致一尴尬地摸了摸后颈，"倒也不是这个意思，不过……"他突然想到，陆颐薇曾经因为学生出事故的事情找过他一次，但他当时正忙着一个案子，就没有及时去见她，后来再问起她，她说解决了，原来是陈冬野先一步出面了。

"不过什么？"周梨落微微探身，追问道。

"没什么。"许致一呼出一口气，转移了话题，"对了，你们现在还是暑假吧？你刚说你提前从家回来了，那你住哪儿？"

"宿舍应该开门了吧。"周梨落不确定地说。

"你都没提前联系学校就回来了？"许致一觉得不可思议。

"我也是临时决定的，"周梨落委屈地瘪了瘪嘴巴，"因为想给陈冬野一个惊喜。谁知道在书店旁边那条街正好看到他背着一个大大的双肩包，和陆老师牵着手走掉的背影。我本来还安慰自己说可能看错了，直到书店的人告诉我陈冬野刚去和店长申请了调休，直到明天晚上才会回来。"她狠狠地用筷子戳了戳碗里剩下的米饭，"肯定是去近郊旅行了，现在不是很流行那些嘛，两天一夜之类的。"

"牵着手？"许致一有点惊讶，他和陆颐薇在一起的那么多年里，两个人好像从没有在大街上牵过手，他们总是各走各的，保持着在别人眼中得体的距离。

"嗯，而且不是那种普通的牵手，是另外一种……"周梨落忽然拿起许致一搁在桌上的手，五指穿过他的指缝，紧紧握住，将两个人交握的双手举到他眼前，"像这样。"她转动手腕，以便全方位展示。

许致一感受着女孩柔软冰凉的手指，脸没来由地烧了起来。他猛地抽回手，起身胡乱指了指："我去个洗手间。"

等稳定好情绪出来，许致一才发现周梨落推开碗盘，趴在桌边睡着了。

赶了一夜的火车，又哭了半上午，她这一天是过得挺累的。不过，这姑娘对他未免也太不设防了吧？他对她而言几乎算是陌生人啊，安全意识这么差！许致一摇头，决定等她醒了好好教育教育她。

幸好下午所里没什么急事，许致一便也不急着回去了，人是他带进餐馆的，总不能把她一个人丢下。

想到这里，许致一干脆掏出随身携带的笔记本电脑，开始远程办公。同事见他在群里说话，问他人在哪儿。他看了看面前睡得甜香的女孩，阳光穿透玻璃窗，晒得她眼睫微微颤动。许致一拉起旁边的窗纱，笑着回复：餐厅陪睡。

6

陈冬野将冲好的咖啡放到陆颐薇手中，在她身边站定。

这是建在乡下的一处民宿，暑假期间，大部分人都选择去外地游玩，所以生意反而很冷清。布置得极具文艺格调的天台上，此刻只有陈冬野和陆颐薇两个人。

郊区的夜晚似乎比市里温度低，风绕着耳畔吹过，掀起陆颐薇的长发，头发落回肩膀时，是干爽的。

"喝了不怕睡不着吗？"陈冬野背靠天台的木栏杆笑问。

陆颐薇挑挑眉："读大学的时候，经常因为熬夜刷韩剧喝咖啡，早就对咖啡因产生抗体了。"

陈冬野垂眸，他觉得很抱歉，因为无法与陆颐薇分享自己的大学生活。

察觉到他瞬间的失落，陆颐薇转回头。

的确，他们的差异实在太大了。而且，与她了解到的普通恋爱程序不同，他们甚至都没有问过对方的家世，对彼此的曾经所知甚少。

产生在两个人之间的所有的相互吸引，都是一种脱离现实的、缥缈的情绪，这对一个三十岁的女人来说，好像的确有些任性了。

就连这场为期两天一夜的短途旅行也是临时起意。

陆颐薇突然变得有些不确定，冷静的理智和冲动的情感是否能够共存？如果不能，那么，最后谁会取胜呢？

"陆颐薇。"陈冬野歪着头叫她。

"嗯？"

"你不要胡思乱想。"他伸手弹了一下她的脑门。

"我没有。"她表现得这么明显吗？

陈冬野抿了口杯子里的咖啡，温柔地说："如果你有任何想知道的关于我的事情都可以问。不是我故意藏着掖着，而是我的记忆里实在很难挑出开心幸福的部分。"他转过身子，伸手揽住她的肩膀，低头注视着她，"不过，以后就会有了。"

陆颐薇忍不住往他怀里贴了贴，额头靠着他的下巴。和陈冬野在一起之后她才知道，原来亲密是一件如此自然的事。

陈冬野顺势抱住了她，这一刻变得很不真实。

目光所及的星星、远山、树影、月光，甚至连呼吸都像是假的。

沉默着相互依偎，半晌后，她挪动脑袋，抬头看他："陈冬野，你有没有想过，以后我们一起走到大街上，小朋友见到你会叫哥哥，但是他们会叫我阿姨？"

陈冬野笑笑："是我选择你，又不是那些小朋友，我不会在乎别人的看法。"

见陆颐薇一副不相信的样子，他继续解释道："如果我那么容易被别人影响，那我现在应该很悲惨吧。"

他细数那些从小时候起就很熟悉的、别人望向自己的眼神。

总是充满怜悯的，同情的。又或者是躲避的，嫌恶的。不然便是讨厌的，嘲讽的。

瘦弱、沉默、脸上时不时泛起乌青的陈冬野，从小小孩童慢慢成长至今，他比别的同龄人经历过更多挣扎，也更辛苦。

又或者说，他是数次与死神辩驳，从乱七八糟的人生中截获活着的勇气的人，他不觉得自己还有什么是不能面对的。

当然，更重要的是，他现在有了她。他亲了亲陆颐薇的额头："你很漂亮。每个人都会变老，但是你很漂亮。"

陈冬野很想告诉陆颐薇关于十八年前的那件事，但是，就像他不愿意提起自己的过去一样，他不舍得打破美好的氛围。而且，有些秘密一旦开始隐瞒，再说出口就更难了。

陆颐薇转过头，故意正色道："我觉得你有时间应该去检查一下自己的视力，我真的怀疑你戴了什么美颜滤镜，我长这么大，几乎没有被人夸过漂亮。"

"你搞错了。很多人都以为通过别人的称赞才能助长自信，但其实自我认可更重要。是你对自己要求太高了。"他松开她，顺手拿走她的杯子，"走，给你看看我拍的照片。"

陆颐薇坐在床边，用手指放大屏幕上的照片，不敢相信那是自己。她其实丝毫没有察觉陈冬野是何时将她框进镜头中的。

倒也谈不上惊艳，毕竟，她的五官很平凡，但是自然的表情和放松的神态所呈现出来的她竟有种自己都不熟悉的气质。

陆颐薇并不懂专业摄影构图，不过，仅凭视觉效果，陈冬野所拍的照片让人感觉很舒服。他好像是把人物当成风景，因此会挑选不破坏整体的角度，让人物融进画面中。

她惊讶地回头，问陈冬野："你是不是学过摄影？"

"怎么可能？"陈冬野耸耸肩，"但是我觉得，摄影跟写作一样，都是展示自我内心的方式，我可能比较坦诚吧。"

"我觉得你很有天赋。"陆颐薇积极鼓励他，"你要不要试着去上些课程，没准以后可以做独立摄影师。"

"好啊！"陈冬野笑着回应，然后他指向一张在林间抓拍的陆颐薇弯腰研究树木的照片，说，"不过，你没发现吗？"

"发现什么？"陆颐薇不明所以。

"你的气质，"他敲敲照片上的那棵银杏树，"像一株植物。"

"有吗？"

陈冬野点头道："植物的生长是缓慢、坚定又沉静的感觉，跟你给我留下的印象相符。"

陆颐薇放下手机，歪着头看他："你到底交过多少女朋友？从实招来。"

陈冬野凑近她，笑道："要不是遇见你，我可能永远都不会有女朋友。"因为，对他而言，学会去爱是很麻烦的事。

"我才不信。"陆颐薇捂住嘴巴打了个哈欠，得意地眨眨眼睛，"看吧，我就说咖啡对我无效。"

她正要去洗漱，腰却被陈冬野揽住了。他低头，用鼻尖蹭她的鼻尖。"那我呢？"他问她，"我对你有效吗？"

"别闹。"陆颐薇往后躲了躲，他便放开了她。

他们住的是套间，陈冬野抱起被子边往客厅走边回头看她。

陆颐薇没有挽留，只是抿着嘴巴笑。

走到门口的陈冬野突然又折返了回来，弯腰在她额头上印下一个吻："晚安。"

"晚安。"陆颐薇抬起眼睛，不期然地撞上了他的视线，"走啦！"她轻轻推他。

"别这么看着我。"陈冬野抓住她的手，声音嘶哑了。

"明明是你在看我。"陆颐薇反驳，"你……"

她的话根本没有机会说完。

7

许致一被浴室里传来的水声惊醒了。

他睁开眼睛，房间里倒还是熟悉的模样，但是这不应该是他睁开眼睛看到的画面，因为，这里是客厅。

哦，许致一想起来了，他昨晚带回来一个无处可去的小可怜虫。

坐起身的瞬间，肩颈腰椎一起发出了抗议，真是活得久了什么事都能遇上……想他一个年过三十的中年大叔，居然为了一个小丫头片子睡起了沙发。

事实证明，闲事不能多管，容易惹上麻烦。

要不是昨天一时心软，就不会一直在餐厅陪周梨落睡到傍晚，干脆又请她吃了晚饭，结果送她回学校后，保安因为她没有班主任签字的提前入校申请书而拒绝放她进入。

许致一的确擅长雄辩，但是，辩论讲究逻辑，保安的逻辑是没有漏洞的，他失败了。周梨落可怜巴巴地告诉他，自己没有地方去。她让许致一把自己送去便宜的酒店，他是真载着她去了，但在酒店门口，看到一群醉醺醺的中年男人讲着黄段子鱼贯而入，终于还是不忍心了。

"你要是信得过我的话，就在我家待一晚吧，明天抓紧找你们班主任申请入校。"

没错，是他主动提出帮忙的。许致一转了转脖子，在"咔咔嚓嚓"的声音中，享受自作自受的后果。

突然，浴室的门被推开了。

周梨落穿着一件卡通睡裙走出来，头上裹着粉色的毛巾，耳边垂落几缕湿发，看到他，没有丝毫的尴尬，反而笑眯眯地问："你醒啦？怕吹风机吵到你，我都没有吹头发。"

说着，她扯下毛巾，弯腰开始擦拭。宽松的裙子随着她的动作摇摇晃晃，许致一几乎能从敞开的领口看到她纤瘦的肩膀。

这丫头是不是傻？许致一别过头，伸出手胡乱指着："你……你抓紧回房间换衣服。"

"我头发还没吹呢。"周梨落不为所动。

许致一只好抓起沙发上的毯子，斜着身子走到她面前，三下五除二将她从脖子到脚裹成了蚕蛹。

"喂！"周梨落活动着肩膀挣扎，"你在干吗？"

"回房间回房间。"许致一将她推进去，转过身，不自觉地吐出一口气。

在法庭帮委托人辩护的时候，他都不会紧张，怎么面对一个小自己一旬的丫头竟然无措了？许致一无法接受这个事实，所以，他要赶紧把这个不正常的存在物从自己的世界里赶走。

十分钟后，许致一向周梨落下了逐客令："我等一下要去上班了，我回来之前，你能消……"他本来想说"消失"，但觉得好像不太好，临时收住了话尾，"你懂吧？"

周梨落咀嚼着外卖送来的油条，点头："我懂。"

许致一看她一脸乖巧的样子，忍不住又献起了爱心："虽然我们没什么关系，以后可能也不会再见面了，但我还是想提醒你一句，对陌生人，尤其陌生异性，还是要多留个心眼。这世界上不是每个人都像我一样是好人的。"

周梨落看了他一眼，表示赞同："叔叔确实是好人。"

"叔叔？"许致一放下筷子，表情不爽了，"我虽然比你大不少，但不至于被称作叔叔吧？"

周梨落扬起眉毛："这你就不懂了吧，韩剧里的女主角都是这样称呼男主角的。那些男主角不但不老，还长得特帅。"

"我又不是什么男主角。"许致一摸了摸下巴，暗自咕哝道。不过，她这是在拐着弯地夸他帅吗？

"好吧。"周梨落耸耸肩，"那我以后叫你许老师吧，这样你就和陆老师同辈了。"

许致一懒得跟她贫嘴，跟她嘱咐完待会儿走的时候记得锁门，便拎着公文包出了门。

走到地库，坐进驾驶座，他才觉得哪里不对劲。

　　刚刚还教育那丫头不要轻信别人，他自己就没有做出好的榜样，居然就这样把整个家交给了一个陌生人。

　　不过……男人独居的一居室，其实也没什么少女会感兴趣的东西。

　　他发动车子，驶出停车场，完全猜不到此时此刻十九岁的女孩正在打什么鬼主意。

　　周梨落洗好碗盘，把桌子擦得干干净净，顺便又打扫了一下客厅。接着，她回到卧室，把自己的行李箱装好。然后，她拉开了许致一卧室的衣柜。

　　既然陆老师敢抢她喜欢的男生，那么她也要以牙还牙。

　　女孩纤细的手指掠过衣柜里整洁的男装，最后停在一件白衬衫上。

　　那件衬衫看起来没什么特别，但是口袋边上绣着许致一的名字。不知道是不是什么团服，不过刚好可以彰显出衣服的所属者。

　　周梨落从衣架上摘掉那件衬衫，写了张便笺纸，用裤夹夹住，挂进衣柜深处：许老师，借件战衣去报仇，物归原主时必当谢恩。

第七章 ◯

1

学校开学的那天，下了秋天的第一场雨。陈冬野上班时间早，为了能和他一起坐公交车，享受路上共处的半小时，陆颐薇偷偷起了个大早。

平时洗把脸就能出门，今天硬是捣鼓了一小时。有一个很奇怪的定律：当你越想做好什么的时候，反而越是做不好。陆颐薇望着高低不同的两条眉毛，郁闷地叹了口气。没时间重新化了，只好硬拽了两缕长发当作刘海。

穿着精心挑选的米色针织连衣裙，她脚步轻快地下了楼。

这画面怎么那么像高中女生想要和高年级的学长制造偶遇机会？陆颐薇的脚悬停在台阶上方，怀疑自己这么做是不是有点羞耻。

会不会引起陈冬野的不适？

陆颐薇站在楼梯上犹豫不决，一会儿向上，一会儿往下，最后她想，要不然就躲在拐角，看一眼陈冬野好了。

几分钟后，陈冬野家的那扇门动了，陆颐薇赶忙往墙边贴了贴。

他拎着一把黑伞，白 T 恤外面罩了一件牛仔衬衫，脚上仍然是那双有些显旧了的黑色匡威。大概是刚洗了头发，发梢还湿着，他胡乱用手拨了拨。

挺拔如少年的陈冬野，居然喜欢自己？

陆颐薇羞涩地咬住了嘴唇，脸都热了起来。

只顾着埋头跺脚，她没有注意到身后走来了一位老大爷。老大爷拄着拐杖，步伐颤颤巍巍，因为担心摔倒，便用另一只空出来的手下意识地去扶墙壁，无奈陆颐薇挡在了那里。

"姑娘，你能不能闪开点？"老人家不满地问。

陆颐薇回过神，赶紧错了错脚步，再抬头时，陈冬野正好往她的方向看了过来。

"呃……"面对他弯起的嘴角，陆颐薇只能尴尬道，"这么……这么巧啊。"

陈冬野按亮屏幕看了看时间，笑意更深了，但他什么都没说，自然而然地过来牵起她的手，担忧地看了看她的裙子："下雨天怎么不穿得方便一点？"

"哪里不方便了？"陆颐薇拎起裙摆，小心地迈过一个水洼，嘴硬道，"很方便啊。"

雨水溅到了裙摆上，坐上公交车之后，陆颐薇从包里掏出纸巾，正要弯腰，陈冬野便顺手接过去，俯身捏住那片裙摆，细心地用纸巾帮她吸干了水分。

"谢谢。"待他直起身子时，陆颐薇小声道。

他把一团湿纸巾攥在手中，扭头笑问："是为了给我看吗？"

"别自作多情了。"陆颐薇想都不想地反驳，"我一直都是这么穿的。"

陈冬野垂眸，声音也压低了："今天特别好看。"

陆颐薇把头转向窗外，阴霾的心情一扫而光。眼看车就要到站了，她赶忙从包里掏出昨夜做好的三明治，塞给陈冬野："记得吃早饭。"

陆颐薇说完就起身往车门走去，她为自己像穿越到十八岁的少女般的心态而感到羞耻，但又无法克制这份膨胀的快乐。

陆颐薇下车后竟也没有马上离开，而是走上站台，等待着公交车从眼前驶过时与陈冬野瞬间的目光交会，但是他在接电话，根本没有看到她。

失落的情绪涌进胸腔，陆颐薇一掌拍到自己脑门上，提醒自己不要太夸张。

到办公室跟同事们例行打过招呼后，陆颐薇坐到座位上，忽然发现大家的目光都还停留在她脸上，她有点纳闷地问："怎么了？"

"总觉得今天有点不对劲。"主任捏着下巴打量她。

"化妆了吧？"坐在对面的女同事指了指她的脸，"涂了粉底，画了眉毛，擦了口红，下雨天还穿得这么美，怎么回事？"

"什么怎么回事？"陆颐薇心虚地去开电脑，假装漫不经心道，"两个月假期过去了，还不允许别人有点变化吗？"

"是因为恋爱了吧？"

门口突然传来一个声音，众人齐转头，看到了走进来的周梨落。她穿一件白衬衫、一条深蓝色百褶短裙，扎着高马尾，嘴角洋溢着灿烂的笑容。

"陆老师，"她甜甜地跟陆颐薇打招呼，"好久不见。"

"好久不见。"陆颐薇不自然地笑笑，眼神向下沉，突然看到了周梨落衬衫口袋上的名字。她猛地抬起头，疑惑地朝周梨落望过去。

周梨落仍然保持着那个甜美的笑容，但眼睛里分明盛满了深意，像是故意回应她一般，伸手抚平口袋处的褶皱。

同事们嗅到"八卦"气息，一窝蜂拥过来逼陆颐薇招供。她从缝隙间看到周梨落离开了办公室。

陆颐薇挑了挑眉，忍不住怀疑，她来就是为了展示身上那件绣着许致一名字的大学文学社的社服吗？

还是说，周梨落已经知道了自己和陈冬野的关系？

2

还没等陆颐薇想好怎么开口询问许致一和周梨落怎么回事，他倒是先打来了电话。

看着屏幕上闪动的名字，陆颐薇有点纠结，万一许致一就他和周梨落的关系问她意见，她不知道自己该站接受方还是反对方。

许致一比周梨落年长十几岁，比她和陈冬野之间的差距更大。

算了，她干脆持中立态度好了。这么想着，陆颐薇接了起来。

"下班了吗？"

与陆颐薇的猜想不同，许致一的口吻很平静。"嗯，"她回答，"已经到小区门口了。"

"和陈冬野在一起？"

是怕她身边有别人不方便吗？陆颐薇直截了当道："我自己，他下班晚。怎么了？你有事？"

"哦。"许致一顿了顿才问，"最近你跟林疏朗联系过吗？"

陆颐薇回忆了一下："的确有一阵子没见她了。疏朗怎么了？"

"其实也没什么，就是今天中午她给我打过一通电话，没头没脑地问我，在什么情况下的防卫才算是正当的，如果防卫过当，要不要判刑之类的。我问她问这个干吗，她说审稿需要。"许致一倒吸了口气，"但我总觉得有点不对劲，你抽空联系她一下吧。她那个性子，保不齐会做出什么事呢。"

挂断电话，陆颐薇想起上次自己和林疏朗在家喝酒，她喝得酩酊大醉，那时就觉得她好像藏着什么心事。

陆颐薇没有回家，停在单元楼门口拨通了林疏朗的电话。

响了很久，没人接。

她又打了两次，依然没接。

无奈之下，她只好发了条微信过去：疏朗，看到消息给我回电话。

看了一眼桌上亮起的手机屏幕，陈秋河按了关机，抓起麦克风继续唱歌。

KTV 包间的隔音效果通常都不错，只有在林疏朗推开门的瞬间，才涌进各种各样的嘶吼声。

但是门一关，又静了。

陈秋河按了消音。大屏幕上播放着 MV，演员们动情地演绎着剧情，歌手们深情地唱起无声的旋律。

陈秋河抬头看着从洗手间回来的林疏朗，她刚才喝了不少酒，眼圈和耳垂都是红的，大概是为了清醒，特意洗了脸，耳边的碎发还湿着，凌乱地贴着鬓角。

"我好像又喝多了。"她捂着额头，语气不似从前充满戾气，反而显现出几分脆弱的茫然，"我怎么每次跟你在一起都会喝多呢？"

陈秋河放下手里的啤酒，起身向她走过去。

听到脚步声，林疏朗抬起头，陈秋河已经走到了她眼前，很近的距离。包厢里轮转的彩灯之下，她审视着他脸上那些不断变化的光影。

那些伤痕被映成不同的颜色，展示在林疏朗的视线里。她慢慢伸出手，用掌心摩挲着他干燥的皮肤，有句话不知怎么就问出了口：
"你疼不疼啊？"

陈秋河微微一怔，他抓住林疏朗的手腕，将她推向身后的墙。

他的呼吸变得急促起来，眼神又冷又烈。

林疏朗没有闪躲，她注视着他的眼睛，微微抬起了下巴。

接收到了这份回应，陈秋河的手从她的手腕上离开，穿过长发，托住她的后颈，他垂下头，狠狠吻她。

在这个热烈的吻中，林疏朗脑海中那些走失的记忆碎片慢慢回到了原来的位置。

那晚，陈秋河也以这样的方式吻过她。

在后来与陈秋河失去联系的那些天里，林疏朗总是会想起他，因为实在想起他太多次，她不得不开始怀疑这种情绪出现的原因。

她小心翼翼地避开"爱情"这个选项，从各个方面进行了自我分析。但没办法，其他的方程式解不开这道题。

那时候她忍不住自嘲，她是得罪了月老吗？怎么她的桃花运都这么烂，简直成了人渣专业户。

她强迫自己将陈秋河这个名字从自己的生活中删除，在她自以为做得很好的时候，他出现在了她家小区门口。

"你怎么知道我住这里？"她摆出厌恶的表情，"啊，我忘了你是跟踪狂。"

陈秋河从暗处走进灯光里，棒球帽下的一张脸上布满触目惊心的血迹。他知道林疏朗怕血，特意保持了一定距离。他努力想要展露出一个漫不经心的笑容，但因为牵动了伤口而显得有几分滑稽。

陈秋河从手机里调出一张照片，举到林疏朗眼前。屏幕里，一个男人被踩在脚下，眼睛肿成了一条缝，鼻血流进嘴里，躺在地上犹如尸体一般。

但林疏朗没有半分恐惧，她早在脑海中幻想了无数次这个画面。

"帮你报仇了。"陈秋河淡淡地说，"怎么样，没白占你便宜吧？"

"你在分神吗？"陈秋河打断林疏朗的思绪。

"林疏朗，"他叫她的名字，"没人问过我疼不疼，你是第一个。"陈秋河的眼眶忽然一热，揽住她的腰，紧紧拥住她，"所以，你完蛋了。"

3

陈冬野从噩梦中惊醒。

梦里，母亲去世了。

他抹了把眼泪，没有开灯。眼睛逐渐适应黑暗之后，陈冬野摸到抽屉里的烟盒，点了一根烟。

他很少抽，这一包还是去年陈秋河落在这里的。

吞吐烟雾的过程中，陈冬野冷静了下来。

应该是不常联系的母亲最近一反常态频繁打电话给他的缘故。其实每次的通话内容都很类似，无非就是问他过得怎么样，然后叮嘱他好好吃饭，照顾好自己。说这些话时，母亲经常会哽咽。她对他有太多愧疚，陈冬野倒觉得没必要。

他们的家变成这个样子，不是母亲一个人的过错。谁都逃不了干系。

但今天早上，母亲对他说："你哥找女朋友了。"见陈冬野没有应声，她小心翼翼地问："他最近没有再去找你麻烦吧？"

陈冬野麻木地回了一句："没有。"

母亲似乎舒了一口气，停顿了一会儿，才又说："冬野啊，人家都说，有了家庭人就会变的。你哥没准以后就不会那么浑蛋了。万一……"她结结巴巴地解释："我是说万一，万一哪天我走了，你也别对他太绝情。他，他毕竟是你哥哥，是你最亲近的人。"

陈冬野忍着不适，催促她挂了电话："我要上班了。"

父母总是很擅长道德绑架。

就像强迫一个人通过婚姻去改头换面一样，他们总是很轻松地就能把其他人的人生系在你头上。

什么哥哥？陈冬野掐灭烟头，他已经给了陈秋河那么多钱，情就不必了。

如果人的一生一定要找个人寄托爱的话，他很庆幸，自己已经找到了。

陈冬野拿起手机，翻到相册，回看上次旅行时给陆颐薇拍的照片。

他看得很仔细，放大后，与她的眼睛对视。

大部分时候，她都是笑着的，那种笑容已经褪去了孩童时期的天真，是带着经历和韵味的。

但充满真情实意。

小时候，他不懂自己为什么会对她留下如此深刻的印象，甚至多年以后，还是会在某个不经意的时刻想起那个相遇的瞬间。

现在，他懂了。

是陆颐薇毫无保留的真诚触动了他。

她充满期待地站在湖畔，眨着眼睛问他："你哥哥要给我看什么？"

虽然陈冬野一再告诫她，一定不能轻信别人，但不得不承认，正是这样的她，在陈冬野充满谎言和暴力的童年里，展现出了另一个世界。

这些年来，陈冬野努力摒弃了家庭带给自己的所有恶习，向着那个自己向往的纯净灵魂靠近。

读书，写作，每一个坐在山顶看日落的时刻，都能让他产生遐想，仿佛在精神上抵达了陆颐薇抵达过的地方。

他没奢望过与她重逢，但真的再遇见之后，也从未有过惊讶。

他只是更加确信，自己的人生，非她不可了。

陈冬野翻看完所有照片，发现有几张非常好看的，当时忘记传给陆颐薇。他顺手发微信给她，希望等她醒来，就能看到美丽的自己。

陆颐薇挂断和林疏朗的语音通话，切回微信首页，便看到了陈冬野五分钟前发给自己的照片。

你怎么还没睡？

陈冬野很快回复了她：你怎么也没睡？失眠了？

不是，刚刚在跟疏朗语音聊天。总觉得她最近怪怪的，但旁敲侧击问了半天也没有问出什么。

大家都是成年人，该说的时候她会说的。一点多了，你快睡吧。

你呢？你为什么失眠了？

陈冬野想了想，老实回答：我就是做了个噩梦，惊醒了。

陆颐薇坐在床上看着那行字，咬着嘴唇思虑了半晌，终于还是忍不住说：所以你吓得睡不着了吗？那，要不要姐姐我陪陪你啊？

她发完这句又觉得太羞耻了，赶紧撤回了消息。陈冬野没再回话，陆颐薇松了口气，猜想他大概睡着了。

她把手机放到一边，正要伸手去关台灯，门铃响了。有了前几次的经历，陆颐薇的提防心加强了不少，她坐着没动，直到手机屏幕亮起，陈冬野发来简短的微信：是我。

她惊喜地一下子跳下床，鞋子都没来得及穿，飞快跑过去拉开了门："我还以为你睡着了。"

陈冬野看了看她光着的脚，打横将她抱起来，用脚关上门，在她耳边轻笑着说："姐姐，打算怎么陪我？"

4

门铃响了。

许致一离开书桌去开门，他以为是自己点的外卖到了，所以拉门的瞬间，他的另一只手下意识地伸了出去。

"谢……"另一个谢字还没说出口，他惊得往后退了几步，说话都结巴了，"怎……怎么是你？"

周梨落抹掉眼角的眼泪，毫不客气地踏进了房间。她像个常客一般，自行从鞋柜里拿出上次穿过的蓝拖鞋，换上就要往客厅跑。

许致一忍无可忍，从身后拽住了她的领口："喂喂！你当这里是你家吗？说来就来，也太随便了吧？"

周梨落回头看了看他，哽咽着咕哝道："我是来还你衣服的。"

许致一打眼一看，周梨落身上的衬衫是有点眼熟，他的目光向下，落在口袋绣着的名字上，难以置信地问："你怎么穿着我的衣服？你什么时候拿走的？"

他气愤地两手叉腰，指责她："你说你一小姑娘，怎么能随随便便拿走陌生男人的衣服？"

周梨落吸了吸鼻子，淡淡地反驳："我写了便笺纸夹在你衣柜的裤夹上了，你自己没看到还怨我。"她委屈地看了许致一一眼，垂眸道："凶什么凶，现在就还给你好了，反正什么用也没有。"

她说着，从百褶裙里抽出了衬衫的下摆，而后双手抓住衣角就要往上撩。

"等等等……等会儿!"许致一按住她的胳膊,脸都涨红了,"你,你去卧室里脱。"

"怕什么?"周梨落不耐烦地翻了个白眼,"我里面还穿着背心呢。"

"那也不行。"许致一吼道,"快点进去。"

女孩子不情愿的背影暂时离开了视线,许致一摸了摸自己狂跳的心脏,长长呼出一口气。

之后的半小时里,许致一一直在思考,自己是不是给了周梨落什么错误的暗示,导致她这么无所顾忌。

眼看着自己订的外卖都进了别人的肚子,许致一忍无可忍地打断她:"那个……"

周梨落从手中的比萨上抬起头:"怎么了?"

"我想你可能有什么误会。"许致一严肃地申明,"上次我收留你,纯粹是看在你是陆颐薇的学生的分上,而且也确实担心你一个女孩子在外面不安全,真的没有任何别的意思,所以……"他用眼神示意,"你懂吧?"

周梨落咬着一口比萨摇头,口齿不清地发出一声"咕咚"。

许致一懊恼地摸了摸后颈,干脆开门见山地问:"你什么时候走?"

"去哪儿?"

"回学校啊。"许致一指了指窗外,"已经十点了。"

周梨落看他一眼:"没车了,你送我吗?"

"我还有工作要做。"许致一指着仍然开着的笔记本电脑,"你这一耽误,我今晚估计都不用睡了。"

周梨落毫无歉意地接话:"那正好我去睡你的床,反正你也不睡。"

许致一刚喝的一口可乐差点喷出来，他觉得不可思议："你说你这么开放的性格，怎么还会让陆颐薇捷足先登？陈冬野不吃这一套吗？"

因为被戳中了痛点，周梨落放下比萨，情绪低落起来。她叹口气，万分无奈地感慨："许老师，你年纪大了可能不懂，我们这些少女，越是在喜欢的人面前越矜持。哪像某些人……"她噘了噘嘴，似乎意有所指。

"喂！"许致一不高兴了，"也就是比你年长一些，什么就叫年纪大了？"

"对我来说，年纪是挺大的。"周梨落揉了揉鼻子，暗暗嘀咕道。

"行行行，我懒得跟你扯了。"他起身，"你吃饱了吧？走，我送你回学校。"

周梨落抬头看着他，嘴角一撇，突然哭了起来。

这又是闹的哪一出？许致一手足无措地看着那些扑扑簌簌落下的眼泪，深陷于这丫头脸怎么变得这么快的冲击中，呆站了半晌，才问出一句："你到底想怎么样？"

"有酒吗？"周梨落抽噎着说，"我失恋了，你能陪我喝一杯吗？"

许致一盯着她，对她胆大妄为的想法感到无语。

"只喝一罐。"周梨落伸出食指，见许致一不为所动，她的手指转向大门，"喝完我就走，我保证。"

许致一自诩为君子，他拿了一罐啤酒给她，但自己忍住没喝。跟十九岁的女孩子喝酒，这种事他做不出来。

几口酒下肚，周梨落的话更多了，她讲了自己如何穿着这件绣着他的名字的衬衫分别去见了陆颐薇和陈冬野，又如何被他们无视，感觉自己像编排了恶作剧的小孩子，自以为做得很好，但旁边的人都在嘲笑她。

许致一无言以对。喜欢一个人这种体验，于他而言实在太过遥远了。初、高中的时候，他确实欣赏过一些长相漂亮的女孩子，但那也不过是远远看到就慌张一瞬的情绪，随着毕业、长大，很快就消失了。

大学里也谈过一场恋爱，但不知道是不是他自己的爱情感知力太差，丝毫没有什么刻骨铭心的记忆，很快就分手了。

再后来，他遇见了陆颐薇。分手后，许致一认真思考过他们的相处方式，忽然领悟，他们并不是以"相爱"的名义在一起的，而是在打着"相爱"的幌子过独立的生活。

更像是朋友，甚至兄妹，还得是有距离的那一种。

说出去或许都没有人相信，在一起的那么多年里，他们从没有在一张床上睡过，接吻的次数大概也是数得过来的。

总之，他们对于彼此好像没有亲密的渴求。

"哐"的一声响打断了许致一的回忆，他抬起头，发现周梨落已经停止了碎碎念，趴在桌子上睡着了。

他拿起桌上的啤酒罐摇了摇，还剩一些。

也太容易醉了吧？

就这样还敢随便跟别人提出喝酒的要求？许致一莫名对她产生了很多的担忧。

他轻轻收走碗盘，抓着周梨落单薄的肩膀，扶她躺到沙发上。

她睡得很沉，因为喝了酒，皮肤上泛出深深浅浅的红。许致一挺好奇的，为什么她能如此轻易地信赖自己？

而这种被需要的陌生的感受，为什么让他有几分悸动？

5

周末下午，陆颐薇刚走到美容院的门口，就被人热情地迎了进去，她连犹豫的机会都没有。

接待她的年轻女孩笑容满面地问她想做什么项目，她蒙了半晌才不确定地说："就是那种可以紧致脸颊的按摩之类的。"

"当然。"说着，那女孩真情实感地展开了一溜介绍。

说实话，那些词句都用得很专业，陆颐薇没怎么听进去，但她看着女孩光滑白皙的皮肤，还是产生了不切实际的幻想。

特别是女孩说有个项目她自己做了一次就很有效果时，陆颐薇打断她，脱口道："那就那个吧。"

躺到舒适柔软的床上，女孩开始手法轻柔地为她按摩。

边按还边向她介绍，这里是什么穴位，那里是什么穴位，以及如此按压的好处。陆颐薇不禁产生了怀疑，倘若真的这么有效的话，估计美容院早就被挤爆了吧。

留住年轻容颜这件事，得是多少女性的渴望啊！

一开始陆颐薇不在意这些，也完全不觉得恐慌，坦然地看着镜子中的自己一天天长出眼角纹，胶原蛋白流失，脸颊凹陷，皮肤失去光泽感。

反正迟早都会变老，早一点晚一点也没什么分别。但是现在，她的心态简直发生了巨变。

总是很担心站在陈冬野身边的自己，看起来太像个姐姐，或是阿姨。

有一个很奇怪的现象，就是人们对女性年龄的关注度高于男性。所以，哪怕陈冬野说自己不在乎，陆颐薇也不想面对那种可能发生尴尬的瞬间。

他好像对她什么要求都没有，但奇怪的是，陆颐薇反倒很没有安全感。

还有个细节她很在意，虽然她和陈冬野看起来已经确定了情侣关系，但实际上，他从没有亲口向她表白过，也没有正式地说过让她成为他的女朋友。

到底算不算正在交往呢？有时候，陆颐薇会产生这样的怀疑。

因此，今天周梨落再一次问她是不是交了新男朋友时，她迟疑了。即便是抛掉年龄带给她的自卑，她也还是没有底气点头。

所以，她要找陈冬野要一个确切的答案，两个人约好晚上一起吃饭。美容又不是整容，当然不可能有什么明显的改变，陆颐薇之所以这么做，不过是想增添几分勇气罢了。

人在情绪驱动下所做的选择通常错的概率很大，但她还是无法阻止自己。

"其实单是这么按摩效果没那么明显。"女孩不知道从哪里变出一个精致的瓶子，在陆颐薇眼前晃了晃，又说，"这是我们店自己研制的精华，加了很多活性因子和胶原蛋白，用一次皮肤就会有明显的变化，不仅能紧致线条，还可以促进苹果肌饱满，做完看起来至少年轻五岁。"

女孩的手掌摊开在陆颐薇的视线上方。五岁啊，那她就和陈冬野同岁了。

哪怕只保持一天也好，她决定试试。

在美容院耗了足足三小时，陆颐薇掏空了钱包，获得了人生的第一次美容经验。

听说她晚上有约会，负责接待她的女孩子还免费帮她吹了头发、化了妆。但陆颐薇在走进约定的餐厅后，第一件事便是去洗手间擦掉了嘴唇上过于艳丽的口红。

也是那一刻，她觉得好像脸颊有点不对劲。

颧骨的部分是高了不少，但为什么还伴随着丝丝胀痛？因为担心抹花了妆，她不敢伸手去碰，仔细观察了半天，确定是过敏了。

要不是粉底涂得够厚，估计现在整张脸都要红成关公了。

其实应该尽快卸妆，才能避免皮肤受到进一步侵害，可是……手机突然响了，陆颐薇垂眸，看到陈冬野的名字在屏幕上跃动。

"喂？"

"你不是到了吗？怎么没看到你？"他声音轻快地问。

"哦……"陆颐薇懊恼地抓了抓头发，只好说谎，"我临时有些事情。"

"那我等你吧，不着急。"

"不不不。"陆颐薇一迭声地拒绝了，"你赶快回去，我不知道什么时候才能回家呢。"

陈冬野怔了怔，察觉到了陆颐薇声音里的慌乱，他忍不住向她确认："你没事吧？"

"当然没事。"陆颐薇催他，"你快回去吧。"

陈冬野没再坚持，从座位上站起身，向前走了几步。他突然想到了什么，走到收银台，从手机里调出陆颐薇的照片展示给服务生："请问，这位小姐刚才来过这里吗？"

服务生看了一眼，点头："她好像去洗手间了。"

"没有出来过？"

"这我就没注意了。"

陈冬野想了想，还是觉得不放心，他转身，朝着指示牌所指的方向走去。

女洗手间和男洗手间挨着，所以陈冬野站在门口倒也没有引起别人的注意。

他拨通陆颐薇的电话，熟悉的铃声自里面传来。但她没有接。

该不会出什么事了吧？陈冬野正想找个服务生帮忙进去确认一下，就见陆颐薇耷拉着肩膀走了出来。

"陆颐薇？"他叫她。

听到这个熟悉的声音，陆颐薇惊讶地抬起头："你不是走了吗？"

陈冬野不明所以："你为什么要骗我？"

见他朝着自己走了过来，陆颐薇双手捂住脸，后退了几步："你别过来，别过来。"

有人闻声望了过来，陈冬野感到有些好笑地望着她："别闹了，快过来。"

"谁跟你闹了。"陆颐薇气急败坏地丢下一句话，便朝着餐厅大门跑去。

6

"陆颐薇，开门。"

陆颐薇一边抓耳挠腮，一边苦口婆心地劝说："别敲了，待会儿邻居报警告你扰民怎么办？"

"你到底怎么了？"陈冬野担忧地皱眉，"刚刚我好像看你脸很红的样子，是不是哪里不舒服？"

"没有。"陆颐薇睁着眼睛说瞎话，"真没有，求你赶紧回去吧。"

"让我看看你。"陈冬野不依不饶，"我就看一眼，确认你没事就回去。"

陆颐薇都快急哭了，贴在玄关的全身镜映出她那张吓人的脸，她觉得这个模样倘若被陈冬野看到,恐怕真的就一眼万年了。"不行。"

她斩钉截铁道，"你要不走就一直在外面待着吧，我不管你了啊。"

脸实在太痒了，她去药盒里找到之前妈妈给她准备的一些药片，当看到治过敏的那盒药时，忍不住在心里歌颂起了母爱的伟大。

她端起水杯，吞下了药片，又找到一些消炎药膏涂在了脸上。她可真是完美演绎了"搬起石头砸自己的脚"这句至理名言。

门外似乎没有了声音。陆颐薇悄悄走过去，贴在门上听了一会儿。她试探地叫了一声："陈冬野？"

没人应，她咳了一声，声控灯亮了，陆颐薇靠近猫眼看出去，扫视着可见范围，然后停留在了一张睡颜上。

陈冬野居然靠着墙睡着了。

他看起来很疲惫，书店的工作虽然不至于耗费多少体力，但每天都要很晚下班，连正常的休息日都没有，的确会很累吧！

陆颐薇的心好像被什么东西轻轻碰触了一下，涌进几分陌生的温柔。

灯灭了，视线里的面孔消失在黑暗中。陆颐薇突然心软了，她按下门把手，打开了门。

陈冬野一个激灵醒了过来，他立刻朝她看了过去。

"你是傻子吗？"陆颐薇的声音不知为何哽咽了，"让你回去就回去，为什么非要等在这里啊？"

陈冬野直奔她身边，他望着她红肿的脸颊，眉头皱紧了："你的脸怎么了？"

陆颐薇没有回话，直接将他拽进房间，然后抬起脸，红着眼眶道："这下你都看清楚了吧？"

"到底怎么回事？"陈冬野伸手轻轻触碰她的颧骨，柔声问，"疼不疼？"

"不疼，"陆颐薇别过脸，"就是痒。"

"看起来像是过敏了，我去给你买药。"他拍拍她的肩膀，"你是不是没吃晚饭？想吃什么，我顺便买回来。"

陆颐薇望着他大大的黑眼圈，伸手拽住了他的衬衫袖口。"我吃过药了，也不饿。你不要来回跑了。"察觉到他的注视，她用手掩住半张脸，瓮声瓮气地说，"你赶紧回去休息不行吗？太丑了，我真的不想被你看到。"

原来是因为这个……陈冬野忍不住抿了抿嘴唇，他伸手将陆颐薇揽入怀中："那我们扯平了。"

"什么扯平了？"

"我过敏的时候不是也被你看到过？"他扶着她的肩膀，稍稍拉开两个人的距离，低头问她，"你嫌我丑了吗？"

陆颐薇避开他的眼睛，垂眸道："我们不一样。"

"怎么不一样？"

陆颐薇沉默了一会儿才说："男人似乎不需要用容貌来博得女人的欢心，但女人在男人的印象中，外貌占比总是特别重，不是吗？"

"你在说什么？"陈冬野挑挑眉问，"难道我在你心里，是一个仅凭外貌来判断爱与不爱的人吗？"

"你不是吗？"陆颐薇咬了咬嘴唇，突然觉得特别委屈，"你从来都没有给我一个确切的答案。我在你的世界里根本没有正式的身份，你也不跟我谈论未来，是因为你年轻吗？因为年轻可以随便尝试？但是陈冬野，我三十岁了，你觉得我还有资格谈那种随便玩玩的恋爱吗？"

陈冬野愣愣地看着她，对那些突然自陆颐薇眼中掉落的眼泪手足无措："你，你别哭。"

陆颐薇从他的怀抱里挣脱出来，离他远了一点，头顶明亮的灯光，让她觉得自己好像现出了原形，年龄差带来的压力全部浮现了出来。

"你知道我是怎么搞成这个样子的吗？"她吸吸鼻子，干脆完全放弃维护形象了，"我去了美容院，因为想让自己看起来年轻一点，在问你为什么不跟我告白、为什么不确定关系这种白痴问题的时候显得更有底气一点。结果……我全搞砸了。"她拍拍自己，语带哽咽，"我也很想潇洒一点的，可是陈冬野，为什么你让我变得这么奇怪又脆弱？"

陈冬野悲伤地望着她，他慢慢走到她身边，伸手拥住了她。

"放开。"陆颐薇伸手推他，"你休想每次都用这样的招数逃避问题。"

陈冬野却将她拥得更紧了，用手温柔地抚摸着她的头发，在她耳边轻轻开口："我喜欢你啊陆颐薇，我怎么可能不喜欢你，我已经喜欢你十八年了。"

7

"所以，你的意思是，你和陆颐薇十八年前就认识了？"林疏朗惊讶地瞪大了双眼。

"小点声。"陈秋河拽了拽被震得痒痒的耳朵，重新揽过她，"不算认识，只是有过一面之缘。"

"一面之缘你就跟踪人家？"林疏朗斜睨着他，调侃道，"你暗恋她吗？"

"你吃醋了？"陈秋河在她额上亲了一下，不怀好意地笑了，"我已经抢我弟那么多钱了，哪好意思再抢他女朋友。"

林疏朗怔住了，好大一会儿，她才震惊地问："你弟弟……该不会是做快递工作的吧？"

陈秋河点头。"是做过几年快递，但他现在在书店上班。"他低头看她，"怎么？你认识？"

"我闺密的男朋友，我能不认识吗？"林疏朗从他身边站起来，她突然觉得很烦躁。

察觉到她的情绪变化，陈秋河暗自笑笑，点了支烟。"看来，你听说了不少我的事啊。"他抽一口烟，歪着头问林疏朗，"那小子都说我什么了？"

"能说什么？"林疏朗故意挑衅道，"你反正都是个不折不扣的浑蛋了，还怕别人说吗？"

陈秋河赞同地点头："我的确是没什么好怕的，但现在我不是有你了吗？你怕吗？"

"别说胡话了。"林疏朗从椅背上抓起他的T恤丢过去。

陈秋河笑了笑："你是要赶我走吗？"

"不然呢？"

陈秋河耸耸肩，抓起T恤套在身上。他光脚走到玄关，踩上自己的帆布鞋，用手随便拨了拨乱糟糟的头发，头也不回地离开了。

林疏朗暗暗攥了攥拳，终于还是忍不住追上去。她在走廊里拽住他，低声叮嘱："别去赌了。"

陈秋河把她的手拿掉，轻轻扯了扯嘴角："我警告你林疏朗，想管我就得做我的女人，不想做少说废话。"

林疏朗抬眼看着他，片刻后转身回了家。

房门被她狠狠甩上，陈秋河的脚步声已经远去了。

客厅的窗帘被风吹得鼓了起来，他掐灭在烟灰缸里的烟头还热着，林疏朗用手指捻了捻，心里空落落的。

她对陈秋河的感情总是来得很突然，只要见到他就无法克制。

怎么说也是经历过失败婚姻的人，林疏朗本就对自己的冲动无法谅解，再加上现在她知道了陈秋河就是那个快递员的哥哥……

虽然早就清楚陈秋河是个人渣，但他做的大部分浑蛋事毕竟都与自己无关，林疏朗尚可睁一只眼闭一只眼。可如果他的存在会影响陆颐薇，她忽然就觉得很罪恶了。

看了看时间，已经十一点半了，但林疏朗还是拨了个语音电话给陆颐薇。

陆颐薇很快接了起来。

"你没睡啊？"林疏朗问。

"别提了。"陆颐薇闷闷地说，"我脸过敏了，痒得要死，根本睡不着。"

"怎么搞的？这又不是春天，也没什么柳絮花粉，怎么会过敏？"

"别问了。"陆颐薇叹口气，"没脸说。"

林疏朗笑笑，顺势转移了话题："这两天怎么样？和你的小男友有没有什么新进展啊？"

陆颐薇长叹了口气，莫名感慨道："疏朗，你知道有多奇妙吗？我和陈冬野居然在十八年前就见过面。"

林疏朗微微顿了顿，佯装不知情地说："怎么可能那么巧，小心被骗了你都不知道。"

"我外婆家跟他老家是一个地方的，有一年暑假的时候，我跟我妈去乡下看外婆，偶然见过面。"

"然后呢？"林疏朗不置可否地说，"他对你一见钟情了？十八年前你也不过十二岁，那个小不点七岁？"

"我也觉得不可思议，七岁的小孩子懂什么呢。"陆颐薇失笑道，"我一点都想不起来他小时候的样貌了，倒是对他哥哥的模样记得很清楚。"

林疏朗不自在地咳了一声："为什么？"

"那家伙朝我身上扔了一只死老鼠，可真是给我留下了不可磨灭的阴影。"

"所以呢？"林疏朗忍不住提醒她，"你准备怎么处理和男朋友的关系？接受他那个浑蛋哥哥做你的家人吗？"

"什么家人……你也想得太遥远了。"陆颐薇苦笑着打断她，"我们根本从来没有谈论过关于未来的事。"

"万一，我是说万一，你们进行到结婚的阶段，你就不能只考虑爱情了。"

"疏朗，没人会同意的。"陆颐薇的声音在暗夜里显露出几分脆弱，"不过，很奇怪的是，我那么坚定地放弃许致一，也算是有实践经验的人了，是不是？而且我明明已经很认真地分析过婚姻的真相了，却还是很想和陈冬野有个结果。"

林疏朗沉默了半晌，故意打趣她："如果叔叔阿姨不同意，你就说你看上了陈冬野优秀的基因，和他生个孩子就分手。"

"去你的。"陆颐薇被逗笑了，"谁要给他生孩子。"

"总之，别太认真。"末了，林疏朗淡淡地开口道，"认真的大概率会输。"

这句话，她不仅仅是说给陆颐薇的，也是为了警诫自己。

窗外的风更大了，酝酿许久的雨云逐渐聚集，半夜，淅淅沥沥的雨声将林疏朗惊醒，她看着被雨水打湿的窗户，裹紧了毛毯，却再也没有睡着。

气温下降了很多，可陈秋河还穿着短袖 T 恤。

他冷吗？

第八章 ◯

1

陆颐薇在房间里待了一会儿，她没有早早出门，这样的话，就能和陈冬野错开上班时间了。

其实这也像一个暗示，陆颐薇需要冷静下来想一想，她和陈冬野的关系是否应该进行到下一个较为明确的阶段。

关于陈秋河的各种恶行，陈冬野并没有刻意隐瞒过她，她早知道他赌博、暴力，几乎毁掉了陈冬野的整个人生。

但为什么她一直忘了将他考虑进自己的未来？

在渴望和陈冬野谱写出更多以后时，她居然一次都没有想起过"陈秋河"这个名字。

深究的话，大概是因为所有关于他的事都只是听说而已，没有切实地发生在自己身上，所以，他给予的恐惧感都是浮于表面的。但是现在，陆颐薇感受到了自己与他之间存在的关联。

如果不是陈冬野主动提起，她甚至都不记得，那件事已经过去了十八年。

那是个炎热的夏日午后，她在河畔放风筝，一个瘦高的男孩走过来，笑眯眯地伸手招呼她："过来，我给你看个好东西。"

他说这些话时，头发上缀着阳光的颜色，瘦削的脸颊显露出一半成年人的凌厉，又混杂着少年时期的纯真。十二岁的陆颐薇拥有着平凡、顺利的成长经历，她没有学习过分辨险恶。

她拽着那个已经落地的风筝，跟着他一直走到河流延伸的桥洞边，那里还站着一个小男孩。

他的五官没什么明显的记忆点，但望向自己时，是面无表情的。

陆颐薇记得，在陈秋河钻进桥底时，她特意问过小男孩："你哥哥要给我看什么？"

他没有回答她。

十八年来，从没有在意过这个细节的陆颐薇，却在三十岁的时候，突然不能接受了。

她看了一眼手机，屏幕上是陈冬野发来的微信消息：天气不好，多穿点。

陆颐薇本来不想回的，但又觉得那显得自己太别扭了。坐上公交车之后，她犹豫了半晌，终于敲下了几个字：嗯，穿了外套。

陈冬野在整理书架时，掏出手机看了一眼。

睫毛覆下来，他的目光久久落在那行短字上，在远处的人看来，他仿佛握着手机睡着了。

但实际上，陈冬野真的觉得自己好像是刚刚做了一场久远的梦，现在，他似乎该醒了。

他其实从一开始就怀疑过，自己是否具备喜欢陆颐薇的资格，但他还是随着心的指引去爱了。

没有许诺任何事，是因为早就猜到或许不会有什么结果。

陈冬野本想尽力为陆颐薇做些什么，她那么不自信，又过于善良，他想起码教她认识到她有多么好、多么值得被爱。

但看样子好像没什么机会了。

"发什么愣呢？"同事用肩膀碰了碰他，"店长看你好半天了。"

陈冬野收起手机，笑了笑。

从失去陆颐薇的这一刻开始，他又感受到了活着的疲惫不堪。

你的人生从来都不是你的，什么事与你有关，什么事与你无关，你都做不了主。

甚至，在难过时，你也没有权利显露出来。

你要笑，要工作，要寒暄，要吃饭，要睡觉……进行着不知道是谁为你安排的每一项任务，直至终老。

真无聊。

下班后，陈冬野没有去乘公交车，他打开导航，打算步行回家。在按部就班里制造不同寻常，那能使他获得一点人生的主动权。

许致一开着车从旁经过，在十字路口等待红灯时，从后视镜中瞥见了陈冬野的身影。

他刚刚去书店，负责关店的男生告诉他陈冬野已经走了，本来正因为扑了个空而懊恼呢，却居然在这里碰上了。

他摇下车窗，大声喊道："陈冬野！"一连叫了好几声，陈冬野才转过头来。

这里不能停车，许致一指了指前面的拐角："我去那边等你。"

路程不远，等了约莫五分钟，陈冬野走到了车边。他弯腰，从副驾驶的车窗探进脑袋，问："你找我有事？"

"废话！"许致一点头，"没事我干吗找你？"

陈冬野没有接话，情绪看起来很低落。许致一审视了他半晌，忍不住问："怎么了你？看起来跟丢了五百万似的。"

陈冬野勉强扯了扯嘴角，反问他："找我什么事？"

"哦……"许致一略有些难为情地顿了顿，"就是……你认识周梨落吧？如果她找你问是谁撮合的你和陆颐薇，你千万不要说是我。"

见陈冬野定睛望着自己，许致一以为他是在无声地询问自己为什么要这么做，正思考着用什么措辞来解释，他突然开了口。

"你放心吧，不会发生那种事的。"陈冬野垂眸，无精打采地说，"我们现在没什么关系了。"

"什么意思？"许致一难以置信，"就分手了？这么快？"

陈冬野直起身子："没什么事，我先走了。"

许致一看着他落寞的背影，脱口喊道："你等等。"

陈冬野回过头，许致一伸手招呼他："一起喝一杯吧。"

2

城市生活里，夜晚仍然灯火通明。可选择的饭店很多，但本来也不是为了吃饭，他们便就近找了一家二十四小时营业的火锅店。

许致一拉开啤酒罐的拉环，嚷着一口气喝光时，陈冬野才想起："你不能喝酒吧？不是还得开车吗？"

"等会儿找代驾得了。"许致一举杯碰了碰他的，真的一口气喝光了。

这让陈冬野不禁开始怀疑，他们俩到底是谁陪谁喝酒。

两个人沉默着各自灌了半天，终于开始中场休息了。

"说说吧。"许致一冲陈冬野挑眉，"你和陆颐薇到底怎么了？吵架了？"

陈冬野看了看他，又继续一杯接一杯地喝酒。

"不说吗？"许致一撇撇嘴，"看样子是喝得还不够。来，接着干。"

又过了半小时，许致一不再追问陈冬野和陆颐薇之间的事，反倒滔滔不绝地说起了自己的近况。

陈冬野不时抬头看看他，确定这些话的确出自许致一之口，然后在心中得出结论：他醉了。

喝醉的许致一话非常多，他本来语速就很快，现在更是机关枪一样，陈冬野被吵得耳朵都疼了。

但他如此坦诚，对自己抱有完全信任之心，陈冬野便没有阻止他，反而很认真地听了起来。

"你说那丫头是不是很奇怪？"许致一拍拍自己的胸脯，"她在我面前一点都不客气，毫无防备，那叫一个放得开。你说这是为什么？我就从没有见过这样的女生，到底是为什么？"

"那是因为她没有把你当成男人。"陈冬野面无表情地点评道，"她对你完全没有其他意思。"

许致一看了看陈冬野，垂下头，突然笑了。"我能不知道吗？"他狠狠拍了两下桌子，站了起来，"我堂堂一名资深律师，我最善于分析别人的心理了，我需要你告诉我吗？"

见他语无伦次地发脾气引来了服务员不满的眼神，陈冬野伸手将他按回座位上，直截了当地问："所以，你喜欢上周梨落了吗？"

"喜欢？"许致一像听到了什么特别好笑的笑话，难以自控地笑了好半天，才用手撑着头，伸出一根手指，郑重声明，"喜欢那都是小孩子才会去深究的概念，我们成年人啊，早就不谈喜欢了。"

"那你们谈什么？"陈冬野是很真诚地想知道答案，"婚姻？"

许致一对着他勾了勾手指，他往前靠了靠，许致一接着声音很大地说："需要。"

"需要？"

许致一两只手抓住陈冬野的肩膀，重重点头："你需要我，我需要你。互相需要，互相利用，互相成就。让彼此都能体会到活着的价值，那就够了。"

陈冬野还在思考许致一说的话，他突然掏出了手机，边解锁屏幕边喃喃自语："我刚刚讲得也太好了吧？我得原封不动地跟周梨落那小丫头讲一遍。"

等陈冬野反应过来，打算制止他时，电话已经通了。许致一的声音立刻温柔了起来，他语无伦次地对着手机说："周梨落，陈冬野说我喜欢你。我一个三十多岁的大叔，他居然说我喜欢你，真不像话。"

他说完就趴在桌上睡着了，通话不小心被他摁断，周梨落回拨过来时，陈冬野没有接。

他的事情让他自己解决吧。

陈冬野静坐着，脑海中久久回荡着许致一的那番话。

然后，他用这样的理论自测了一下和陆颐薇的关系，对结果失去了信心。

十八年前，她需要他善意的提示，那对他来说并不难，但他什么也没有做。

十八年后，因为那道搁浅在时光中无法修补的裂痕，他更加什么都做不了。

陈冬野喝掉最后一杯酒，在路边打了辆出租车，将许致一扶了上去。他不省人事，问了半天地址都没问出来，无奈之下，陈冬野只能把他带回了自己的住处。

进单元楼之前，他特意抬头看了看，陆颐薇家的灯已经熄了。

她睡得好吗？她在做什么呢？

把许致一扶到床上躺下，陈冬野在地毯上坐了很久。酒精带来的亢奋让他没有丝毫困意，他不清醒，又没有完全醉倒，摇摆在理智和情感的中间，独享夜晚的寂静。

他又从相册里翻出了陆颐薇的照片。

只要是发生过的事情，总会在各处留下痕迹。倒也挺好的，陈冬野想，还有过去可供追忆。

他不知道是什么时候睡着的，但醒来时整个人都冻僵了。家里只有一床单人被，陈冬野昨夜什么都没盖。

看了看时间，已经晚了，他推醒还睡着的许致一，两个宿醉的人，各自喝了一杯白开水，忍着胃部不适准备出门上班。

陆颐薇下楼时听到陈冬野家里传出脚步声。但是这个点了，他应该已经去书店了才对。该不会进了小偷吧？

或者是陈秋河？

她从楼梯上下来，走到门口，耳朵刚贴上去，门就开了。

三个人面面相觑，陆颐薇甚至难以置信地眨了眨眼睛，那两张都很熟悉却不应该同时出现在自己视野中的面孔依然存在着。"你们……"她挑眉问，"一起过夜了？"

回应她的是陈冬野一连串的喷嚏。

3

许致一把车开回律所，迷迷糊糊到了座位，才发现手机没电关机了。

他揉着突突跳的太阳穴，暗暗发誓以后打死也不喝这么多酒了。

打开电脑处理了一下紧急的邮件，手机刚刚开机，就有电话打了进来，他看也没看便放到耳边："喂！"

"许老师？"

这个称呼……许致一把手机拿开，看了一眼屏幕："哦，你啊！什么事？"

"什么事？"周梨落无语地翻了个白眼，"是年纪大了吗？你的记性也太差了。"

"我正在上班，你有事抓紧时间说，如果……"一个画面突然在脑海中浮现，许致一顿住了。

"你真的什么都不记得了啊？"周梨落想了想，又道，"你要是不想负责任就直说，我不会讹你的，干吗要装什么都没发生过？"

许致一试探性地问："什么意思？"

"算了。"周梨落没好气道，"亏我还担心你昨晚流落街头，不知道给你打了多少个电话，没想到你什么都不记得了。"她自嘲地笑了，"记不起来就算了，我就当什么都没听到。"

电话断了，许致一愣了一会儿，赶紧去翻通话记录。

昨晚，周梨落给他打了三十通电话，从十二点一直打到凌晨三点。

他不记得她打过电话，但他记得——

"陈冬野说我喜欢你。我一个三十多岁的大叔，他居然说我喜欢你，真不像话。"

这句话突然涌进脑海，许致一退出未接电话的界面，下拉，果然看到了昨夜那条与周梨落的通话记录。

他张大嘴巴……完全蒙了。

呆愣了半天，他发微信向陈冬野求证：我昨晚，给周梨落打过电话吗？

嗯。陈冬野只回了一个字。

明知道已经是板上钉钉的事实，他还是忍不住追问了一句：我都说了什么？

说你喜欢她，又说这很不像话之类的。

你为什么不拦着我？

陈冬野没再回复。好吧，许致一想也知道，大概是想拦也拦不住。他烦躁地拽开衬衫领口，实在想不通，本打算去窥探陈冬野和陆颐薇分手原因的自己为什么完全搞错了重点。亏他早上遇到陆颐薇的时候还故作深沉地表现出了然于胸的样子。

真是丢脸丢大了。

不过想想也是，面对周梨落这个小丫头片子的时候，他做的哪件事是符合理智的？

根本没有。

那么，就从现在开始好了，既然她可以当作什么都没有发生过，那他就更没有必要去纠结了。

像她那样的女生，身在象牙塔中，遇到的都是同龄的、志趣相投的、时尚的年轻男孩，一个大叔级别的人做出酒后告白这种事，大概只会成为她和她的闺密们喝下午茶时的谈资。

有人称赞她魅力真大，也会有人嘲笑他不自量力。

总之，不会有什么更好的发展趋势了。

分析局势果然有助于冷静。许致一允许自己失落了一瞬，然后重新投入工作。

只不过，这些自我劝解很快便失效了。

晚上八点，他刚从工作中脱身，就接到了周梨落打来的电话。他告诉自己，再接最后一次，弥补一下昨晚那三十通未接电话。

"有什么事？"他省略了寒暄，直接问。

"请问你是许致一吗？"

一个陌生女孩的声音传来，许致一拿开手机看了看。"对，我是。周梨落的手机丢了吗？"

"哦，不是的。"女孩语气缓慢地说，"我们是周梨落的室友，她喊我们一起吃饭，结果她自己喝多了，现在吵着要见你，见到你才肯回学校，如果你方便……"

"你们在哪儿？"许致一合起笔记本电脑，语速很快地说，"麻烦把地址用短信发给我。"

他一路跑进地下车库，开车赶往女孩告诉他的那家烧烤店。

一罐啤酒就能醉倒的人，到底有什么胆量，敢在外面跟别人喝酒？许致一的眉头皱得紧紧的，等他冲到店里时，却发现周梨落正神情愉悦地和朋友们聊着天。

许致一才刚停在门口，看到他，周梨落冲围坐在身边的女生们抬了抬下巴，大家一起朝门口转过头来。

"哇！真的来了啊！"有人小声感叹，"看样子确实喜欢你啊，周梨落。"

"但是长得太老了……"另一个女生上下打量着许致一，"品位也一言难尽。"

"哎，我怎么觉得这人有点眼熟呢？"

"你这么一说，好像是在哪里见到过……"

"啊！我想到了，是陆老师的前男友吧？"

在这样的讨论声中，周梨落起身走到许致一身边。他低头望着她明净的面容，嘴角收紧了："你什么意思？"

"以牙还牙。"周梨落笑笑，"干吗生气？你不是也这样对我了吗？"她压低声音道，"许老师，我们扯平了。"

4

整堂课上，陆颐薇发现学生们看向她的目光很奇怪。

本来还怀疑是自己的错觉，但是下课后，她前脚刚走出教室，紧接着就听到了大家的窃窃私语。

看样子的确是发生了什么。

话题的传播速度总是很快，到了中午，陆颐薇便通过在食堂用餐时收集到的各种版本的流言拼凑出了事情的原委。

令她深感意外的是，大家正在讨论的并不是自己和陈冬野，而是周梨落和许致一。

作为许致一曾经的结婚对象、相恋七年的前女友，陆颐薇成了被同学们同情的对象。当初所有人都对她和男友分手持好奇态度，现在答案自动送到了他们面前。

毫无疑问，所有人都亢奋了起来。

"原来是因为喜欢上了陆老师的学生，所以两个人才分手的啊！"

几乎每个迎面走来的人脸上，都写着这样的感叹。连办公室那些相处许久的同事，也对此心照不宣地接受了。

陆颐薇竟然一时不知道是不是该感谢周梨落帮她找到了这么好的分手理由。不过……许致一可真是被骂惨了。

渣男总是会引起众愤。

陆颐薇偷偷录了一段语音发给他欣赏，他听完倒是很潇洒地说了一句挺有理的话：我干吗要在意那些不认识的人的看法？

可是，周梨落认识你。你不想知道她是怎么说你的吗？

半晌后，许致一追问：她说什么了？

陆颐薇挑挑眉，故意回道：你先说明你俩到底是什么关系，我再决定要不要告诉你。

见她有意为难自己，许致一也有样学样：真想知道就去问陈冬野。或者跟我交换一个条件。

什么条件？

坦白你和陈冬野分手的原因。

陆颐薇脸上的笑容消失了：他告诉你我们分手了？

废话，不然我从哪里听说的？你们这才在一起几天就分手了？你不是长跑选手吗，陆颐薇？

盯着屏幕很久，陆颐薇不知道该如何回复。

一直心神不宁地待到晚上九点，她给了自己几小时冷静思考，还是决定打出那通电话。

但当陈冬野的声音在耳边响起时，她立刻怂了，他们连正式的恋爱关系都没有确立过，自己又有什么资格追究"分手"的概念？所以，陆颐薇临时决定拿许致一挡枪："那天晚上，许致一跟你说什么了？"

陈冬野一愣，语气不加掩饰地透出些许失望："你打电话只是想问这个吗？"

陆颐薇没有回答这个问题，而是继续道："许致一是不是在追周梨落？从什么时候开始的？"

陈冬野轻轻叹了口气："既然问的都是与我无关的问题，你应该已经做好了我不知道答案的准备了吧？"

他的声音有气无力，还透着几分嘶哑。陆颐薇咬了咬嘴唇，忍不住关心道："你感冒了？"

"嗯。"

"发烧吗？"

"有一点。"

"你在哪儿？"

"回家路上。"

"家里有感冒药吗？"

沉默了几秒，陈冬野说："如果我说没有，你会来给我送吗？"

明明被洞察了心里的想法，陆颐薇还是嘴硬地反驳："小区门口就是药店，你不会自己买吗？"

"我可以自己买……"他顿了顿，真心话是"但是我很想你"，但还是决定算了，"好，我会买的，谢谢你的提醒。"

通话结束良久后，陆颐薇发现自己还保持着接电话的姿势。她扔掉手机，暴躁地揉了揉自己的头发。

陆颐薇强迫自己转移注意力，她找出平日最喜欢的博主穿搭视频，但眼睛还是时不时地飘向放在书柜里的药箱。

干脆趁陈冬野还没回来，偷偷往他门上挂一盒感冒冲剂吧。之前他不是也老往自己门上挂东西来着？

大家都是邻居，互相帮助关心都是应该的。

陆颐薇这样安慰自己，然后飞快地找了个纸袋，将感冒冲剂和退烧药一并放进去，拎着跑下楼。

她把纸袋挂到门把手上，正要走，却发现门底透出了亮光。

回来得这么快？难道是因为身体太不舒服了，打车回来的吗？

陆颐薇突然深深担忧起来，如果陈冬野早就回来了，那这药他不就看不到了吗？万一夜里发起了高烧，他身边连个人都没有……

她犹豫不决地在门口徘徊，终于决定敲门时，门却先一步打开了。

映入眼帘的是一张深藏在记忆中的面孔。是他制造出来的那个恐怖的回忆，因此他的面孔被漫长岁月扭曲得更加丑恶了。

可实际上，真的与他面对面时，陆颐薇发现，他是个五官出色的人，虽然难以接近，但不会让人产生反感。

坏人脸上并不会刻满恶劣行径，无论曾经做过多少坏事，都可以被掩在层层皮肉之下，这才是世界上最可怕的事。

"我正纳闷是谁在外面走来走去呢！"陈秋河歪着头打量她，笑了，"好久不见，陆颐薇。"

5

陈冬野是被渴醒的。

抹去头上的汗，他知道烧已经退了，这才有精力仔细打量起被陈秋河洗劫过的战场。

前几天他还在想，这阵子陈秋河没再来过了，竟然真的动了或许他的女朋友改变了他这种念头。

果然，这是不可能的。

所幸家里本来也没多少现金，除了放在抽屉里的钱，陈秋河还拿走了他一件派克外套。

就算是搜罗不到钱，也总要时不时彰显一下自己的存在感，这就是他的哥哥，陈冬野早就习惯了。

原本对于陆颐薇的漠不关心有些失望，但每当想起陈秋河，又觉得真是谢天谢地，她能狠心离开自己。

因为，陈冬野没有信心可以与她划清界限。

天还没有完全亮起，但睡意已经离他而去。陈冬野起来灌了几大口凉水，然后又仔细将凌乱的房间收拾干净。与其说他喜欢整洁，倒不如说他享受与现实对抗的感觉。

无论弄乱多少次，他都不厌其烦地重新整理好。

视线捕捉到一枚贝壳纽扣。陈冬野走到门口捡起来，左右观察了半晌，确定这不是自己的东西。

但是又觉得有些眼熟……

好像在书店的一些顾客穿的衣服上见到过类似的，大多数是用在薄薄的针织衫上的那种。

"针织衫？"陈冬野突然联想到了什么，他外套都没穿，夺门而出。

摁了好几次门铃都没有人应，想打电话才发现手机没有带在身上。他顾不上那么多了，开始大力拍门。

"陆颐薇，在吗？你在不在家？"

陆颐薇睡眼惺忪地拉开门，还没反应过来，双肩就被陈冬野抓住了。

他紧张地环视她，连声音都颤抖了："你没事吧？有没有受伤？陈秋河没对你做什么吧？"

听到这个名字，陆颐薇醒过神来，她反问陈冬野："你都知道了？"

陈冬野展开手指，那枚纽扣展现在她眼前。"我捡到了这个。"他语无伦次地解释，"我记得你有件开衫上是这样的扣子。"

陆颐薇踮起脚帮他擦了擦额上的汗，拽了拽他的胳膊："进来说吧。"

将陈冬野安顿在沙发上，陆颐薇去卧室拿了个毯子披到他肩上，然后在对面坐了下来。

窗外的天色由黑转灰，很快就要天亮了。

"打扰你睡觉了吧？"陈冬野有些懊恼地叹气，"我实在太着急了，所以才……"

"你以为我还是十二岁吗？"陆颐薇注视着他，"我三十了啊，陈冬野，我每天都在强调这件事，你怎么不长记性呢？"

"陈秋河是个定时炸弹。"陈冬野缓缓开口，他本不想这样形容自己的哥哥，但是对陆颐薇不需要隐瞒，"炸弹只会破坏，并不在乎引爆它的人是谁。"

"所以呢？"陆颐薇平静地问，"你以为把他圈在你的周围，就能阻止炸弹爆炸吗？"

"我没有那么不自量力。"陈冬野垂眸，"但有人可以，陆颐薇……"他重新抬起头，目光恳切，"我不是不想和你在一起，你一定要清楚这一点，但是现在不是时候。我不想说让你等我这种鬼话，但是，你得记住，我没有放弃你。"

陆颐薇回望着他，半晌后，扯了扯嘴角："陈冬野，实话告诉你，在见到陈秋河之前，我几乎已经决定放弃了。他是我的阴影，我无法接受跟这样的人成为家人。但是你知道吗？昨晚我有了新发现。"

"什么发现？"

陆颐薇向前探了探身子，离陈冬野近了些。"我发现，他其实没什么好怕的，甚至长得还挺顺眼。"她笑笑，"是我变勇敢了吗？"

陈冬野惊讶地看着陆颐薇，她甚至从他的眼睛里看到了陈秋河的模样。

尽管气质上全然不同，但他们的五官还是有着神奇的相似之处。

在陆颐薇表现得出乎意料地镇静时，陈秋河就是用这样的目光盯住了她。

"我和你有见面的必要吗？"她仰着头，丝毫没有回避他的视线，"怎么？还想往我身上扔死老鼠吗？"

陈秋河愣了几秒，随后"哇"了一声，挠了挠下巴，仿佛来了兴致："看你现在这模样，我倒是挺欣慰的，本来还担心给你留下了什么童年阴影。"

陆颐薇笑着点头："你倒挺善良。不过，大概是因为我想通了。"

"想通了什么？"陈秋河意味深长地问。

"老鼠有什么可怕的？有的人比老鼠可怕多了。"

陈秋河笑出了声，他舔舔嘴角，又说："你比陈冬野那小子有骨气多了，那家伙就只会躺在地上挨打。"

"那你以后可要小心了，"陆颐薇换上了冷厉的表情，"陈冬野现在有帮手了。"

陈秋河伸出一根手指戳她的肩膀："我来告诉你一个真相吧，有帮手的人通常都有软肋，到处都是软肋。"

陆颐薇挥开他的胳膊，大概扣子就是那时蹭掉的。

陈秋河吊儿郎当地离开了，等他走出单元门，陆颐薇才发现自己的手指在抖。

当然，她没有将这些告诉陈冬野，这些都不重要。她只想告诉他："我好不容易才学着勇敢面对了，你能不能也别退缩？"

陈冬野久久地望着她，然后叹口气，起身隔着茶几将陆颐薇拉进了怀里。

6

红灯亮了。

林疏朗踩下刹车。落叶打着旋儿从车前飞过，车内广播里，主持人用充满期待的语气说这周极有可能迎来今年的第一场降雪。

心情似乎还停留在炎热的夏季，但转眼间就要迎来冬天。短暂的秋日随着那几场湿冷的雨，远去了。

秋。

林疏朗握了握拳，该死的秋……她又想到那个人了。

已经有一阵子没再见过他,也没什么奇怪的,他从来都没有主动联络过她,突然出现,突然消失。

林疏朗这才发现,在她和陈秋河的这段莫名其妙的关系中,看似掌握主动权的自己,其实早已成了被动的那方。

对于那样一个劣迹斑斑的浑蛋,她居然还在担心他的衣服够不够穿。他那么穷,十有八九还在冻着。

林疏朗往窗外看了一眼,人行横道的另一侧,黄灯正在闪烁,前后左右的车子已经做好了重新发动的准备。她没有太多时间犹豫,扭转方向盘,朝着反方向驶去。

三公里外,有座购物中心。

林疏朗把车停进地下车库,在电梯旁边看了看导视图,直奔三楼的男装区。她尽量让自己的态度显得随意,仿佛这样就能让陈秋河变得没那么重要。

她按照自己的品位选了一件冬装,想到他总是穿在身上的黑色T恤,又挑了件羊绒衫让店员打包。结完账,她边下电梯边给陈秋河打电话。

一如既往,第一次永远无人接听。

林疏朗平静地重拨,在坐进驾驶座时,终于通了。

"嗬……想起我了?"

他懒懒的声音通过听筒传出来,林疏朗没出息地心中一悸。"见个面吧。"她平淡的语气显得那么刻意。

"在哪儿?"

本想说"我家"的林疏朗,临时改变了主意:"你家。"

"我家啊……"陈秋河笑得不怀好意,"你可能不会喜欢的。"

"怎么?藏了女人吗?"

他笑起来,低声线的笑声难得让人感受到温柔深意。"你来我才能藏女人啊！"陈秋河报了个地址给她，"我现在回家等你。"

林疏朗重新发动车子，心跳开始变得不规律。导航显示，路程需要四十分钟。想到四十分钟后出现在视野中的那张脸，她无法克制雀跃的心情。

你完了林疏朗，她在心中痛骂自己，你不知道那个人是个彻头彻尾的人渣吗？你还想重新被虐一次吗？

明知道是火坑还往里跳，你是傻子吗？

你要在同样的位置跌倒两次吗？

她在心里问了自己一连串的问题，脚下却不断加大油门，理智在阻止她，但感情让她更渴望。

林疏朗拎着那个大大的购物袋，几乎是小跑着进了单元楼。

陈秋河住的是半地下室，昏暗的过道里，抬起头可以看到交错的钢管，潮湿阴冷的感觉，倒跟陈秋河的气质挺像的。

因为这个突如其来的想法，林疏朗听着回荡在耳边的自己的脚步声，竟然没那么不安了。

陈秋河住的房间在尽头，经过每一扇房门时，林疏朗都会忍不住想，这里都住着些什么人？他们又是否知道他们的邻居是个劣迹斑斑的赌徒？

没有人知道关上的房门里藏着什么真相。

约莫走到一半的距离，最里面的那扇门打开了，屋里的灯光送进楼道，陈秋河斜倚着门框，站在光源里意味深长地看着逐渐走来的林疏朗。

她忽然顿住了脚步。

本想花费几秒从他脸上捕捉几分想念，但残酷的是，林疏朗只看到了不怀好意。

她把那个购物袋放下，最后看了陈秋河一眼，转身向外走。

"你去哪儿？"陈秋河喊她，"林疏朗！"

她的身影快速转进楼梯间。"该死！"陈秋河咒骂一句，拎起那个袋子追过去，但在拐弯时，手臂一下子被抓住了。

林疏朗冲进他的怀里，低低地笑了。

"搞什么？"他单手环住她，往她腰间猛掐了一把。

林疏朗痛呼一声，抬起头，冲他眨眨眼睛，低声道："搞你。"

陈秋河盯着她看了半晌，突然一把将她抱了起来。他低头吻住她的嘴唇，步伐坚定地往前走。

林疏朗沉浸在这个激烈的吻里，感觉失去了全身的力气。

门被重新关上，她连打量这个陌生房间的机会都没有，整个人被陈秋河的气味包裹得严丝合缝。

他应该是刚洗了澡，清爽的果香侵入鼻腔，她埋进他的颈窝里深吸了口气，忽然热泪盈眶。

真的很想他。

想念独属于他的温度。

但林疏朗不会说出口的，就像她感觉到陈秋河揣在口袋里的手机正在振动，她也不会出声提醒。

这一刻，任何事都是干扰。

不仅仅是不合时宜的来电，还有可笑至极的爱意。

7

偌大的包厢里，周梨落一首接一首地唱着老旧冷门的情歌，忽然觉得每一首都很贴合她此刻的心情。

"总会让街头某个相似背影，惹得忍不住伤心……

"你曾住在我心上，现在空了一个地方……

"还爱你，带一点恨，还要时间，才能平衡……

"我不难过，这不算什么，只是为什么眼泪会流，我也不懂……

"一个人的时候，我忘记我还会孤独……"

眼泪顺着脸颊落到话筒上，她抹掉，哽咽着继续。

突然觉得没叫任何朋友陪是对的，明明之前故意做足了戏，报复了说喜欢自己很不像话的许致一，可是当他再也不接她的电话时，为什么她又觉得如此难过？

间奏时，周梨落放下话筒，拿起可乐喝了两口。

她其实叫了两罐啤酒，但是始终没敢打开。许致一曾很严厉地警告过她，绝对不能在外面喝酒。

那时候管那么多，现在什么都不管了？

周梨落愤愤地拉开拉环，猛灌了两大口，辛辣的气味让她禁不住呛咳。然后，她打开手机相机，给那两罐啤酒拍了张照片，上传到朋友圈。

什么文案都没有，因为说什么都显得很刻意。

尽管她就是故意这么做的，因为，这条朋友圈仅一个人可见。

但周梨落的算盘打错了，许致一是在三小时后才刷到那条朋友圈的，那时，他已经洗完澡，躺到床上打算睡了。

白天太忙碌，他并没有什么时间刷朋友圈，更何况，也没什么内容能引起他的兴趣，今晚也只是随便滑了几下，便看到了那张图。

看了看时间，是晚上八点半发的。

他的手指停留在照片上，过了好一会儿才继续往下滑。

但后面的内容他看得心不在焉，终于还是点开了与周梨落的微信对话框。

他很犹豫，就算是喝了酒，三小时过去，也该回宿舍睡觉了吧？

他的关心不仅起不到任何作用，可能还会引起她的反感。

如何能不动声色地确定她是不是安全？

许致一考虑了一阵子，总算想到了一个方案。

他拿起手机，联系陆颐薇，想让她帮忙往周梨落的宿舍打个电话，这样就能轻松知晓周梨落回去了没有。

好歹自己曾经帮助过陈冬野向她告白，她不会拒绝的。许致一胸有成竹地听着手机里的"嘀嘀"声，直到无人接听的提示音响起。

他不死心，又打了几次，仍是如此。

该不会已经睡了？许致一转而打给陈冬野，反正他们住得那么近，他一定不介意帮自己跑次腿传个话。

陈冬野倒是很快接了电话，许致一没给他说话的机会，一股脑儿地倾倒了自己的诉求，然后直接总结："我五分钟之后再打给你。"

"我不在家。"

陈冬野的声音听起来格外沉重，许致一愣了愣，才问："怎么？你们还没和好啊？"

"不是。"陈冬野叹了口气，"我在回老家的火车上，我妈去世了。"

许致一一时有些不知道该说些什么："呃……不好意思啊，你现在肯定很难过，我真不该打扰你的。节哀，等你回来咱们再喝一杯。"

"好。"陈冬野简短地回了一个字，便把电话挂断了。

白忙活了半天，时间更晚了，许致一有点懊恼。他盯着手机看了很久，周梨落的头像是她在树林里的一张半身照，女孩侧站着，扭头望向镜头，笑容清甜。

"太不安全了。"许致一暗自咕哝了一句，而后突然就下定了决心。他发微信给她，等了五分钟没有回复。反正已经开了先例，索性还是打电话过去吧。

接通了，他正要开口，一阵轻笑声打断了他："看吧，我就说他会打来的。"

是周梨落的声音，但好像是在跟别人讲话。

"喂？"许致一试探性地喊了一声，对面没有回应，他忽然想起了一个似曾相识的场景。

"又被耍了吗？"许致一苦笑着自语。

"您好，请问您是这位手机主人的男朋友吗？"

"啊？"许致一被来自陌生人的询问弄蒙了。

"是这样的，"一个女声耐心解释道，"因为这位小姐已经喝多了，我看她一个人，怕有危险，就请她找朋友来接她，但是她说什么都不肯打电话，说男朋友等一下看到朋友圈就会过来。所以，请问您是她的男朋友吗？"

许致一挑了挑眉："算……算是吧。"男性朋友也可以被称作男朋友吧？

"好的，那请您尽快过来带她离开吧。"

晚上路况很好，许致一一路畅通地赶到目的地，跑出电梯的时候，一眼就看到了坐在沙发上、脸埋进双手里的周梨落。

KTV 的沙发很大，上面只坐了她一个人，因为纤瘦，又缩着身子，看起来就更小了。

那个瞬间，许致一的心突然变得很柔软。他慢慢走到她身边，弯腰轻拍她的背。

周梨落抬起头，喝了酒的眼睛红红的，看到他，她扬起嘴角，笑了。

"你怎么胆子这么大？"许致一忍不住皱眉，"一个人在外面喝醉，你就不怕出事吗？"

她突然伸手扯住了他的衬衫，将他拽得更近了一点："许老师，那以后你来管我吧。"

第九章 ◯

1

陈冬野背着双肩包下车，抬眼望去，黎明时分的天空呈现出淡淡的灰白色。

城市的林立高楼从视野中退去，取而代之的是开阔的农田、远山、薄雾中的树林。

的确是到家了。

他已经很久没回来了，仔细算的话，大概有八年之久。倒也不是排斥老家落后的环境，只是陈冬野发现了一个秘密。

父亲去世后，生活的担子全都落在了母亲肩上，他和陈秋河的存在，对母亲来说并不是安慰，反而像是累赘。

因为背负着教养他们的责任，她需要卖力干活、挣钱，偶尔陈秋河惹了什么事，她还要被村里的人责骂。

尤其是有天夜里，他起来去洗手间，看到母亲一个人坐在院子里喝酒。

她沐浴在繁星点点的夜空下，哽咽着发牢骚："你倒好，一走了之，什么都不用管了，我一个人还要拖着两个拖油瓶，活得有多辛苦你知道吗？你要是有良心，干脆把我一块儿带走好了。"

陈冬野那时就已经明白了，比起他和哥哥的陪伴，他们的母亲显然更渴望自由。因此他考虑了好几天，私下里跟陈秋河说："你跟我一起走吧。"

"去哪儿？"

那时，陈冬野还比哥哥矮一头，他朝哥哥耸耸肩："随便去哪里。"

"我为什么要跟你一起走？"陈秋河斜睨着他，一脸不以为意，"你一个小屁孩还敢对我下命令？"

"我挣的钱都给你。"

陈秋河笑了，不相信他："你不是哭着喊着要复读一年，接着考大学的吗？"

"不考了。"陈冬野垂眸道，"反正考上了也改变不了什么。"接着，他又抬起头，语气变得越发坚定，"我再问你最后一次，走不走？咱妈就是个农村妇女，她挣的钱不可能有我多，你想好。"

陈秋河盯着他，忍不住抬手搓了搓下巴："什么时候走？"

"明天。"

就这样，这些年里，陈冬野从母亲手中承接了被陈秋河压迫的责任。

他知道她身体不太好，但只以为是过度劳累造成的损伤，所以他偶尔会寄补品回家。他没提过让母亲去城里住几天，也不知道她是否有过这样的期待。

逢年过节或许会开一次视频通话，两个人看着屏幕中的彼此，除了尴尬，还是尴尬。

但是，母亲胖了不少，这让陈冬野觉得挺欣慰的。

所以，她的去世对陈冬野来说非常意外。甚至在回来的这一路上，他还没什么实感。

总觉得像个玩笑，毕竟村子一如记忆中的模样，因此，母亲也应该安安稳稳地等在院子里。

她的确等在院子里，只不过是躺着，眼睛紧闭。

陈冬野走上前，这一刻，他还没有感受到悲伤，甚至忍不住朝母亲的鼻子下面探了探。

风拂过他的手指，但只是风而已。

"是住你们隔壁的刘婶去屋顶晒被子的时候看到你妈躺在院子里，村医赶过来就已经去了。"村长站在旁边同陈冬野解释，"可能是心脏病吧。"

陈冬野冷静地点点头，还十分得体地跟村长道了谢。下意识地，他的脑海中开始出现举办丧事的各种流程，这都是父亲早些年去世时留下的经验。

幸好他还都记得。

村长拍拍他的肩，问："你哥呢？"

"我还没告诉他。"陈冬野真正想的是，其实也没什么必要告诉他。

"你爸妈真是倒霉啊，"村长突然出声感叹，"摊上这么个浑蛋儿子。其实，你妈之前犯过一次病，村医让她去大城市做手术，她不做，我还来劝过她。她说钱都被你哥要走了，说是有女朋友了，得买房。我说，冬野呢？跟冬野要，实在不行，我想办法给你凑点也行。结果她脾气犟得很，说死也不能跟冬野要钱，也坚决不问别人借，因为借了还是得冬野还，而且让我绝对不能告诉你。我看她最近又去田里干活了，以为没什么事了呢。"

"唉！"村长又回头看了一眼遗体，叹息着走了。

陈冬野愣站了一会儿，忽然想起了之前母亲打给他的那几通电话。

此刻深思起来，竟然都像是遗言。所以，母亲其实早就做好了死的准备，她应该也不只是为他着想，可能还很盼望解脱吧。

但是，就这么饶过陈秋河也太便宜他了。

陈冬野突然改变了主意，他抹掉眼角的泪水，拍了一张母亲的遗容，发微信给陈秋河。

妈死了，被你害死的。

2

"你是不是找死？"

吼声从卧室里传出来，正刷着牙的林疏朗愣了愣，匆忙漱了漱口，走过去问陈秋河："你干吗呢？"

他没有理她，仍然对着电话咒骂："你给我等着，看我回去怎么收拾你。"说完，陈秋河将手机扔到床上，三下五除二穿好衣服，走进洗手间。

林疏朗拿起屏幕还亮着的手机，点进去看了一眼，通话人是陈冬野。

陈秋河的弟弟？

洗手间的门开了，他换下鞋子，从林疏朗手中夺过手机就要走。

"喂！"林疏朗拽住他的胳膊，"你去干吗？"

陈秋河挣开她的手，目光狠戾："去杀人。"

"你冷静一下。"林疏朗伸开双臂试图阻拦他，"有什么事情好好说不行吗？除非你解释清楚，不然我不会放你走的。"

陈秋河慢慢朝她看过去，表情阴沉地开口："我妈死了，解释得够清楚了吗？"

趁林疏朗愣怔的瞬间，陈秋河推开她，迈步离开了。房门"砰"的一声狠狠关上，她被震回了神。

昨晚特意去超市买了很多吃的，现在也没什么心情弄早饭了，随便啃了两口面包，林疏朗拿起车钥匙就出门上班了。

锁门之后，她给陈秋河发了条微信：钥匙我拿走了，你回来之后直接打电话问我要吧。

林疏朗看了看手里的行李袋，她最近几天一直住在陈秋河家，因为没有替换的衣服，临时买了几件，此刻这样出门，竟有种要离开一个人的错觉。

回到车里，她把袋子塞到后备厢，以免引起同事们的怀疑。坐上驾驶座，打开手机查看，果不其然，陈秋河没有回复。

自己之于他是个任何身份都没有的人，不管怎么说，他妈妈去世，她都没必要跟着悲伤，但不知道为什么，她心里非常不舒服。

为陈秋河的怒骂而感到不安，怕他真的伤害陈冬野，还有，她总是想起雨夜的那通电话。

陈秋河的妈妈因为儿子有了女朋友而喜悦到哽咽的声音……

而她的实际身份不过是被威胁的陌生人而已。

那次，陈秋河用"买房"的幌子要到了一笔钱。对生活在乡下、只靠农田获得经济来源的人来说，那些钱不是小数目。林疏朗不知道他妈妈是如何筹到了这笔钱，这是否跟她突然去世有关系。

林疏朗不敢深想，但她不想让所有问题都处于未解状态，所以，等红灯时，她拨通了陆颐薇的电话。

陆颐薇刚接起来，林疏朗便问："你之前说，陈冬野的老家和你外婆家在一个地方是吧？"

"对啊。"陆颐薇完全不明所以，"怎么突然问起这个？"

"那个地方叫什么名字？"

察觉到了她声音里的奇怪情绪，陆颐薇下意识地追问："怎么了？到底发生什么事了？"

"我得去找他。"林疏朗突然不想继续隐瞒下去了，因为，"颐薇，你和我一起去吧，我需要你的帮助。"

半小时后，两个人在约定的地点见了面。

陆颐薇坐进副驾驶的座位，她在手机上输入了目的地，导航显示开车过去需要五小时。

林疏朗叹口气："希望我们能比陈秋河到得早。"

"实在不行就报警好了。"陆颐薇提议，"要真有什么事，我们两个人也不可能是陈秋河的对手。"

"颐薇……"林疏朗蹙眉，"我们翘班，大老远赶过去，不就是为了阻止这件事发生吗？你怎么能说出这种话？"

"不是。"往常总是附和她的陆颐薇，突然异常坚决地摇头，"我答应去，只是为了保护陈冬野的安全。"

她们对视了几秒，忽然意识到，从现在起，她们恐怕无法再做对方的好朋友了。

因为，她们可能没办法再无条件站在彼此身边了。

车里很安静，没有放音乐，她们各自怀着心事沉默，窗外的天气也如两个人之间的气氛，凝重阴沉。

陆颐薇不时查看微信，陈冬野一直没有回复她。她紧张得不能自已，毕竟，在她心中，陈秋河的危险指数超过"浑蛋"这种级别。

在一个服务区，林疏朗去自动贩卖机买了两杯咖啡，拿给她时，她忍不住说了声："谢谢。"

又过了几分钟，陆颐薇终于按捺不住了，她转头问林疏朗："从什么时候开始的？"刚刚因为时间紧急，林疏朗解释得很笼统。

"什么？"

"你和陈秋河。"

林疏朗垂下头，半晌后才答："有一阵子了。"

"疏朗，你怎么会呢？"陆颐薇悲愤地看着林疏朗，"陈秋河就是个人渣，你为什么偏偏要跟他在一起？你被那个姓杨的欺负得还不够吗？"

"那你呢，陆颐薇？"林疏朗回视她，"你和陈冬野就很合适吗？那你为什么还要瞒着所有人，不敢公开呢？"

陆颐薇无语凝噎。林疏朗别过脸，把纸杯捏扁放进脚下的垃圾袋，继续道："如果我们不能祝福彼此，起码也要互相尊重。陆颐薇，我们可是好朋友啊！"

3

任拳头砸在身上，陈冬野一声不吭。他一边用胳膊挡着头，一边认真寻找反击的时机。终于他伸出脚，狠狠踹在了陈秋河肚子上。

陈秋河毫无防备，跌坐在地，但也只是蜷了蜷身子。

在不惊动旁人这件事上，他们总能达成共识。

一直以来，好像总是陈冬野落下风，但年龄的优势是轮转的。陈秋河年长他八岁，小时候，他在哥哥面前总是瘦弱、不堪一击的。但是现在，他二十五了，他和陈秋河进入了同样的人生阶段，而再过几年，甚至在往后余生里，他都会比陈秋河年轻。

陈秋河大概也察觉出来了，以往总是很快就被打趴在地的弟弟，现在已经不容小觑。他们很快结束了纠缠，各自带着满身伤痕一左一右躺在院子里，而头顶是他们已逝的母亲。

人生的很多个时刻都充满着哲学意味，比如现在，陈冬野想到母亲经常说的一句话："我辛辛苦苦把你们拉扯大……"

那么努力养育成人的孩子，祈愿能给自己带来福气的下一代……却是这副样子。

陈冬野的鼻头猛地酸了。他微微仰头，从那个角度望过去，母亲的脸平和安详。

天空开始飘雪了，眼前的一切都开始变得迷蒙。陈冬野收回视线，眼睫垂着，他小声道："为什么你还有脸活着？"

陈秋河发出沉重的喘息。

"你为什么不去死？"陈冬野再一次强调，"最该死的人是你。"

身侧的双拳紧握，但陈秋河克制住了自己，他爬起来，往地上啐了口带血的唾沫，朝门外走去。

村里人见到他都自觉躲得远远的，何况，他满脸是血的样子更令人恐惧。

陈秋河可以想象到，这帮人在去田里干活，觉得累、觉得无聊时，大概总会谈论起他。

毕竟方圆百里，也很难再找出像他这样的人渣了。

当然，他也不是一开始就得此"殊荣"的。小时候虽然就以性格顽劣闻名，但做过的那些恶作剧，终归是盖着年幼无知的保护罩，邻里甚至还常常劝慰气到崩溃的母亲：小时候调皮的孩子都聪明，长大就好了。

很可惜，陈秋河没有变好，他变得更坏了。

不记得是在什么书上，陈秋河曾经读到一句话，说人生来就是带着任务的。

因此，有一些人成为作家，有一些人痴迷画画，还有的人视舞蹈为生命……而陈秋河，他分析自己是为苦而生的。

让自己苦，还是让别人苦，他选了后者。

一个人倘若认定自己天生就是浑蛋，这是很可怕的事，因为他接受恶劣，不会心生内疚，别人的感受对他而言，毫无意义。

更何况，大多数人都早已认证了他就是浑蛋。在十六岁的时候，他就弄清楚了。

那一年，父亲病重，医生说做手术的话或许还有一线生机，但是手术费用很高，他们家拿不出那么多钱。

从医院回到家的当天夜里，父亲将沉睡的陈秋河摇醒，佝偻着身子将他带到院子里，蹲到墙角，先是沉默地抽了一根烟，然后将烟头摁在地上熄灭，才转头问他："你手气挺好的是吧？"

陈秋河意识到父亲指的是他因为手头紧，跟一帮大孩子赌博的事。他去的次数不多，但是每次去必赢。所以，他得意地点头："是还不错。"

父亲长叹了口气，从身上那件破夹克里掏出一沓钱递给他："你明天拿这些去赌吧。"

陈秋河愣愣地看着父亲，不敢伸手去接。

"反正这些也不够做手术，就赌一次吧，如果你能赢，我就再争取往后活一活。"

陈秋河看着那些钱，他其实也有过犹豫，但内心冒出更多的希冀打消了那些疑虑。

万一他赢了，他拿到更多钱回来，让父亲成功做了手术，是不是全村人都会对他刮目相看？

至少有一次，他能在所有人的嘴里赢过那个只会抱着书本的书呆子弟弟。

出于对被认可、被夸赞的渴望，陈秋河答应了。

然而，他输了。

输了个精光。

在家等着他的好消息的父亲突然陷入昏迷，母亲准备送父亲去医院时，怎么都找不到钱。而在找钱的过程中，父亲咽了气。

陈秋河一周后才敢回家，那时，父亲已经成了山坡上的一个土堆。

所有人都知道他"偷"了父亲的救命钱去赌博，而他的证人再也无法开口帮他辩驳。

从那时起，陈秋河就彻底接受了自己的"浑蛋"设定。这么多年来，他"贯彻落实"得十分好。

此刻，站在父亲的墓碑前，他看着那张记忆中已经模糊的脸，笑问："老陈，你欣慰吗？"

4

陆颐薇花了些时间才找到陈冬野家。

那次因为被老鼠吓到，她再没有来过这里。后来外婆年纪大了，妈妈将外婆接到了家里，照顾外婆直到去世。

村子虽然变化不大，但是记忆中的景象已经完全模糊了，最终还是靠住在村口的村民指路，她们才找到地方。

林疏朗随意将车停在路边，陆颐薇冲进大门，一眼看到了躺在地上的陈冬野。

她奔上前，俯视他血迹斑斑的脸，难过地叫他的名字："陈冬野？"

他睁开眼睛，看到她，微微愣了愣。

"你还好吗？"陆颐薇轻抚他的脸庞，"伤得重不重？"

"你怎么来了？"陈冬野抓住她的手，"不是让你好好待在家里吗？"

"你能站起来吗？"陆颐薇试着去拉他，"下雪了，地上都是湿的。"

"陈秋河呢？"在各处转了一圈都没找到人的林疏朗凑过来问，"他不会被警察抓走了吧？"

见陈冬野面露疑惑，陆颐薇出声解释："待会儿我再跟你细说。"她瞥了一眼林疏朗焦急的面孔，跟着问了一句，"他人呢？"

"我不知道。"陈冬野叹口气，"他出去好久了。"

林疏朗拍拍陆颐薇的肩膀："这里先交给你，我去找找他。"

走出陈冬野家的大门，林疏朗沿着来的方向往前走，一直走到一条柏油路上。乡野的风景一览无余地展现在眼前，心中的担忧完全取代了陌生感，她凭着第六感往更开阔的田地深处走去。

陈秋河这样的人，连亲人都退避三舍，更不可能有什么交好的朋友，所以，坐落在村子里的那些挤挤挨挨的瓦房，不会有一间属于他。

他只可能在外面。

雪变大了些，林疏朗觉察到自己的头发已经被浸湿了，一缕缕耷拉在耳侧。她从手腕上撸下随身携带的发圈，双手拢起头发，在脑后随意扎了个马尾。

视线毫无遮挡，找起人来比想象中简单。并没有走太久，林疏朗就看到了站在远处的一个人。

因为四下望去，只有他一个人，所以更为显眼。

尽管距离太远，完全看不清他的样貌，但林疏朗确定那就是陈秋河。

走近了，她才发现那是一块坟地。陈秋河所站的墓碑前刻着一个陈姓的名字，应该是他父亲。林疏朗这样想着，脚下一个不注意，踩进了坑洼里。

听到她的惊呼声，陈秋河转过头来。他的眼神中闪过一丝难以置信。"林疏朗？"

"没错，"林疏朗稳住身体，重新站好，"是我。"

"你怎么找到这里来的？"

他的表情说不出是排斥还是惊讶，总归是不欢迎的。林疏朗压下那瞬间的失落感，故作漫不经心地回答："陆颐薇帮我指路。你不是说过吗，她外婆家跟你是同乡。"

陈秋河冷笑了一下："我刚刚可能没有表达清楚，我不是想问你怎么来的，而是想问你来这里干吗？感受农村丧事？不然就……"

"陈秋河！"林疏朗高声打断他。

"所以你来干什么？"陈秋河的语气突然变得愤怒，"来看我怎么被家乡的人臭骂吗？"

林疏朗慢慢走到他身边，伸出双手拥住他："我是来陪你的。"

陈秋河的眼眶蓦地酸了，每个人都排斥他，认定他是个没有良心的、连父母去世都不会难过的人。

甚至连他自己也是这么认为的。

陈秋河极力克制着悲痛的心情，他攥着双拳，笔挺地站着，坚持饰演着自己恶劣的角色。

但是……陈秋河目光向下，落到林疏朗的背上。他贪恋这个愿意给他拥抱的身体，贪恋这个开车追来的莫名其妙的女人。所以，其他人站到自己的对立面也就罢了。

起码，要留住林疏朗。

陈秋河将她轻轻拉开，他低头审视着林疏朗英气的眉眼，确定她有能力承受自己的邪恶。

"林疏朗，你知道我妈是怎么死的吗？"

林疏朗皱了皱眉："是不是得了什么急性病？"

陈秋河点头："是这样没错，但是陈冬野告诉我，原本她可以去做手术的。"

"那为什么没去做？"

陈秋河咧了咧嘴角："不记得了？那些钱被我们一起骗走了。"

林疏朗下意识地反驳："怎么会？我什么时候……"她没有继续说下去，因为脑海中自动浮现出了那个雨夜。

她以陈秋河未婚妻的身份，打着购买婚房的幌子，帮助他从他母亲那里骗走了一笔积蓄。

"那是她做手术用的钱吗？"林疏朗痛心地问，"你早知道你妈生病了吗？"

陈秋河看着她，嘴角还留着笑意。"我承认自己是个浑蛋，但是，你……"他指指林疏朗，"从现在起，是我的帮凶了。"

5

陈冬野家的亲戚不多，之前村长已经帮忙通知得差不多了，他只需要联系殡仪公司，按照程序一步步执行就好了。

当天夜里，根据家乡风俗，亲人要为逝者守灵。雪下得越来越大，陈冬野不得不将母亲的遗体转移到了堂屋，一直到傍晚，雪终于停了，但气温也开始下降。陆颐薇被他赶进车里，他让她离开，她不肯，他当时心不在焉，也没有多说，等再想起她时，天已经黑了。

陈秋河和林疏朗还没回来，陈冬野来到车边，借着手机手电筒的微光，看到陆颐薇一个人蜷缩在车后座上，睡着了。

　　他轻轻敲了敲车窗，陆颐薇的眼睫颤了颤，接着她醒了过来。她用手挡了挡刺眼的光，微微眯起眼睛，看到了陈冬野疲惫的脸庞。

　　陆颐薇打开车门，往里坐了坐，为陈冬野腾出一个空位。他顺势坐进来，握住了她冰冷的手指。

　　"没有吃饭，"陈冬野问她，"饿不饿？"

　　陆颐薇摇头，也问他："你饿吗？"

　　"我没有胃口。"

　　"要不要我给你做蛋炒饭？"陆颐薇不知道该怎么给他安慰。

　　"我真的什么都吃不下。"陈冬野用脖颈蹭了蹭她的头顶，"你给林疏朗打个电话，问问她在哪儿，三十公里之外有家小宾馆，你们去那里住一晚，早上等铲雪车把雪铲了就回家。"

　　"我陪你吧。"陆颐薇仰起头看着他，"我来这里就是为了陪你的。"

　　陈冬野垂眸，犹豫了一瞬，才问出口："你不怕吗？我不想让你为我逞强。"

　　"怕什么？那可是你妈妈。再说了，我十几年前就陪妈妈一起为外婆守过灵了。"陆颐薇拍拍他的手背，"放心吧。"

　　陈冬野没有坚持，如果陆颐薇愿意留在他身边，他根本无法下定决心将她赶走。可是……"林疏朗呢？你联系她了吗？她没来过这里，别迷了路。"

　　"下午就打过电话了。"陆颐薇顿了顿，不知道下面这句话在陈冬野听来是不是特别残酷，"她和陈秋河一起搭公交车进城吃饭了。"

　　陈冬野点点头，什么都没说。

　　"后备厢里有急救药箱，我帮你处理一下伤口吧。"陆颐薇说着起身。但下一秒，她就被陈冬野倾身抱住了。"就这样待一会儿吧。"

他的声音闷闷的，热热的眼泪滑过陆颐薇的脖颈，她的心跳突然重重一顿。这一刻，对于陈冬野的所有悲伤，说出口的，未能说出口的，她全部感同身受了。

"冬野，"陆颐薇的声音哽咽了，她咬住嘴唇，还是没能阻止那句徘徊在嘴边许久的话，"你太可怜了……"

深夜，天气重新转晴，乡村的夜空中，星星永远不会缺席。林疏朗和陈秋河回来得很晚，陆颐薇把车钥匙还给她，让她和陈秋河去车里休息。

毕竟是多年好友，林疏朗当然明白陆颐薇这样安排的用意。对陈秋河和陈冬野来说，他们是这个世界上彼此仅剩的亲人，却无法给予对方安慰，只能互相远离。

担心陆颐薇会感到不适，陈冬野在自己背后的房间里摆了一把躺椅，又把身上的外套脱下来盖在她身上，自己则从父亲的衣柜里翻出一件旧棉衣套在了外面。

他知道她很累，但也不可能睡着，不由得有点期盼天赶快亮起来。但转瞬间，又为这样的期盼而感到羞愧。

明天就要送母亲去火化了。她辛劳了几十年，最后留在这世界上的，不过是一盒骨灰。不知道在将死之时，她有没有后悔过自己的付出和牺牲；有没有遗憾，在这匆匆而过的生命旅程中，她却忘了关爱自己。

一想到这些，陈冬野的眼泪就止不住。幸而陆颐薇在他身后，她看不到他的脸。他就这么静静地哭了很久，像是多年来的第一次宣泄，将所有积蓄在胸口的委屈、不甘和痛苦，一股脑儿地倾倒在了母亲面前。

因为，如果现在再不哭，就没有机会了。

过了今晚，他就没有妈妈了。

等到所有情绪都被掏空，陈冬野突然开了口。"妈……"他对着一屋子寂静轻轻呼唤，"从前所有事我都忍着，是为了不让陈秋河为难你。但是从现在开始，我不会再忍了。你和爸有责任照顾陈秋河，但我没有。我不能整个人生都被他糟蹋了吧？所以我想告诉你，从很久之前，我就已经开始做准备了。迟早有一天，我会把陈秋河送进监狱的。反正也改变不了他，那就让他被关到死吧。"

陆颐薇看着他僵硬的脊背，连呼吸都放轻了。

而门外特意跑来为他们送毯子的林疏朗，终于还是放弃了走进房内，转身悄悄离开了。

6

清晨，天刚亮，陈冬野第一件事就是让陆颐薇离开。

她答应了。

今天会更忙碌，她在这里，确实什么忙也帮不上，可能还会害陈冬野分心。这种时候，理解或许比陪伴更加重要。陆颐薇去车里叫林疏朗，林疏朗应该是早就醒了，正站在车外伸展身体。

"疏朗，我们回去吧。"她没有过多解释，当然也没什么力气解释。

林疏朗往副驾驶座上看了看，抬眼问陆颐薇："陈秋河怎么办？你觉得让他和陈冬野两个人在一起没问题吗？"

陆颐薇叹了口气，揉揉乱糟糟的头发，回答林疏朗："我们赶过来了，也并没有阻止任何事。他们的家事，让他们自己解决好了。"

两个人正讨论着，车窗摇了下来，陈秋河探出脑袋。"我跟你们一起回去。"见她们面露惊讶，他不置可否地笑了笑，"反正我妈也不会欢迎我为她送终。"

陆颐薇将陈秋河的原话告知陈冬野时，他没有表现出任何的情绪，只嘱咐她路上注意安全。

"我等你回来。"陆颐薇握了握他的手，犹豫了一下，还是忍不住道，"你已经做得很好了，你尽力了。"

陈冬野眼眶一热，他看着陆颐薇的眼睛。这双眼睛在多年前曾将他拉进世界的另一个角落，而现在，它们重新发挥作用，不让他沉沦。他克制着拥抱她的冲动，伸手拍了拍她的肩膀："快回吧。"

返程的路上，车里变得不再安静。陈秋河嚼口香糖的声音变得令人无法忍受，陆颐薇旋开了音响。

高速路上的积雪都被清理干净了，但周遭田地还是一片白色。昨天一整天都处在混乱中，连冷都忘记了，现在身处暖气充足的车内，竟觉得寒气从心底慢慢渗出。

林疏朗注意到她往座椅里缩了缩，问："冷吗？"

"有点。"陆颐薇吸吸鼻子。

林疏朗往后面努了努下巴："你把毯子拿过来盖上。"

"不用。"陆颐薇想都没想地拒绝了，陈秋河盖过的毯子，她很排斥。

看了看导航，十五公里之后会路过一个服务区，林疏朗转头对她说："下个服务区我们休息一下。"

陆颐薇其实是希望能快点到家，好赶紧摆脱陈秋河，但开车的人是林疏朗，她觉得自己没有理由阻止别人休息。

十五公里，也不过是几分钟的车程，车子转出高速路，驶入服务区。林疏朗下车去买东西，外面很冷，陆颐薇窝在车里不想动。

大约是看出了她的想法，林疏朗将陈秋河一起拽走了。

他们离开的瞬间，陆颐薇长长舒了口气。

心中有种很奇怪的感觉，似乎因为林疏朗和陈秋河的关系，陆颐薇觉得自己相识那么多年的闺密都变得陌生了。

她打开手机，正心不在焉地刷着朋友圈，突然进来了一个电话，是宋女士打来的。她措手不及，错按了接听。

"喂。"陆颐薇硬着头皮打招呼，"妈，你怎么打电话来了？"

"天气预报说这个周末可能有雪，你的厚外套不是都在家吗？"

看样子那边没有下雪啊，陆颐薇的脑海中有一瞬冒出了这样的想法。"我最近很忙，实在冷就买件新的，放心吧。"

"家里那么多衣服呢，瞎花什么钱，你要实在没空就让你爸去给你送一趟。"

"不用不用。"陆颐薇心虚地拒绝了，"我找时间回去拿，别让我爸来回跑了。"

宋女士似乎妥协了："行吧。你在上班吗？那我不打扰你了。"

"嗯。"陆颐薇顺势结束了通话。

还好，没被识破，正这样想着，后车门打开，陈秋河坐了进来。

见陆颐薇到处张望，他淡淡地笑了。"你的好姐妹在给你买热咖啡。"说着，他故意往前探了探身子，歪着头问她，"你不是不怕我了吗？"

"没有怕你。"陆颐薇稍稍转头，尽量面不改色，"你怎么会以为不想和你待在一起的人都是因为怕你？也很有可能是厌恶你。"

面对这样的言语中伤，陈秋河毫无受伤之色。"是吗？"他点头，"那你的意思是，你厌恶我？"

"你说呢？"陆颐薇用讥讽的语调反问。

"所以，陈冬野才下定决心想要除掉我是吧？"陈秋河挑眉，"因为想和你在一起，他是不是一直在谋划怎么弄死我？"

陆颐薇攥了攥拳，后背突然开始发热。她瞥了他一眼，故作平静道："想弄死你的人应该不止陈冬野一个人吧？如果你某天遭遇什么不测，我倒觉得那是正常的报应。"

陈秋河愣了愣，然后低声笑起来，他笑了很久，接着大力拍了拍陆颐薇坐着的座位椅背："别逞一时口快了，你和陈冬野的未来可是掌握在我手中的。你得客气点，我才能好好爱护你这个弟妹啊！"

陆颐薇忍着不适别过头，她确信自己对陈冬野的感情，甘愿将余生交付于他，如果父母不同意他们在一起，她甚至做好了为他与父母对抗的准备。但是……

她真的无法和陈秋河成为家人。

哪怕只是名义上的联系，她也不能接受。

所以，当林疏朗回来，将一杯冒着热气的咖啡交到陆颐薇手上时，她感动之余，又充满愧疚，她不仅不想祝福他们，甚至祈祷他们能够分手。

这不是一个合格的朋友应该有的想法吧？陆颐薇垂下头，连"谢谢"也没脸说出口了。

7

虽然陈秋河住的地方更顺路，但林疏朗还是先将陆颐薇送回了家。等到车里只剩他们两个人的时候，她的心情终于放松了下来。

不过这样的发现令她感到害怕，就好像她真的和陈秋河成了同一类人，因此，他们的气场可以彼此融合。

但林疏朗还不至于蠢到再一次被所谓的爱情冲昏头脑，她不会让自己变成陈秋河这种模样。

有两个办法可以做到，要么改变他，要么离开他。

"去你家还是去我家？"等红灯时，她转头问他。

陈秋河忽然起身，在她嘴上啄了一下，不怀好意地笑了："你要是不介意，在车里也没问题。"

林疏朗盯着他的眼睛，这边没有下雪，天晴得很好，差不多已经到正午了，阳光均匀地铺洒在他脸上。

从昨天到现在，她一直希望自己能从这张脸上找到一丝丝悲伤，但是没有。

对于自己母亲的离世，他是真的毫不在意，而匆匆忙忙赶回老家，似乎也只是为了跟自己的亲弟弟在母亲的遗体面前大打出手。

不仅仅是这一件事，仿佛他的整个人生，都搞错了重点。

陈秋河转开头，避开她的注视。林疏朗轻轻叹息："那去你家吧，我有话要跟你说。"

打开门，林疏朗还没走到客厅，身体就腾空了。

陈秋河抱着她，头埋进她的肩颈里，她莫名感到抵触："至少先洗个澡，你臭死了。"

他像个无赖般箍着她的身体："我很饿。你要么喂饱我的肚子，要么……"他在她耳后深深吻了下去。

林疏朗使力推开他："我也饿了，我去给你煮面。"

站在电磁炉边等水烧开时，陈秋河不满地朝她喊道："叫外卖不行吗？大中午的吃什么泡面。"

"想给你做顿饭，你还不领情吗？"林疏朗回身斥他。

"那你也做点好的……"陈秋河失笑道，"这明显是糊弄我，毫无诚意，待会儿你要是提什么要求，我可不会答应。"

林疏朗正准备下面的手顿了顿，她总觉得陈秋河其实什么都知道，对于她将要开口说出的话，他或许早就猜到了。

这样也好，她就不用拐弯抹角了。

林疏朗把一大一小两只碗端到房间里仅有的一张矮桌上，叫陈秋河在自己对面坐下。

拿起筷子的时候，他突然开口了。"你有什么话都憋到我吃完再说。"他挑起一大筷子面条塞进嘴里，口齿不清地表示，"我会吃快点的。"

他的确吃得很快，林疏朗刚刚吃了几口，他就已经将一大碗泡面风卷残云般倒进了肚子里。

陈秋河拿起杯子，从水龙头上接满自来水，仰头灌了下去。

他又接了一杯，放到林疏朗手边，然后双手环胸地看着她："说吧。"

林疏朗垂眸，看到杯子里的水上浮着一层漂白剂，她忽然没了胃口，搁下筷子，抬起眼睛，鼓起勇气问陈秋河："你以后能不能别这样了？"

"哪样？"

林疏朗直视着他，细数那些恶劣行径："打架，赌博，说谎，毫无负疚感地伤害别人。"

陈秋河的脸色沉了沉，他往后靠去，脸离林疏朗远了些："我伤害你了吗？"

"你这样，我会觉得你根本没有爱的能力。"林疏朗蹙起眉头，"我没办法相信你。"

"爱？"陈秋河挑挑眉，不屑地问，"你竟然是以爱的名义跟我在一起的？林疏朗，这不符合你的风格啊！"

她不想与他争辩，那毫无意义，所以，林疏朗没有理会他的挑衅，而是专注于自己的目的："你不能试着做个好人吗？"

陈秋河笑了。

那个笑激怒了林疏朗，她猛地站起来，朝他吼道："哪怕是个假好人呢，至少不要在脸上写着你是浑蛋，私下里去恨你弟弟，恨任何人，恨这个世界，可以吗？"

陈秋河抬头看着她，淡淡道："那多累啊。"

"陈秋河！"林疏朗的眼眶蓦地湿了，"你别笑了行吗？"

"不行。"陈秋河的眼神恢复了往常的冷厉，"谁都管不着我，包括你。"

"好，"林疏朗点头，"那你选吧，是一辈子当个虚伪的好人，还是继续无恶不作，让所有人都远离你。"

陈秋河久久地看着她，突然又发出了那种低低的笑声："林疏朗，你这个威胁毫无说服力，我根本没有拥有过'所有人'，我好像只有你。"

林疏朗的眼睫颤了颤，她差一点就心软了，但是陈秋河又说："可惜我一点都不在乎失去你。"

她愣怔了一瞬，而后伸手狠狠甩了他一巴掌。

空气仿佛凝滞了，他们谁都没有动。良久后，林疏朗隔着桌子捧住陈秋河的脸，她匆匆拥吻他，眼泪沾在他的脸颊上。

"再见。"她放开他，转身离开。

陈秋河望着桌上那杯未动的水，暗自扯了扯嘴角，她果然喝不下去啊。

第十章 ◯

1

陆老师，我在你办公室外面，待会儿下班之后你有空吗？我有话想对你说。

陆颐薇的视线从屏幕上移到窗外，果然看到了正在向她招手的周梨落。因为之前的传言，两个人都尽可能避免与对方单独相处，以免刚刚平息的话题风波再度掀起。

她这才请了两天假而已，怎么一回来，这丫头就找她示好了？

陆颐薇站起来，往周遭看了看，并没有发现什么异样。总归也不能一直躲着，她答应了。

尽管如此，两个人一起走出学校时还是引起了不少关注和议论。

因为选的咖啡店离学校很近，她们决定步行前往。天气冷了，周梨落穿了一件雪白的羽绒服，长发束成高马尾。她挽着陆颐薇的胳膊，经过街边的玻璃橱窗时，从中映出了两个人的影子。

陆颐薇觉得，不管怎么看，自己都像是周梨落的长辈，她故意落后半步，不动声色地拉开了她们之间的距离。

到店后，周梨落抢着去点单，热情地表示自己要请客，陆颐薇推托不过，便也没再坚持。她找了个窗边的位子落座，过了一会儿，周梨落两只手拿着咖啡，还带着一个端托盘的服务生一起走了过来。

五六种甜品一一在面前摆好，她有点惊讶地看着周梨落，问："你是中奖了吗？"

周梨落抿起嘴角，突然展露出一个羞涩的笑容："也差不多算是吧。"

"那我就不客气了。"陆颐薇笑笑，拿起叉子叉了一块蛋糕放进嘴里，边品味边点评道，"是芝士的，不太甜，我喜欢。"

"那就多吃点。"周梨落高兴地说，"你喜欢我太开心了。"

这个表情十分诚恳，让她不得不相信周梨落的好意，不过……"为什么呢？"她用手托着下巴，支着疲惫的脑袋，问周梨落，"干吗突然又对我这么好？"

周梨落不好意思地抓了抓头发："觉得太对不起你了。"

"哦？"陆颐薇故作不知情地问，"有吗？"

"其实……"周梨落坦陈，"之前那个关于我和许致一，啊，不对，关于我和你前男友的谣言，是我故意制造的。你先不要生气，这事说来话长，我得花一些时间慢慢给你解释。"

看她那么紧张，陆颐薇反倒想笑了："好啊，我能边吃边听你说吗？"

"当然，当然。"周梨落一迭声地应道，又难为情地看了陆颐薇一眼，"啊，要先从暑假讲起了。你可能不知道，为了能早点见到陈冬野，我暑假特意提前回校了……"

这的确是一个很长的故事，而且周梨落十分不擅长总结，她几乎事无巨细地向陆颐薇呈现了她和许致一确定恋爱关系的全过程，一直讲到旁边的座位上换了三拨客人，才停下来。

本来一开始陆颐薇还听得心不在焉，但是这中间的许多细节太动人了，以至于她沉浸其中，连吃也忘记了。

令她觉得很神奇的是，那个与自己在一起多年的许致一，竟然在面对另一个女孩时如此不同。陆颐薇并没有因此嫉妒，相反，她觉得异常开心。

这说明当初她提出分手是个非常正确的决定，他们在离开彼此之后，终于有机会遇见那个可以让他们释放出"爱"的能力的人。

所以，在周梨落忐忑不安地看着她，等她给出一个回应时，她握住周梨落的手，用无比真诚的语气说道："我一点都不介意成为你们感情的推动剂，如果你觉得我有用，我可以授权你无限次利用。"

周梨落的表情从一开始的震惊慢慢转为欣喜："真的吗？陆老师，你真的一点都不生气吗？"

"完全不。"陆颐薇兴奋地表示，"甚至这两天失眠导致的头疼都好了不少。"

"啊？"周梨落担忧地问，"为什么失眠了？是陈冬野惹你生气了吗？你告诉我，我帮你教训他！"

陆颐薇笑着摇头，陈冬野不会欺负她，反而他总是受到命运的欺负。不想将话题带向沉重的轨道，她冲周梨落眨了眨眼睛："你刚刚说你已经见过许致一的妈妈了？"

周梨落点头："不过，那是个意外。我和许致一一起去他家附近的商场吃饭，正巧遇到了他妈妈。我当时穿的是许致一的外套，想撒谎都撒不了。"

"没关系的，他妈妈人特别好。"

"是的是的，"周梨落激动地附和，"超级和善，还邀请我有时间去家里吃饭，说要给我做好吃的。"

"真好。"陆颐薇顺势回道，但她也说不出更多别的话了，本来以前女友的身份真情实感送祝福就已经很奇怪了。

"所以陆老师，能不能麻烦你跟我们班主任说一下，我打算课余时间去许致一所在的律所兼职，就做那种打打杂的小助理，提前接触一下这个行业。"她的表情动力满满，"为了能成为许致一的贤内助，我打算以后往律师的方向发展了。"

陆颐薇难以置信："你们都聊到这么远了吗？"

"那当然。"周梨落坚定地扬了扬下巴，"等我一毕业，我们就打算结婚。到时候请你和陈冬野当伴娘伴郎好不好？"

那晚，她们就这个话题又继续讨论了很久。陆颐薇听周梨落如此胸有成竹地谈及和许致一的未来，羡慕得眼眶都渐渐热了。

等到和周梨落分别，她独自乘公交车回家时，那种落差感更重了。她掏出手机，想要给陈冬野打个电话，告诉他，她非常非常想念他。

但犹豫很久，还是放弃了。

爱情无法抄袭，那种甜蜜只属于许致一和周梨落。

2

自从那天分开，林疏朗就再未联系过陆颐薇。

尽管有很多个时候，陆颐薇都想打个电话问问，但又觉得无论以什么样的方式开口，都会引起她的反感。

毕竟，林疏朗已经明确地说过，如果不能给予她祝福，起码要尊重，但实际上陆颐薇连尊重也无法做到，所以，她选择避开他们。

如果不是那天晚上突然打来的电话，陆颐薇会继续贯彻这样的原则，等待时间为她和林疏朗的情谊续写未知的结局。

打电话给她的并不是林疏朗，而是许致一。

"林疏朗好像喝多了。"他模仿着林疏朗的语气，对陆颐薇说，"陆颐薇，你这个没良心的，要不是因为你，我根本不会和陈秋河那个人渣扯上关系。呜呜呜，都是因为你。"

"她给你打电话为什么要叫我的名字？"

"所以我才说她喝多了。"许致一像是想到了什么，又问，"陈秋河是谁？怎么听起来这么耳熟？"

不想过多解释，陆颐薇转移了话题："疏朗什么时候打的电话？"

许致一看了看手表："十分钟前。她一个单身女人，我实在不方便照顾，反正现在才八点，你打车过去看看吧。晚上尽量就在她那边住下，不要来回跑，不安全。"

陆颐薇点点头，突然觉得哪里不对劲，笑问："没想到周梨落把你调教得这么会关心人了。"

许致一沉默了一下，笑说："可能她表现得总是很需要我？我也不知道，但确实，我也发现自己好像变了。"

这句话让陆颐薇明白了一件事，林疏朗之所以喝得烂醉，大概是因为，陈秋河并不愿意做那个为她改变的人吧。

挂了电话，她收拾了几件日用品，又把上次买的解酒药都塞进包里，便匆匆出了门。

这样的情景似曾相识，陆颐薇仔细想了想，的确发生过。

不过那已经是很久之前的事了。林疏朗因为谎称和自己的作者发生一夜情离了婚，瞬间成为众矢之的。那个晚上，她也是一个人喝到烂醉，打电话给许致一，最后陆颐薇半夜打车去找她的。

林疏朗大概一直都不知道她那天晚上都说了些什么，当然，陆颐薇也永远不会显露出她早已明晰所有真相。

她的朋友林疏朗，是个非常重情的人，无关紧要的人怎样泼她脏水她都不在乎，但她受不了被亲近的人同情或嘲讽。

陆颐薇很清楚这些，也突然弄清楚了为什么林疏朗每次喝醉都先打给许致一，而不是自己。

并不是她喝糊涂了，而是她不允许自己向陆颐薇求助。但如果是陆颐薇主动伸出援手的，她也不会拒绝。

这个骄傲的傻子。

在敲开门，看到她哭红的眼睛和乱糟糟的头发时，此前陆颐薇心中所有的隔阂都消融了。"你看看你这副鬼样子。"陆颐薇故意斥她，"喝这么多酒干吗？"

"哇！看这是谁？"林疏朗笑着凑上前，大力揽住她的肩膀，使劲拍了拍，"我最好的闺密——陆颐薇来啦！"

被林疏朗拖着踉踉跄跄地走进客厅，陆颐薇被散放在地上的一大堆啤酒罐震住了。"你一个人喝这么多也不怕酒精中毒！"她用命令的口吻说道，"不准再喝了！"

见林疏朗乖顺地点点头，陆颐薇的语气当即软了下来："你吃晚饭没？我去给你煮点粥喝吗？"

这一次，林疏朗目不转睛地看着她，没有回话。

陆颐薇没有注意到林疏朗奇怪的神情，自顾自地收拾起了凌乱的桌面，嘴里还念叨着："就不该让你一个人待着，这要不是许致一给我打电话，你难道还要继续喝下去吗？不管怎么样……"

"喝醉了才能哭啊！"林疏朗出声打断了她，"喝醉了才能问出那句话。"

陆颐薇停下手里的动作，朝她望过去："你就别给自己找借口了，要问什么需要用这么多酒来铺垫？"

林疏朗的嘴角露出一个苦涩的笑容，她垂眸，像是在酝酿勇气一般。

这是陆颐薇极少见到的她，半晌后，她终于抬起头，脸上交织着郑重和哀求。陆颐薇突然有点怕了，她甚至不想听林疏朗接下来要说的那些话了。

"不能饶了陈秋河吗？"林疏朗哽咽了，"就把他当一堆垃圾丢在某个角落，再也不去过问，让他自生自灭不行吗？何必一定要送他进监狱？"

陆颐薇惊愕了一会儿才问："你都听到了？"

"我理解陈冬野，但是我没办法眼睁睁看着陈秋河被关进牢里。"林疏朗的嘴唇无法克制地颤抖起来，"放了他吧。"

3

陆颐薇是在刚走出教室时接到陈冬野的电话的，在学生们来来往往的走廊上，她惊喜地喊道："明天就回来了？"

"对，明天中午。"感受到她的喜悦，陈冬野也止不住扬起了嘴角。有一个期盼他回去的地方和一个渴望见到他的人，这让他感受到活着的重要性。"明天不是周六吗，中午我们一起在家吃饭好吗？"

"没问题。"陆颐薇旁若无人地应道，"我提前去超市买东西，你到时候直接来我家就好。"

陈冬野"嗯"了一声，又道："我很想你，陆颐薇。"

尽管已经感受到周遭的学生们投来的暧昧目光，陆颐薇还是羞涩地小声答了一句："我也是。"她心虚地看了看四周，语气恢复如常："明天见。"

努力保持着镇定自若的神情离开教学楼，陆颐薇直奔洗手间，在关上门的隔间里，双手捂着脸傻笑了半天，任门外的女生敲门抱怨。

从前总觉得离"今天"最近的时间便是"明天",但这一次,陆颐薇充分体会到了什么叫作"度日如年"。

下班后,她第一时间杀入商场。首先往返超市两次,不断拿起蔬菜又放下,为"今天买的菜明天是不是就不新鲜了"这种想法纠结了一小时,最终还是两手空空地走出无购物通道。

紧接着,陆颐薇又去自己喜欢的品牌店逛了逛,原本选好了一条长及脚踝的米驼色纱裙,但结账时又觉得款式似乎过于正式了,只是在家里吃顿饭,如果自己穿成这样,会给陈冬野很大压力吧?

她把裙子挂回原处,转战家居服专卖区,但是看来看去,要么过于性感,要么过于少女,陆颐薇忍不住在心里吐槽,怎么就没人专为她这样的三十岁女性设计一款舒适简洁又不会过分随意的家居服?

就这样,在商场耗费了三小时的陆颐薇最后空手而归。

洗完澡,敷了张面膜,陆颐薇躺在床上,听着时钟嘀嗒嘀嗒,一秒一秒地走动,心里焦急得不行。

太慢了,太慢了,如果可能的话,她真想冲进时钟里,帮助秒针跑快点。

怀着这些可笑的想法,陆颐薇辗转反侧到凌晨三点才终于睡去。也正因此,等她醒来时,已经过了上午十点。

手机里涌满了陈冬野发给她的微信,他凌晨四点半上车,每到一个站点就会向她报告。

在最新的消息里,他说:难得这列绿皮车今天没有晚点,一个半小时之后我就能下车了,打车回家还需要半小时。手机快没电了,待会儿你如果联系不到我也别担心,我会直接去你家的。

这段话上面是一条短短的语音,陈冬野用温柔的声音说:我终于可以见到你了。

陆颐薇的耳朵有一瞬的酥麻，她一个激灵爬起来，完了完了，她要来不及了。

在脑海中迅速进行了一番规划，陆颐薇确信自己无法在两小时的时间里同时完成购物和装扮自己两件事。所以，她决定向林疏朗求助："救命。"

林疏朗愣怔了一下才问："怎么了？"

"我需要你帮我去超市买一些食材，我等一下会微信发给你一个单子，你照着买完开车送到我家可以吗？"陆颐薇哀求道，"我知道我的要求很不合理，但此事关系到我的幸福，你一定得帮忙。"

林疏朗瞠目结舌了半晌，了然地笑了。"陈冬野要回来了是吧？"她叹口气，"虽然我真的很想为你的幸福出一份力，但是怎么办呢，我现在人在高铁上，跟我们主编去外市参加书展了，要不你点外卖？"

"啊，对，外卖也可以。"陆颐薇恍然大悟，"你果然聪明，挂了。"

但等她打开外卖软件时才觉得夸林疏朗夸早了，因为到了就餐高峰，附近的几家餐馆都不接受外送订单了。

而且，陈冬野刚因为丧事回来，她还是想亲自做几道家常菜，展示作为女朋友的贴心温暖的一面……

陆颐薇边刷牙边转动大脑，突然，她想到了一个人。

许致一。许致一有车，他家楼下就是一家连锁超市，完美符合陆颐薇要求的各项条件。

为了能打造一个美好珍贵的重逢时刻，她将所有的不好意思都抛诸脑后了，对着许致一背诵了一遍刚刚的说辞。他虽然抱怨着还有工作没做完，但还是应了下来。

陆颐薇总算放下心来，精心地挑选了一件浅灰色针织连衣裙换上，又稍微用卷发棒修饰了一下发尾，最后开始耐心地一步步展开化妆程序。

在这个冗长的过程中，陆颐薇渐渐明白了一件事。

爱情是你开始对自己有更多要求，而不是频繁地去要求别人。

她甘心做着这些以往都会嫌麻烦的事，心情甚至是雀跃的。最后涂好口红，陆颐薇满意地审视着镜中的自己。

脑海中忽然浮现起不久前的场景，她真的变了很多，而这变化还是因她从不信任的爱情而起。

门铃声响起，打断了陆颐薇的思绪，许致一来得还挺快。

她这样想着，拉开门寒暄道："你是飞来的……"话还没问完，陆颐薇就震惊地顿住了。

"你在等人吗？"宋女士打量了她一眼，"穿得这么正式，还化了妆？"

陆颐薇的目光来回扫过眼前两副熟悉的面孔，惊诧地问："爸，妈，你们怎么突然来了？"

"明天有雪。"陆爸爸拎起手里的行李箱，"你妈非要来给你送冬衣。"

"太冷了，快进去。"宋女士推了推自己的老公，然后两个人便从女儿的左右两侧进了门。

陆颐薇傻眼了。

4

趁父母参观她的出租屋时，陆颐薇闪进卧室，把门反锁。她深吸了一口气，告诉自己要冷静。

你可是连婚都敢悔的勇敢成年人，她这样给自己打气，开始想应对办法。

不管怎么说，在这个节骨眼儿上让陈冬野毫无准备地见自己的父母很不妥，她很担心，虽然这种担心不应该，但她还是无法有足够的底气选择直面。

所以，陆颐薇开始给陈冬野打电话，想告诉他暂时有事，不要过来，但是打了几次都是关机的状态。

他说过手机快没电了。

陆颐薇双手握拳，无声尖叫了半晌，然后想到了正在赶来的许致一，没办法了，只好先拿他做挡箭牌了。

"你到哪儿了？"陆颐薇在电话里焦急地问。

许致一没好气道："楼下了。喊我干活还好意思催。"

"情况有变。"陆颐薇小声陈述了一下父母突袭的原委，然后道，"待会儿你来了就不要走了，万一陈冬野来敲门，你就过去帮我应付一下。"

"呃……"许致一有点不放心地问，"这样不好吧，万一你爸妈误会我们复合了怎么办？"

陆颐薇正好也有这个担忧："那就这样，待会儿吃饭的时候，你跟我爸妈说，难得他们都在，想要宣布一个好消息，你已经有女朋友了，正在商量结婚的事之类的，直接断了他们的念想，省得他们不死心，老鼓动我去找你。"

"行吧。"许致一很痛快就答应了，"反正我已经坐实了你和陈冬野那小子的牵线月老身份，也不差再多帮你们一次了。"

事情按照计划进展得十分顺利。许致一和自己虽然没有成为夫妻的缘分，却出乎意料地深得彼此父母的喜爱。

陆颐薇拿着那些蔬菜去厨房忙碌，不时听到客厅里传来笑声，心中总不自觉地漫过丝丝担忧。

以后和陈冬野真的在一起了，父母会对他释放这样的暖意吗？

很难吧，以父母看待合格女婿的标准，陈冬野和许致一本来就不是同一类型，几乎没有可比性。

以前也不是完全没有考虑过这些问题，但终究是没被逼到份上，此刻她才真切感受到，爱情来的同时，困难也一并赶来了。

在现实生活中，两个人在一起并不能仅仅因为相爱。这也是陈冬野直至今日都没有跟她聊起过未来的原因吧。

他虽然小自己几岁，却总是通透、理智的。

是因为失去过太多，所以再也不渴望拥有了吗？

陆颐薇垂眸，在知道更多他的事情之后，只要一想起他，她就觉得非常心疼。

门铃响了，打断了客厅里的笑谈，许致一故意高声喊道："陆颐薇，有人按门铃。"

陆颐薇回过神，心虚地应了一声："哦，你去看看吧。"

她咬着嘴唇，心跳声几乎盖过了许致一的脚步声。

好几天没见陈冬野，本来想一见面就拥住他，告诉他"别难过，还有我在"这种话的，但是现在……

门开了，陈冬野脸上的笑容瞬间僵住了，他轻轻问："怎么是你？"

许致一往后看了看，压低声音道："陆颐薇的爸妈来了，她让你先回去，待会儿把他们送走再去找你。"

陈冬野看着他，良久后，点点头："好。"

"哎……"许致一想起了什么，追出门，拍了拍陈冬野的肩膀，"节哀啊。"

"致一，谁啊？"

陆爸爸的声音从客厅传来，许致一怕露馅，赶紧退回屋里，关上了门，随口应道："快递，认错门了。"

陈冬野脚下蓦地顿住了。

他知道自己不应该介意，更不该感到失落，毕竟都是意料之中的事。他告诉自己没什么，但不知为何，下楼的步子却变得越来越沉重了。

心心念念想见的那个人，将他拒之门外了。

陆颐薇的一顿饭更是吃得难以下咽，不过这并没有引起父母的怀疑，因为许致一按照约定在席间坦陈了自己将要结婚的事，父母大概以为女儿一时无法接受才显得郁郁寡欢。

吃过饭，陆爸爸便找了个理由让许致一先走了。他前脚刚把门关上，宋女士就生气地嘱咐陆颐薇："既然他对你完全没有感情了，你以后也少跟他来往吧。"

陆颐薇乖顺地应着，内心只希望父母赶紧离开。

他们确实没再久留，宋女士帮着将餐盘清洗干净，便拉着黑脸的父亲气咻咻地走了。

在客厅窗前看着他们一直走远，完全消失在视线中，陆颐薇便立刻冲下楼，去找陈冬野。

只是，她敲了很久，门都没有开。

"你不在吗，陈冬野？"她喊他，没有人应，"你是生气了吗？你能不能说句话？"

"到底去哪儿了？"陆颐薇喃喃道。

焦虑、委屈、愧疚和失落一并袭来，她眼眶一红，竟忍不住抹起了眼泪。

5

"为什么哭了？"

陆颐薇回过头，看到拎着购物袋的陈冬野不知何时站到了自己身后。她垂眸，小声地道歉："对不起，刚刚……对不起了。"

陈冬野走到她身边，手臂自然而然地揽住她的肩："既然来了，就给我做蛋炒饭吧，食材都给你买好了。"

陆颐薇被他带着一起上楼，客厅茶几上放着招待客人的茶杯，杯子里的茶水甚至还冒着热气。陈冬野坐在沙发上，尽量忽略掉内心的不自在。

相处这么久了，之所以迟迟没有跟陆颐薇正式告白，就是担心自己会产生更多渴求。

只在她的人生里占据一小段时光，他其实就已经非常知足了。

愣神之际，陆颐薇走过来快速收走了那些杯子。陈冬野与她对视一眼，谁都没有开口说话。

陆颐薇继续回到厨房忙碌，她其实非常忐忑，陈冬野与其这么平静，倒不如对她发火更痛快。

因为心虚，她连头也不敢回，等到炒饭完全做好，端出去之时，才发现陈冬野靠在沙发上睡着了。陆颐薇蹑手蹑脚地走上前，将炒饭轻轻放到茶几上。

怕惊扰陈冬野，她没有往沙发上坐，只是斜倚着沙发扶手凝望他。

影视剧中，每当主人公遭遇变故总会突然变得又瘦又憔悴，但其实，陆颐薇并没有在陈冬野脸上发现什么大的变化。

他那么年轻，能够很快地消化掉连日睡眠不足的疲乏。

他一如既往地英俊，甚至因为眉目间有了更多情绪而变得更深沉了些。

如果不是两个人有了意料之外的交集，这将会是一张放在人群中陆颐薇的目光也不会过多停留的脸。

并不是他的长相吸引力不足，相反，是她认定自己不属于他挑选恋爱对象的行列。

那种感觉似乎就像三十岁的女人在商店里看到一条非常漂亮的公主裙，很喜欢，但是并不会想要拥有它，因为不适合。

将陈冬野比喻为那条公主裙或许很奇怪，但真相是，陆颐薇现在确信，她有了拥有那条公主裙的心愿。

是不是应该，又或者说，能不能克服所有奇怪的目光，穿上它，大方示人？

如果不能的话，是不是早点说清楚比较好？

她凑近陈冬野，无法克制地想要拥抱他。

似乎只有拥抱才能让她感受到真实，不再摇摆彷徨。

她轻轻挪到他身边，手指触到陈冬野的肩膀时，他睁开了眼睛。

因为刚刚醒来，陈冬野的目光透着几分惺忪，他盯着她的脸，像是痴迷了。

陆颐薇躲开他的审视，慌乱地说道："饭做好了，起来……"

她的话还没说完，人就跌进了陈冬野的怀抱里。他把下巴搁在她的肩上，微微歪了歪头，温热的气息便喷拂在了陆颐薇的脖子里。

她下意识地紧了紧肩膀，陈冬野感受到她的战栗，嘴唇移到她耳边，小声道："下雪了，陆颐薇。"

她抬眼望去，果然，雪花从窗前轻舞而过。

"是初雪吧？"陈冬野向她确认。

陆颐薇点点头，她懂他的意思。

"那就当之前的一周没有存在过吧。"他直起身子，在很近的距离盯着她的眼睛，"我们从现在重新开始吧。"

陆颐薇看着他逐渐变红的眼睛，不知道该说些什么。

"不能是吗？"陈冬野突然笑了，"如果能因为重复经历的天气而抹掉时间，那就太好了。"

比起无法坦陈的过去，他宁可选择失忆，让一切成为再也无法拼凑的碎片，永远被丢弃在岁月长河里。

他亲了亲陆颐薇的嘴角。"除了担心不能再遇见你。"陈冬野悲伤地说，"虽然不想给你这样的压力，但是陆颐薇，现在我人生里唯一珍贵的可能只有你了。"他看着她，"反正你已经拥有那么多了，再多一个我也不算累赘是吧？你再坚定一点，等等我行吗？"

陆颐薇突然后撤身子，对于背负上另一个人的人生，她迟疑了。

陈冬野望着她抽离的手，垂下眼睛，抿起了嘴角。

沉默持续了很久，他故作无恙地端过那盘蛋炒饭，笑道："让我看看你这次虾放得够不够多。"

陆颐薇顺势转移了话题。

但是，问题不会因为逃避就消失。

正如那次林疏朗醉酒时，哭着哀求他们放了陈秋河，她因为不知道该如何回答，只能选择藏进心底，再未提起。

这一次，陆颐薇又卑劣地躲开了。

6

"怎么样？昨天陈冬野没跟你吵架吧？"许致一在电话里关切地问，"要不要我出面帮你解释一下？"

陆颐薇正为这事心烦，一肚子郁闷无处发泄，既然有人找上门来，她也就毫不犹豫地抱怨了："早就告诉你陈冬野已经不做快递员了，为什么偏偏说他是快递员啊？"

"我当时哪能考虑那么多，还不是随口一说。"许致一恍然道，"怎么，陈冬野很介意吗？那有什么难的，我请他吃顿饭好了，大不了我道个歉。"

陆颐薇忽然觉得很好笑："你也对我的恋爱太上心了吧？难道是害怕我回头找你复合，影响你和周梨落的关系？"

"也有一部分原因吧。"许致一倒挺坦诚，"不过主要还是觉得，只有我一个人幸福的话，很对不起，大家毕竟也是携手七年的战友……"他突然笑了，"陆颐薇，我这么一个不解风情的直男，最近总是在心里感慨缘分很奇妙这种事，你说我是不是被周梨落带得思维变年轻了？"

陆颐薇毫不留情地反驳道："缘，妙不可言。这句是中老年人语录，拜托你没事的时候也网上冲冲浪吧，不然很快就会和梨落有代沟了吧？"

"你看你看，我好心来帮你，你还损我。"许致一不高兴道，"算我多管闲事。"

"真想帮我？"陆颐薇叹口气，"请我喝酒吧。"

虽然痛快地答应了，但是陆颐薇刚喝了一杯啤酒，就被许致一夺走了。"就你那个酒量，你再喝点酒就只剩吐了。"他无情地耸耸肩，"我可不想花钱看你呕吐。"

陆颐薇盯着许致一看了半晌，面前这个人表面什么变化都没有，但是举手投足间总能让她捕捉到周梨落的神态。"你也被同化得太快了吧？"她放下酒杯，长长叹了口气，"真羡慕你，我要是个男的就好了。"

"你说什么呢？"许致一笑道，"这就醉了？"

"我是说真的。"陆颐薇表情郑重地望着许致一，"你不觉得吗？

这个社会总会对女性提很多莫须有的要求，女性的各种行为都被标榜在道德的框架里，稍有不慎就会被身边的所有人抨击。"

许致一回视她说："我不听没有证据的观点。"

"证据？"陆颐薇往后靠了靠，"例如，我们选择在结婚前分手，明明是两个人共同的决定，但是一直以来受到负面影响的都是我。我得不停地接受别人的各项心理考核，以证明做出这件事的我没有疯。因为大家都觉得我三十了，失去这一次机会就变成剩女了。最亲的父母甚至怪我更多，他们不过问我的诉求，只认定我要完蛋了。而你呢？除了被你爸骂了几句'没用'，是不是大多数时间都在享受亲朋好友的恭喜，祝贺你回归单身贵族之类的？啊，特别是你现在又交到了年轻貌美的新女友，大家一定没少说'幸好你和陆颐薇分手了'这种话吧？"

许致一被质问得有点蒙，他尴尬地摸了摸后颈。"也没这么夸张好吗？"

陆颐薇耸耸肩，语调从刚刚的激昂变得酸楚："你和周梨落在一起，接受的都是赞羡，但我和陈冬野，面对的全是质疑。"她抬起眼睛，望着许致一，"就因为我们性别不同不是吗？"

许致一这才明白陆颐薇找自己喝酒的真正原因，但是，他摇摇头："我不同意你的观点。如果这么说的话，即便我没有被诟病，那周梨落呢？她那么年轻，我比她大了十几岁，别人会怎么评价这段恋情？她不是同样在接受质疑吗？可我为什么从来没有因此而焦虑过？是因为她勇敢，她在我面前所展现出来的态度是确定无疑的，这让我变得对这份感情充满信心。"

他往前探了探身子，声音低了下来："陆颐薇，你觉得爱情是什么？我在和周梨落交往的这段时间里，充分感受到的只有两样东西，一是互相需要，二是互相信任，两者缺一不可。但我和你之间，只有信任，没有需要。你和陈冬野之间，只有需要，没有信任。你不相信你们会有结果，他因为你的不信任而自我怀疑，所以你们才会走到现在犹豫不决的境地。"

末了，许致一拍拍她的肩膀："别再拿别人当幌子了，不如仔细考虑一下到底要不要和他继续下去。毕竟，无论计划得多么周密，我们也不可能完全预料到明天一定会发生什么。"

一直到许致一开车送她回家，陆颐薇的脑海中还翻来覆去地闪现着他最后说的那段话："如果你觉得大家的评判标准对你不公平，那你就去打破它好了。就像法庭上的辩护，你也去用事实证明自己的结论吧，为了赢得陈冬野。"

枝丫上仍留着薄薄的积雪，霓虹灯下，世界忽然变得充满明艳的色彩。

选择去看黑暗的角落，还是走进闪耀的光亮中，其实都是自己的选择而已。

陆颐薇转头，对正在专心开车的许致一说道："从前面拐弯吧。"

"啊？"许致一看了看导航，"还没到拐弯的地方呢。"

"不回去了。"

"那你去哪儿？"许致一想了想，立刻声明，"这大半夜的，我可不能收留你。"

"别臭美了。"陆颐薇翻了个白眼，"去我爸妈家。"

"去那儿干吗？你不记得昨天你爸妈想吃了我的表情了？"

陆颐薇抿起嘴角，狡黠地眨了眨眼："做一件勇敢的事。"

"你这个样子让我特别不安。"许致一忍不住问，"你到底想干吗？"

"偷户口簿。"

7

"这是什么？"陈冬野抬起脸，惊讶地问陆颐薇。

陆颐薇敲了敲户口簿的封皮，笑道："你不识字了吗？"

正值傍晚，大部分上班族已经下班，学生们也正处于晚自习前的休息时间，书店里有不少顾客。陈冬野将陆颐薇拉到一列书架后面，小声说："我是问你为什么要给我你家的户口簿。"

"哇！"陆颐薇皱着鼻子摇摇头，"陈冬野你真的白看了那么多书，逻辑思维也太差了吧？好，我问你，做什么事需要户口簿？"

陈冬野想了想，弯起嘴角："你难道是要和我结婚吗？"

他的语气充满了自嘲，但陆颐薇郑重地点点头："我是这么想的。"

陈冬野呆住了。

见他半天都没有反应过来，陆颐薇用手肘碰了碰他，嗔怪道："你就准备用这副表情应对我的求婚吗？"

"不是……"陈冬野总算回过了神，他指了指那个户口簿，"所以，这个东西你一直随身携带着吗？"

"那怎么可能。"陆颐薇凑到他耳边，答道，"我偷的。"

陈冬野抓住她的肩膀，又好笑又无奈地看着她："你先回家等我，我们下班再谈。"

自始至终都没有在他脸上找到喜悦的表情，陆颐薇开始怀疑是不是自己搞错了，陈冬野并没有想要跟自己结婚的打算。

大多数年轻人选择恋爱就只是为了恋爱，而陈冬野属于年轻人的类别。

那就太糟了……为了避免两个人独处谈论这种话题的尴尬，陆颐薇主动提议："我就在咖啡休闲区等你好了。"

书店把视野最好的区域给了这里，因此坐在座位上时，陆颐薇几乎可以看到书店的各个角落。

这么看过去，才发现有那么多情侣。

高中生，穿着正装的年轻人，甚至还有拎着超市购物袋的老年人。

在陆颐薇的思维里，还保持着用“亲密”来衡量爱情的习惯，在她看来，似乎表现得不够亲密就不够爱。但这一刻，视线中的每一对情侣所呈现出的状态都是不同的。

有的凑得很近，说着悄悄话；有的则只是并肩站在书架前，读着手里的书；还有噘起嘴巴的少女，拎着手里的书包朝恶作剧的男生轻轻打过去……

既然爱情可以有这么多的表现形式，陆颐薇突然产生了希冀，是不是她也能和陈冬野共同构建只属于他们的爱情风格？

纵使三十岁才学习认识爱、理解爱，但她想，或许并不是所有人都能迎来这样的机会。有些人可能终其一生，都没有机会遇见那个想爱的人，最后只是在漫长的人生旅程中结了个伴。

她把目光投向正为下班做准备的陈冬野，在别人看来，他们一定不是最适合彼此的人。

但是这个标准为什么要交给别人来衡量呢？

两个人选择携手共度余生，其实已经等同于抛弃了所有或贫穷或富裕的过往，所以，那些惯常用来计较的附加条件才会在真正进入婚姻后失去作用。

已经决定了！陆颐薇想。

虽然不推崇抛弃面包的爱情，但没有爱情，只要面包的人生又有什么意义？

她又不是饿死鬼变的。

陆颐薇被自己的想法逗笑了，陈冬野过来叫她，忍不住问：“想什么呢，这么开心？”

　　“想你。”她难得调皮地眨了眨眼睛，“确切点说是你和饿死鬼谁比较有魅力。”

　　陈冬野抿起嘴角，什么都没说。

　　所以陆颐薇没想到，他听懂了。

　　两个人在离书店不远的街边长椅上坐下，昏黄的路灯照亮头顶光秃秃的树干，空气清冷。陈冬野牵过她的手，毫无预兆地开口了。

　　“我不会让你因为跟我在一起而付出抛弃全部的代价的，”他转头看看陆颐薇，“所以，户口簿趁你爸妈还没有察觉，赶紧还回去。等到有一天，他们会主动拿给你的。”

　　陆颐薇立刻变得有些不高兴：“那要等多久？”

　　“等多久又有什么关系？”陈冬野笑着反问她，“反正我们不会浪费掉相爱的时间。”他倾身抱住了她，“而且，我还不够资格。哪怕你不对我提要求，我自己也有标准，我达不到就没资格许诺。反正，你什么都不需要做，相信我就够了。”他说着将她拥得更紧了，“陆颐薇，你愿意相信我，真是太好了。”

　　马路对面，有人向他们投过来一道冷厉的目光。他远远欣赏了一会儿，寒冷冬夜的街头，依依不舍的恋人坐在长椅上亲密相拥。

　　“过得真幸福啊，你们。”陈秋河扬了扬眉。所以，那些残酷的不幸又都落到他一个人身上了吗？

　　那可不行，陈秋河的嘴角收紧了。

　　他放弃了去找陈冬野要钱的计划，反身离开。

　　他弟弟拥有那么多好东西，只要钱岂不是太见外了？他得重新思考一下了，还能从陈冬野手中夺走些什么。

第十一章 　◇

1

　　陈冬野突然变得非常忙碌，陆颐薇完全不知道他究竟在做些什么，但是因为之前郑重表示过会信任他，所以也不好开口多问。

　　怎么办呢？毫无例外，陆颐薇再次想到了那个可以帮她排忧解难的人。

　　许致一倒是对自己拥有的新身份适应得很快，他接到陆颐薇的电话之后，很直接地问："怎么了？又要我帮什么忙？"

　　既然他这么上道，陆颐薇也干脆省略了寒暄："你去找陈冬野旁敲侧击一下，探探他最近都在折腾什么。"

　　许致一很高效，十分钟后就回了电话过来："他在张罗买房。"

　　"买房？"陆颐薇难以置信地问，"不可能吧，他哪儿来的钱？"

　　"应该是钱不够，所以他刚刚咨询了我一些贷款的事。"

　　"你怎么说？"

　　许致一理所当然地回答："实话实说。他没有连续缴纳社保，任职单位也不稳定，这样的征信申请银行贷款会比较困难。即便银行同意放款，根据他的个人收入计算，他所能贷到的数额也不会很大，利率高，首付也需要更多，总之，我劝他最好还是全款购房。"

陆颐薇在电话这头翻了个白眼："那你还不如直接劝他放弃算了。"

"好了，你的问题我帮你解决了，现在该你帮我的忙了。"

陆颐薇这才恍然："难怪今天答应得那么痛快，原来是在这儿等着呢？说吧，要干吗？"

"周末把周梨落带出去逛一天。"许致一苦恼地搓了搓额头，"因为那丫头，我的工作效率极低，我现在已经攒了不少文件没看了。后天就开庭了，我得恶补一下。"

陆颐薇忍不住笑了。"真没想到，热爱独立和自由的许致一有朝一日也能栽倒在女人手中。"她又故意改口，"不对，是女孩手中。"

"亲，劝你轻嘲。"许致一不自觉地用上了周梨落常说的网络语，自己都被吓了一跳。

陆颐薇笑得上气不接下气。"你正常点，我害怕。"笑够了，她领下了这份任务，"就当还你人情。"

周日一早，陆颐薇就将周梨落约到了宜家商场门口碰面。

既然陈冬野已经开始看房子了，她也不能落后吧？家具方面就由她操心好了。

原本还担心失去和男朋友亲密相处的时间，周梨落会失落，谁承想到了商场内，她表现得比自己还兴奋，忙着在各个样板间拍照，大约已经在脑海中完成了大到客厅卧室、小到玄关仓库的全屋设计。

陆颐薇看着她的模样，顿时觉得有些羡慕。

但其实明明自己也有过十九岁的时候，只不过，十九岁时都做过什么，陆颐薇已经忘记了。

可惜再也不能回到那时去弥补什么了。

在周梨落试坐展厅里的每一只凳子时，陆颐薇接到了林疏朗的电话，她犹豫了一下，走到一旁接起来："喂！"

"你在干什么？一起去逛街吗？"

"你今天这么难得？居然没有加班？"

"其实还有工作没做完……"林疏朗用手搓了搓额头，"但是实在没什么心情。"

陆颐薇为难地看了一眼周梨落："我受许致一之托，正在帮他照顾女朋友，可能得晚上才能空出时间，你要不要加入？"

"许致一交女朋友了？"

陆颐薇故意自嘲道："我以为你会比较惊讶我居然帮他照顾女朋友。"

林疏朗笑了："没什么可惊讶的，这本来就很像你能做出来的事。"

"所以，我诚邀你来当面嘲笑我，来不来？"

林疏朗想了想，还是拒绝了："我跟人家又不认识，我这人也不怎么懂得迁就，别破坏了你们的气氛。你好好继续完成作为前女友的神奇任务吧，挂了。"

把手机放回桌上，林疏朗又在电脑前坐了一会儿，眼睛明明停留在屏幕上，思想却控制不住地神游。

罗伊新交的这篇连载里，出现了一个大纲中并不存在的人物，名字好巧不巧，也叫秋河。

本来以为已经掩藏得非常严实的记忆，犹如缕缕烟雾，从夹缝中冲了出来，萦绕在四周，越来越浓，几乎将她包裹起来。

陆颐薇没能接收到她求助的信号，这很遗憾，但是林疏朗也不想就此继续等待被烟雾淹没了。

屏幕上弹出一条新的微信消息：怎么样，新一期内容满意吗？

那个叫秋河的新人物是不是很带感？

林疏朗没有回复，她合起笔记本电脑，从沙发上随手抓了件外套罩在外面，换好鞋子，冲出家门。

站在楼道里，长长舒了口气。

开始自救吧。

林疏朗这么想着，迈开了步子。

2

抬起头，林疏朗又看到了那个招牌，上一次来还是夏天，此刻，周遭风景的变化让记忆甚至出现了某种偏差感。

是不是一切只是她的幻觉？

关于陈秋河，关于两个人之间那些凌乱又特别的经历。

自从上次与他划清界限，她再没有见过他了。林疏朗为自己产生过有可能会被陈秋河纠缠的想法而感到可笑。

她太自作多情了，不是吗？

她既不能改变陈秋河，当然也不会被留恋。

人真的很奇怪，对方纠缠的时候觉得很烦，但是放弃得如此轻易又觉得不甘心。

这就是林疏朗会来这里的原因。

她想再试一次，如果能见到陈秋河，就装作不经意地偶遇，打个招呼就能确定他的态度，虽然自己也不知道为什么还要多此一举来确认。

但是如果不能再见，她就将这当作结束的信号。

认了。

做足了心理建设，林疏朗正要迈步，身后传来一个耳熟的声音："真巧啊！"

她一愣，转过头去。

大约是为了惩罚她的妄想，命运没有安排她再遇陈秋河，而是碰到了最不想见到的那个人。

"离我远一点。"林疏朗脸上的表情顿时绷紧了。

"哈哈，我知道你当然不是来见我的。"杨力绕到林疏朗身前，他伸手指指自己的胸口，"上次被你的相好打得卧床一整个月，到现在这里还疼得不行，怎么样，是不是该给点医药费？"

林疏朗审视着面前这个男人，样貌没变，但因为颓废堕落完全成了另一个人。

持续暴瘦让他看起来弱不禁风，一个勾拳都无法抵挡吧？

林疏朗的勇气慢慢回归了，她冷冷地说道："我再说一遍，离我远一点。"

杨力撇撇嘴："林疏朗，你也太绝情了吧？不过也是，毕竟我这里可存了太多你不堪入目的形象。"

他指指自己的眼睛，露出令人恶心的笑容。林疏朗的脸彻底沉了下来，她问："所以呢？是打算让我把你的眼睛挖出来吗？"

杨力大笑起来。"挖了眼睛有什么用，我的脑子里还有记忆存储呢！"他伸出一只手，"要么给钱，要么……我找机会跟那个叫陈秋河的详细复述一下你趴在床上求饶的全过程怎么样？"

林疏朗攥紧双手，努力克制着愤怒引起的颤抖："我有个更好的建议。"

"洗耳恭听。"

她凑近杨力，小声道："你去死吧。"然后，林疏朗用尽全力一脚踢向杨力的裤裆。

在他的惨叫声中转身往路边走，她很后悔自己把车停到了马路对面。

在焦急地等待红灯时，杨力突然从后面冲上来，抓住林疏朗的头发，像甩一块抹布般将她扔到了地上。

接下来的画面变得很破碎，疼痛的过去在一瞬间占满脑海，她忘记了自己其实拥有反抗的力量。

不知道过了多久，有人叫来一名警察，杨力最后往林疏朗的肚子上踹了一脚就跑了。

她被警察扶着坐起来，脸颊肿胀，头痛欲裂，眼前的一切都成了虚幻的假象。

"我没事。"林疏朗气急败坏地喊着，"都不要管我！都别管我！"

然后，她跟跟跄跄地穿过马路，用了五分钟才打开车锁，坐进驾驶座。

身体开始无法自控地抖了起来，林疏朗甚至怀疑自己过不了多久就会把全身器官抖得七零八落了。

但显然，她的身体比想象中坚强。

等到略微平静下来，她发现自己的右手腕断了。难怪刚才怎么都使不上劲。

纵然再有意志力，林疏朗也无法用一只断手开车回家。

她自救失败了，而且搞得一团糟。

不能找陆颐薇，自己已经拒绝过她了。许致一也不行，毕竟他连自己的女朋友都得托人照顾。

谨慎思考后，林疏朗打给了罗伊。

"半小时后你不到的话，我死了你负全责。"她在电话里有气无力地威胁他，"这就是遗言。"

3

陆颐薇知道林疏朗受伤的事已经是两天之后了。因为周末那次拒邀，她一直觉得有点愧疚，所以，周梨落请她和陈冬野平安夜一起去房车烧烤，她犹豫了半天，还是回绝了。

除了担心陈冬野不适应这样的多人场合，会觉得尴尬，陆颐薇还想趁此机会弥补一下林疏朗。

平安夜丢下男朋友去陪她，应该算是很够意思了吧！

本准备借此好好邀功，结果电话打出去很久才有人接，而且对方并不是林疏朗。

"你好，病人正在休息，不方便接电话。"

"病人？"陆颐薇惊愣了几秒才反应过来，"您是说手机的主人生病了吗？"

"对，她是因为外伤入院的。"那位女护士态度很友好地解释，"不过已经做了处理，今天下午就可以出院了。"

问清楚了医院地址，陆颐薇没再耽搁，立刻打车赶了过去。

她到的时候，林疏朗正在吃午饭。

因为右手包扎着，她只能用左手拿餐具，吃得很费力。或许是察觉到了别人的注视，林疏朗朝门口转过脸来。

陆颐薇的眼眶立即红了，她伤得不轻，整张脸上布满多处淤青。

"咦？"林疏朗惊讶地问，"你怎么来了？"接着她又自言自语，"哦，刚刚护士跟我说有人打电话过来了，原来是你啊！"

陆颐薇走到床边坐下，端起桌上的米饭，又从林疏朗手中夺过勺子，先挖了一勺米饭，又用筷子夹了菜放在上面，送到她嘴边。

林疏朗毫不客气地张开嘴巴，一副很享受被人伺候的模样。她边咀嚼着边口齿不清道："我知道你要训我，但先等我吃完，我已经两天没吃饱饭了。"

陆颐薇垂着头，什么话都没说，一勺一勺地挖空了碗盘里的饭菜，抬起头的瞬间，两个人都已经是泪流满面。

"谁干的？"陆颐薇哽咽着问，"是陈秋河吗？"

林疏朗抹了把眼泪。"别问了，不想说。"

"你不说是吧？"陆颐薇霍地站起来，"那我只好报警去抓他了。"

在陆颐薇转身之际，林疏朗拽住了她的胳膊。"不是陈秋河。"手指越收越紧，从齿缝中挣扎出来几个字，"是那个人。"

帮林疏朗办理出院手续时，陆颐薇仔细看了一下诊断记录，如果不是身在医院，她真的当场就要气爆炸了。

她打电话将许致一叫来，两个人协力劝说林疏朗报警。许致一甚至拍着胸脯保证："就算构不成刑事案件，也一定能让他吃几个月牢饭。"

陆颐薇也主动提议道："你就安心养伤，流程上的事情我和许致一帮你跑，只要不是你必须出面，你什么都不用管。"

林疏朗的目光扫过面前的两个人，然后移到了打包好的行李上。"算了。"她语气平淡地说，"我不想跟他有任何牵扯。"

"什么就算了？"陆颐薇厉声反驳，"这样的人渣，不受到法律的制裁，以后还会祸害别的姑娘。林疏朗，你不是最有正义感的吗？"

许致一拽了拽陆颐薇，摇摇头示意她别激动。陆颐薇挣开他的手，眼眶忍不住又热了。"那个浑蛋不止一次了，凭什么就这么次次被他欺负啊？林疏朗你怎么这么懦弱！"

"没必要。"林疏朗抬起头，对陆颐薇笑了笑，"这样的人不值得浪费时间。"

"别装了。"一向态度温和的陆颐薇突然变得咄咄逼人，"别以为我不知道，你就是要面子，怕曾经被家暴的事情曝光不是吗？"

　　笑容僵在了林疏朗脸上，她盯着陆颐薇，半晌才说道："你都知道干吗还要逼我？我为了不把这件事张扬出去，离婚的时候连自己出钱买的房子都拱手相让了。现在公之于天下不是白白损失了那么多？还得遭到各种乱七八糟的非议，我不愿意。"她坚定语气，重复强调，"我不愿意，你懂了吗？这是我自己的人生，谁也没资格插手。"

　　许致一见两个人之间的氛围变得越发剑拔弩张，赶紧出来打圆场："都少说几句吧。"他把头转向林疏朗，劝慰道："陆颐薇也是为你鸣不平才主张报警的，决定权当然还是在你手里，你好好想想，随时跟我联系就好。你俩也别在医院吵吵了，也不怕一会儿被保安抓起来。"说着他伸手去拎床上的行李袋："走吧。"

　　"不让别人插手你的人生是吗？"沉默了半晌的陆颐薇突然再度开了口，"那你为什么要插手别人的人生？"她抬起头，打量着林疏朗的神色，"你又凭什么要求陈冬野饶了陈秋河？"

4

　　警察找上门的时候，林疏朗正试图用左手打开一罐啤酒。因为右胳膊吊在胸前，她很费劲地折腾了半天，脏话飘了好几串。

　　门铃响了，她欢欣雀跃地抓着啤酒往门口走去，心想不管来人是谁，哪怕找错了门，也要让他帮忙开罐啤酒。过度兴奋让林疏朗把最基本的安全意识都忘记了，她略过了从猫眼查看情况的过程，直接拉开了门。

　　"林疏朗是吗？"穿制服的警察将工作证亮出来，面容冷峻地问，

"你的前夫杨力最后一次联系你是什么时候？"

林疏朗猛地一惊，她审视着警察的表情，模棱两可道："我们离婚好多年了，他犯什么事了？"

警察查看了一下手机，然后抬起头，淡淡地回答："他死了。尸体是昨天在一处桥下的河道发现的，初步判断是他杀。"他把手机屏幕按亮，举到林疏朗面前："这个人是你吗？"

处于震惊中的林疏朗半晌才将目光聚焦到那段视频上，那是她被打的监控画面，拍摄得非常清楚。她点点头："是我。"

"不好意思，我们需要确认一些事情，恐怕得占用你半小时时间。"

林疏朗是编辑，读过不少推理小说，她大致已经清楚，警察提出的那些问题其实都是为了让她证明，在杨力被害的那段时间里，她不在场。

这当然很好证明，因为她一直在住院，医院二十四小时实时监控，是非常具有说服力的证据。所以其实根本没有用完半小时，他们就已经了解完所有细节了。

"如果有什么需要你配合调查的，我们还会联系你。"他们从沙发上起身，朝着门口走去。

林疏朗下意识地跟着站起来，她突然忍不住问了一句："桥下没有监控吗？"

两位警察一起回头，她被看得有些心虚："我是说，没有一点嫌疑人的线索吗？"

"那里没有安装监控。"

"哦。"林疏朗应了一声。

但她脸上瞬间的放松还是被捕捉到了，两位警察交换了眼神。

对此一无所知的林疏朗关上门，发现手里还握着那个没有打开的啤酒罐。这一次，她把啤酒罐放到桌上，用右手肘摁住，左手食指稍一用力，很轻松地就拉开了拉环。

她举起来，一口气喝光，这才有勇气面对警察倾倒的真相。

林疏朗的心情很微妙，但是比起思考杨力被杀了她是高兴还是难过这种愚蠢问题，她更关心的是，究竟是谁杀了他。

为什么总有种跟自己有关的预感？明明那天之后，他们再也没有见过面。

又或者有没有可能是意外呢？杨力有酗酒的毛病，喝多了不慎从桥上栽下去也很正常吧？

总之，坏人自有天收，他死了，世界上就少了一个人渣，大家遇到危险的概率也就少了那么一丁点吧。

但是，这些自我劝解并没有让林疏朗放下心来。相反，她越来越忐忑。

出院时，陆颐薇说的那句话还回荡在耳边——

"你又凭什么要求陈冬野饶了陈秋河？"

陈冬野一直在等待将陈秋河送进监狱的时机，如果林疏朗将自己被打的事告诉陈秋河，陈秋河会为了她去找杨力算账吗？

林疏朗希望是自作多情，她真的希望陈秋河就像他一贯表现出来的那样冷漠自私，对别人，包括对她的死活都无动于衷。

林疏朗拨出那个徘徊在脑海中很久的手机号码时，连手指都是颤抖的。

"快接电话。"她焦躁地在房间里走来走去，"快接电话，陈秋河你这个浑蛋！"

通了。

"喂！"林疏朗急切地喊道，"陈秋河，你在哪儿？我现在过去找你。"

漫长的几秒后，听筒里传来低沉的笑声："你不是和我划清界限了吗？"

"别废话，你在哪儿？"林疏朗不知道为什么自己的声音忽然哽咽了，"我要立刻见到你。"

"你手都废了，还到处跑什么？"陈秋河在电话里训斥她，"好好在家待着。"

林疏朗的心跳猛地一滞，眼泪涌了出来。"你怎么知道我手废了？"她绝望地喊着，"你他妈的怎么知道我手废了？"

"林疏朗，你听着。"陈秋河的声音冷得像冰，"我没那么蠢，为你去杀人这种事我干不出来，是他该死而已。所以你别自作多情，我发现你这个人特别爱自作多情。"

林疏朗哭得上气不接下气，哪怕是被打得趴在地上不能动弹，她都没哭过。

"你别哭了，我听得心烦。"陈秋河不耐烦道，"总之，别再跟我联系了，对你我都没有好处。"他顿了顿，"如果能躲过去，我会回来找你的。如果跑不掉，我也不会一个人下地狱的。"

说完这句，电话就断了。

"是谁告诉你的？"林疏朗对着屏幕失控地大吼，"到底是哪个王八蛋告诉你的？"

5

因为陆颐薇不同意一起去房车烧烤，周梨落又锲而不舍地攒了别的活动，说要陪陆颐薇一起逛街，为陈冬野挑选圣诞礼物。

其实周梨落这么做是有原因的。

她从许致一那里了解到，陈冬野为陆颐薇准备了一份神秘的圣诞礼物。

他拿出所有积蓄在郊区的一座公寓楼里买了一套三十几平方米的开间。

许致一是这么跟她复述的："我看陈冬野这次要来真的了。他说虽然房子很简陋，可至少他获得了一点点可以给陆颐薇幸福的底气。所以，我感觉他可能打算那天向陆颐薇求婚。不过你还是先不要透露给陆颐薇，万一我猜错了就麻烦了。"

虽然不确定陈冬野会不会那么做，但是周梨落觉得在那样的场合里，陆颐薇一定也要有所准备才更浪漫，所以提出了让她为陈冬野选个礼物的建议。

"我完全不知道该送什么。"站在商场大厅里，陆颐薇一脸蒙，她没有给异性送圣诞礼物的经验。

高中、大学时都比较害羞，后来进入职场，又觉得这么做很夸张、很刻意。

"没关系。"周梨落拍拍自己的胸脯，"交给我好了。"

陆颐薇跟着她穿梭在各个商铺间，周梨落兴奋地为她解说着手中的每种物品。

衣服类的，总觉得要试穿才能判断适合与否。生活用品类的，又觉得过于实用了，根本无法贴合圣诞的浪漫氛围。

转了一小时，却毫无所获。见陆颐薇已经有点提不起精神了，周梨落开始了谆谆教导："你得有耐心一点啦，本来礼物就是要体现用心，你好好想一想，陈冬野会喜欢什么。"

陆颐薇笑着点头。她不想扫了周梨落的兴致，但她确实心不在焉，只不过，并不是因为没选到礼物，而是因为林疏朗。

那天从医院离开之后，陆颐薇再没去看过她，也不知道她有没有叫父母过去帮忙，她受伤那么严重，能自己照顾自己吗？

很多次都想打个电话，又不愿意拉下脸来，可是背着最好的朋友，独自策划幸福，总觉心中有愧。

趁周梨落去洗手间的工夫，陆颐薇走到扶梯旁边的椅子上坐下，打开与林疏朗的微信对话框，犹豫了很久才打出"你怎么样"四个字，结果还没发送就先收到了一条新消息。

是你告诉陈秋河的吧？我怎么想也只有你会做出这种事了。你和陈冬野就真的那么希望陈秋河被抓吗？他坐一辈子牢，你们就真的会觉得很幸福吗？

陆颐薇被这一连串的问号弄得很蒙，半晌才回了一句：你说什么呢？

林疏朗没再回她，打电话过去也没人接听。

陆颐薇越想越不对劲，等周梨落一出来，她就抱歉地说："我有急事，得先走了，谢谢你今天陪我逛街，下次我请你吃好吃的。"

"这么着急吗？"周梨落失望地说，"我刚想到，我们可以去周大福看看，买一对情侣戒指也不错啊。"

"戒指？"陆颐薇笑道，"又不结婚，买什么戒指。"

"可是……"周梨落及时刹住了车，"好吧，那就下次吧。"

因为临时改了计划，周梨落打算去律所找许致一一起吃午饭，和陆颐薇要去的林疏朗家方向刚好相反。

两个人在人行道前分手，陆颐薇到马路对面打车。

周梨落走向不远处的公交车站台，等她查好线路转身时，发现下雪了。

今晚是平安夜，这雪也下得太应景了吧？

抬头望向马路对面，陆颐薇还站在街边。周梨落朝她挥挥手，想和她分享此时的喜悦心情，但因为一辆停下来等红灯的冷藏厢式车挡住了视线，她没有看见。

过了几分钟，绿灯重新亮起，周梨落又一次抬起手，却发现陆颐薇不见了。

是刚好上了旁边的出租车吗？这么想着，她的视线随着对面远去的车辆拉长。行驶有序的马路上，夹在一排私家车中的那辆冷藏厢式车尤其显眼。

公交车进站了，周梨落回过神，上了车。

总觉得哪里有点不对劲，她掏出手机联系陆颐薇，对方没接电话，但回了微信过来：什么事？

陆老师，你坐上出租车了？

半晌，周梨落才收到回复：嗯。

那就好，外面下雪了，你早点回家啊。一定要和陈冬野度过一个浪漫的平安夜。

想了想，周梨落又追了条消息过去：我可是从许致一那里得到了可靠消息，陈冬野给你准备了一份超级大惊喜。

握着手机等了一路，周梨落再没有收到陆颐薇的回复。

这不可能，除非手机不在自己手里，否则没有哪个女朋友在听说男朋友给自己准备了惊喜时不好奇追问。

从公交车上下来，周梨落又给陆颐薇打了一次电话，依旧没有人接听。脑海中再度出现了那辆冷藏厢式车，摇下一半的车窗里，出现了司机的侧影。

莫名眼熟，她仔细想了想，心中闪过一个名字。

再摸出手机打电话时，周梨落的手指抖了好久才拨出去。

"许致一，"她急切地喊道，"我觉得陆老师好像被陈秋河绑架了。"

6

陆颐薇的手机屏幕又亮了。

陈秋河转头看了一眼，是陈冬野发给她的：晚上在家里等我。

他冷笑了一下，继续开车。

电台里，主持人用甜腻腻的声音诉说着平安夜的浪漫。陈秋河抬起眼睛，看着窗外飞舞的雪花，只觉得厌烦。

说什么下雪的日子总是很美好，那不过是因为他们的母亲没有赶上下雪的时候去世。

怀着不屑的心情，陈秋河跟着电台中传出的深情动人的旋律轻摇，他甚至很有兴致地吹起了口哨。

如果有人此时问他劫走陆颐薇打算做什么，他其实也给不出答案。

就只是在街边看到她时，忽然产生了这样的念头，所以摇下了车窗。

"林疏朗让我来接你。"

他就只说了这么一句，陆颐薇就毫无防备地上车了。她还跟十八年前一样愚蠢，等到她醒了，陈秋河打算狠狠嘲笑她一番。

不过，谁知道她还有没有醒过来的机会呢？

刚刚那一下，陈秋河自觉下手有点重。因为看到她的电话响了，怕暴露，他一紧张，就随手抓起摆在方向盘右边的一个水晶摆饰朝着陆颐薇的头砸了过去。

她流了很多血，把车座都染红了。

不过倒是无所谓了，反正也不是他的车。

下一步该做什么呢？陈秋河目光散漫地看着四周，似乎从那晚打斗时失手将杨力掐死之后，所有的一切都变得不可控了。

他逃到了一家破破烂烂的网吧，藏身在一群农民工中间，一连待了三天。但昨晚，他正打着游戏，电脑右下角弹出一条新闻，新闻上有他身份证上那张大头照，他被自己的脸结结实实吓了一跳。

关掉弹窗，他继续打完了接下来的游戏，狠狠击败对手，系统宣告他赢了之后，他才抓起桌上的棒球帽，压低帽檐，结账离开。

网络的传播速度如此之快，陈秋河自知他没有藏身之地了。这时他突然想起之前自己做外卖员时，总见一家超市外面停着一辆很破的冷藏厢式车。

夜里他偷摸过去，很容易就把门撬开了。他原本只想在里面借宿一晚，毕竟冬天太冷了，在外面过夜很可能会被冻死。谁知道撞大运，钥匙竟然插在上面，油箱虽然不满，但也足够他开个大半天了。陈秋河美滋滋地躺在里面补了个觉，黎明时才开出来。

他知道自己躲不了多久，他也没打算一直躲着，但是一个人逃命还挺孤单的，加一个陆颐薇给自己解闷也不错。

而且，今天可是平安夜呢，刚刚主持人已经说过了，是一个很特别的日子，他觉得自己已经充分为未来的弟妹营造了特别的气氛，如果把陈冬野喊来救她，那岂不是会更有趣？

陈秋河为这个想法雀跃不已，他一路开到与邻市的交界处，然后驶出高速，在一片丛林间停了下来。

天色尚早，陆颐薇仍在昏迷，他伸手往她鼻间探了探，还活着。然后他便放下座位，安心补了个觉。

是陆颐薇先醒的。

因为头部受伤，又流了很多血，她非常虚弱，视线里的一切都像被浓雾包裹着，模糊不清。下意识地往旁边望去，昏暗的光线里，渐渐显现出一张熟悉的脸。

陈秋河还睡着。

她眨了眨眼睛，将目光移到窗外，这才看清自己身处的地方。丛林外围是高速公路，四周很静，换言之，连个能够求助的人都没有。

现在几点了？因为下雪，天色一片灰白，陆颐薇有点难以判断出准确的时间。她试着动了动胳膊，努力克服着眩晕感，轻轻直起身子，解开了安全带。

打开车门，她的一只脚已经迈了出去，肩膀又被猛地拽向后面。

瞬间的失重让陆颐薇整个人跌回座位，她的头像是被重物敲碎了，炸裂般的疼痛袭遍全身。

"你想去哪儿？"陈秋河坐起来，咧开嘴，笑了，"你就安安静静坐着吧，放心，我对你没什么兴趣。"

"那你为什么要骗我上车？"

陈秋河转头朝陆颐薇看去，他摇摇头："你应该怪自己干吗要轻信别人，尤其是我。陈冬野连这种常识都没有告诉你吗？"

陆颐薇闭上眼睛，拒绝继续这个话题。陈秋河倒更加来了兴致，他点了根烟，没头没脑地说道："其实我知道陈冬野还有别的收入，我要是真的泯灭人性，就会把他啃得骨头都不剩，但我没有，所以我觉得自己对他不错。本来嘛，我们就这样保持着一贯的方式继续相处就行了，谁让他动了害我的念头呢？"他吐出一口烟雾，接着说，"我想了一下，大概就是因为你吧。毕竟有个这么差劲的哥哥，实在很难跟别人保证幸福这档子事。我早知道他收集了我不少罪证，就等着有朝一日把我送进监狱里。还以为自己藏得多好，傻不傻啊他？"

"所以你现在绑架我，是为了给自己制造进监狱的机会吗？"陆颐薇抬起眼睛，毫不客气地讽刺他。

陈秋河愣了愣。"看样子你还不知道啊！"

"什么？"

"比起绑架你，我可干了更刺激的事情呢。"他的嘴角微微扬了扬，"我杀了人，并且已经有了放弃自己的觉悟。我可以一辈子蹲监狱，或者被枪毙也行，但是陈冬野休想得逞。"

陈秋河看了看时间："差不多到点了。"他抓住陆颐薇的双臂，"走，送你去好地方。"

"你干什么？"陆颐薇用尽全力挣扎着，"你放开我。"

当然，她根本抵挡不了陈秋河的力量，很轻易地就被送进了后面的冷藏车厢里。关门之前，他抬头看着陆颐薇，笑得非常灿烂："和我一起下地狱吧。"

"陈冬野可是你的弟弟，你为什么那么恨他？"陆颐薇声嘶力竭地大喊，"你变成这个样子都是自己造成的，跟任何人都没关系！"

门上落了锁，陈秋河渐渐走远。

是他自己造成的吗？陈秋河的脑海中浮现出一个非常久远的画面。

那夜，他从父亲手中接过那些钱走回和弟弟同住的房间，打开门，陈冬野正坐在床上看着他。

陈冬野的床靠着窗，可以清楚地看到院子里发生的一切。

但父亲去世后，陈秋河为千夫所指，他拉来陈冬野帮自己做证。

在大人们的注视下，陈冬野却摇了摇头，说："我什么都不知道。"

7

所有的线索只有那辆厢式车，但是周梨落并没有记下来车牌号。去警局报警之后，陈冬野像无头苍蝇一样到处找了半天，一无所获。

最后还是许致一带着周梨落从警方调来的监控画面中找到了那辆车。经过核查，那是一家超市失窃的旧车，而陈秋河曾负责过该超市的外卖配送。

警方进一步确认，陈秋河挟持了人质，开始扩大搜查范围。

终于冷静下来的陈冬野给林疏朗去了电话，他省去了所有的解释，言简意赅道："陈秋河绑架了陆颐薇。"

"什么？"林疏朗放下咖啡杯，脸色一下子变了。

"我想请你帮忙想一想，他有可能会去的地方。"陈冬野的声音里充满了焦急和忧虑，"陈秋河什么都干得出来，我们必须抓紧时间找到他。"

林疏朗挂断电话，从桌边起身，对面前的罗伊说："稿子我们明天再讨论，我现在有点急事得去处理。"

"陈秋河的事？"罗伊挑挑眉，一副兴致盎然的样子。

林疏朗点头。她懊恼地抓了抓头发，昨天电话里陈秋河说不会一个人下地狱，她就非常担忧，但因为担心暴露他的行踪，她连电话都不敢打，发了很多微信过去，也并没有得到回复。

林疏朗怎么也没想到，他所指的居然是绑架陆颐薇。

到底还要做多少错事才罢休？

"他不是在逃犯吗？"罗伊忍不住追问，"该不会挟持了人质吧？"

"你怎么这么关心他？"林疏朗没好气地训斥了他一句，转身朝外走，到门口时，她忽然想到了什么。

罗伊认识陈秋河？

那天，自己被杨力打伤这件事，并不只有陆颐薇和许致一知道。

将她送到医院的人，其实是罗伊。

不会吧？

林疏朗回过头，看到罗伊正趴在圆桌上，握笔认真记录着什么，明明心里装的都是陆颐薇的安危，但她还是鬼使神差地走了回去。

罗伊沉浸在自己的思绪中，没有注意到她。林疏朗探身看过去，从那张便笺纸上看到了陈秋河的名字。

"难道是你打的电话？"她脱口问道。

罗伊明显吓了一跳，他没有料到她又返回来了，匆忙盖住那些字迹。他咳了一声，正要说话，林疏朗伸手将便笺本夺了过来。

上面记录着"陈秋河为爱杀人""在逃途中劫持人质""逐渐走入毁灭的深渊"等一些短句，她难以置信地抬起头看着他，等待他的解释。

"我只是在借他的事件写大纲而已。"罗伊表情生硬地说，"作家的灵感大都来源于生活，你是编辑，你很清楚。"

"所以，是你打的电话？"林疏朗沉声问，"你把我被杨力打的事告诉了陈秋河？"

罗伊笑了笑："我陈述事实。"

"谁允许你这么做的？"林疏朗吼道，"你知不知道，这是在教唆他犯罪！"

他耸耸肩，语气漫不经心。"我只是陈述了事实。"罗伊甚至强调，"疏朗，你离婚的时候我就跟你说过了，我是个天生的作家，我只会用作家的思维去考虑事情的发展曲线，当时你听从了我的建议，从那时候开始，你就成了我故事里的主角。"他无辜地眨了眨眼睛，诡异的笑容浮现在那张过于白皙的脸上，"我只是在为你安排转折情节。"

一股寒意从林疏朗背上向全身散去。"你这个疯子！"

"我从来没说过自己不是。"

林疏朗夺门而出，扑面而来的雪花打在脸上，寒气逼人。她掏出手机给陈秋河打电话，无人接听，再打，他依然不接。

会去哪儿呢？越着急，林疏朗越是想不到任何线索。

她站在街上徘徊，既害怕找到他，又担心找不到他。这大概是林疏朗一生中经历的最矛盾的一个时刻。

雪落了她满满两肩，道路两旁的松树上挂满了彩灯，浪漫抒情的外文歌从远处传来，触目皆是唯美的冬日景象。

但这个平安夜，注定与他们所有人无关了。

手机铃声响了，林疏朗其实在接听之前就已经有预感了。

许致一在电话里说："陈冬野让我告诉你一声，他已经找到陆颐薇了，还有……"他顿了顿，"陈秋河自首了。"

后来，陆颐薇有点记不起当时的细节了。

因为头部受伤，再加上冷藏车厢里气温低，她很快就失去了意识。庆幸的是，车子太旧了，空调失灵，温度并没有降到很低。

等陈冬野找到她的时候，她还活着。

"你怎么知道我在那里的？"这是陆颐薇在病房醒来，看到陈冬野后问的第一个问题。

她已经过了会相信奇迹的年纪，所以当时其实已经做好了死的准备。出乎意料的是，陆颐薇并没有自己想象中那么绝望。

她反而更加担忧父母和朋友们会感到伤心。尤其是陈冬野，尽管总是表现得轻描淡写，但他并不是一个容易释怀的人。

陆颐薇曾无意间翻看过他写的小说，文字映照出一个人的内心，陈冬野构建的故事里没有阳光。

她觉得他太可怜了。

"是我找之前在快递公司认识的哥儿们在快递员群里帮忙发了通知，请大家留意那个车牌号。后来下雪封高速，一个负责物流的哥儿们折返回来走辅路，正好发现了那辆车。"陈冬野弯腰拥紧她，"真是太万幸了。"

现在想想，他曾为自己快递员的身份感到自卑似乎是很不应该的事。

毕竟，如果连想保护的人都保护不了，无论他拥有什么头衔，也只是失败者。

城市包覆着所有人的故事，而行动在路上的每个角色，都有成为英雄的资格。

陆颐薇还在输液，她用另一只手拍了拍陈冬野的背，想要缓和一下气氛："可能我是不舍得错过和你的第一个平安夜吧。"

陈冬野半晌都没有回话。感受到他胸腔的震动，陆颐薇用耳朵蹭了蹭他的脸，也什么都没说。

她有很多问题，比如，陈秋河去哪儿了，他被抓了吗？林疏朗呢，她知道陈秋河杀人了吗？

但陆颐薇知道，这些都不适合现在开口，无论嘴上说得有多么恨，他们毕竟是兄弟。

反正所有疑惑都会被一一解开，也就不急于一时了。

这场突如其来的事故，打乱了陈冬野原本想要求婚的计划，但陆颐薇提前给了这个预设确定的答案。等到他的情绪平静下来，她握住他的手，撒娇似的甩了甩，笑着问："我能不把偷出来的户口簿送回去吗？"

陈冬野的眼眶还红着，但忍不住弯起了嘴角："那就等着一起挨骂吧。"

陆颐薇点头："我喜欢你对我说'一起'这种词，你要多用。"

病房门被猛地推开，周梨落慌慌张张跑进来。"陆老师，你没事了吧？"她嘴巴一撇，眼泪立刻流了下来，"可真是吓死我了，你醒了真是太好了。"

"你看你看……怎么又哭上了！"从她身后跟过来的许致一掬

出纸巾递过去，耐心哄劝道，"都说了，不是你的错，都怪陆颐薇太轻信别人了。"

"喂！"陆颐薇不满地出声，"你当我不存在吗？"

一看自己的男朋友被吼了，刚才还哭哭啼啼的周梨落不干了，挺身上前道："其实我们家许老师也没说错，陆老师，你怎么能随便上别人的车？还是那么危险的……"她话说到一半又咽了回去，大概是碍于陈冬野的面子，生硬地转移了话题，"总之，你没事就最好了！"说着撞了许致一的胳膊一下，"你倒是说句话！"

许致一满脸宠溺地拍拍周梨落，转而对陈冬野说道："陈秋河的案子，你要是需要帮忙的话，就找我吧。"

陈冬野垂头笑笑："我没办法帮他做决定。"

陆颐薇把头转向了窗外，雪还在下着，比起庆幸自己还活着，她现在更庆幸父母不知道她刚刚的鬼门关经历，这对陈冬野来说，一定不是什么加分项。

所以，在特别交代了许致一一定要对双方家人保密之后，她就将他和周梨落撵走了。

从没有过过平安夜的许致一，也终于获得了和女朋友浪漫的机会。在作为女朋友时，陆颐薇剥夺了他这样的权利，现在成了他的朋友，她希望自己能正向助推一下。

他们走后，热闹的病房重新安静下来，就在这时候，林疏朗走了进来。

她的一只胳膊吊在胸前，因为哭过，眼睛通红，大衣上有被雪浸湿的痕迹。陆颐薇打量着她，片刻后，微微叹气："你这个傻子。"

林疏朗咬了咬嘴唇，忍着眼泪道："我来是想说，我会为陈秋河请律师的。"她看了看陈冬野，说："你之前保留的那些关于他的罪证，想拿就全拿出来好了，但我一定会力争为他减刑。"

陈冬野回望着她，半晌后才道："不管怎么样，你不要等他。"

林疏朗愣住了，这句话，是陈秋河发给她的最后一条微信消息。

他说：我习惯了被人厌恶、责骂，你千万别做那个例外。不要等我，好好过你自己的生活吧。

"那是我的事，"林疏朗用给陈秋河的回复答道，"不用你管。"她又看了陆颐薇一眼，"好好养着，过两天我再来看你。"

"你不过来抱我一下吗？"陆颐薇朝她伸出双臂，"至少应该感谢我没有死在陈秋河手里吧？"

林疏朗犹豫了一下，走上前去。

成为闺密的这些年里，她们有过很多次拥抱，所以，她们都很明白拥抱的意义。

"对不起""没关系"，又或者有着更多无法言喻的、更为丰富的情绪。当两个人靠近彼此，就代表着一切还有变好的希望。

目送林疏朗远去，陈冬野重新坐回陆颐薇床边。

"雪还在下呢。"她看看窗外，缓慢地说，"陈冬野，你知道吗？韩剧里每到下雪的时候男主角就会对女主角告白，说一堆甜言蜜语。虽然我知道我已经三十岁了，但是严格来说，你是我真正喜欢的第一个人，就让我也感受一下初恋的浪漫不行吗？"

在陆颐薇充满期待的目光里，陈冬野用手帮她拨开遮住眼睛的头发，笑着问："你饿吗？"

她愣了一瞬，随后生气地别过头："不饿，一点都不饿！"

他俯身，在她唇上啄了一下。"你应该说饿的。"继而，陈冬野更深地吻了下去。

陆颐薇闭上眼睛，用双手攀住了他的脖颈。

三十岁的这一年，她遇到了在别人看来各方面都不合适的伴侣。

尽管，未来充满着不确定和显而易见的沟沟坎坎，陆颐薇却前所未有地坚定。

　　所以，她懂了，原来这就是爱的感觉。

　　陈冬野给她的，一定不是爱情的标准答案，但，是她的标准答案。

　　"我爱你。"陈冬野在她耳边私语。

　　陆颐薇望着他，忽然哽咽了："我也是。"

—— 全文终 ——

图书在版编目（CIP）数据

初恋缓缓 / 简蔓著 . -- 长沙：湖南文艺出版社，2021.4

ISBN 978-7-5726-0075-3

Ⅰ. ①初… Ⅱ. ①简… Ⅲ. ①长篇小说—中国—当代 Ⅳ. ①I247.5

中国版本图书馆 CIP 数据核字（2021）第 027839 号

上架建议：畅销·青春文学

CHULIAN HUANHUAN
初恋缓缓

著　　者：简　蔓
出 版 人：曾赛丰
责任编辑：匡杨乐
监　　制：邢越超
特约策划：赵安琪
策划编辑：刘　筝
特约编辑：汪　璐
营销支持：周　茜
版式设计：潘雪琴
封面设计：小茜设计
封面插图：小石头
出　　版：湖南文艺出版社
　　　　　（长沙市雨花区东二环一段 508 号　邮编：410014）
网　　址：www.hnwy.net
印　　刷：三河市百盛印装有限公司
经　　销：新华书店
开　　本：640mm×955mm　1/16
字　　数：192 千字
印　　张：16
版　　次：2021 年 4 月第 1 版
印　　次：2021 年 4 月第 1 次印刷
书　　号：ISBN 978-7-5726-0075-3
定　　价：48.00 元

若有质量问题，请致电质量监督电话：010-59096394
团购电话：010-59320018